Diogenes Taschenbuch 24786

AF197384

JOACHIM B. SCHMIDT, geboren 1981, aufgewachsen im Schweizer Kanton Graubünden, ist 2007 nach Island ausgewandert. Seine Romane sind Bestseller und wurden vielfach ausgezeichnet, unter anderem mit dem Crime Cologne Award und zuletzt mit dem Glauser-Preis. Der Doppelbürger lebt mit seiner Frau und zwei gemeinsamen Kindern in Reykjavík.

Joachim B. Schmidt

Kalmann und der schlafende Berg

ROMAN

Diogenes

Die Erstausgabe erschien 2023 im Diogenes Verlag
Copyright © Joachim B. Schmidt, 2023
Covermotiv: Foto von Bernhard Schmerl
Copyright © Bernhard Schmerl / ddp

Dieses Buch wurde mit einem Werkbeitrag
der ProHelvetia ausgezeichnet

Die Nutzung dieses Werks für Text und Data Mining
im Sinne von § 44b UrhG behalten wir uns explizit vor

Veröffentlicht als Diogenes Taschenbuch, 2025
Alle Rechte vorbehalten
Copyright © 2023
Diogenes Verlag AG Zürich
info@diogenes.ch · www.diogenes.ch
In Fragen zur Produktsicherheit (GPSR):
truepages UG (haftungsbeschränkt)
Westermühlstraße 29, 80469 München
info@truepages.de
100 / 25 / 36 / 1
ISBN 978 3 257 24786 2

Für meine größten Schätze
Heiðdís Elisabeth und Rögnvald Anton

Das Land getunkt in schwarze Schatten
Dunklen Nächten geweiht bist du
Der Weg
der Weg
wohin führt er? Voran immerzu.

Landið sokkið í svartan skugga
Sorta nætur þú vígður ert
Leiðin
leiðin
liggur áfram en hvert?

Jónas Friðrik Guðnason
Lyriker, 1945–2023

⌘

I

Sarg

Ich wünschte, mein Vater hätte mir diesen Brief nie geschrieben. Ich wünschte, er hätte mich und meine Mutter in Frieden gelassen, damit wir in Ruhe hätten Filme gucken und Pizza essen können, nur sie und ich. Wir schlugen uns gut durch die regnerischen Sommertage und die stürmischen Herbstabende hier oben im Nordland und unsere Trauer, die gehörte nur uns. Wenn mein Vater diesen Brief nie geschrieben hätte, dann hätten mir die FBI-Beamten nicht den Arm verdreht und mein Gesicht auf die Motorhaube des schwarzen Cherokee-Jeeps geknallt. Und das Silvesterfeuerwerk in Raufarhöfn hätte ich auch nicht verpasst. Das habe ich nämlich noch nie verpasst, das ist hier Tradition, und Traditionen sind wichtig, auch wenn man manchmal gar nicht mehr weiß, wie sie angefangen haben.

So wie diese Geschichte. Sie fängt vielleicht mit dem Brief meines Vaters an, eine E-Mail bloß, die meine Mutter auf der Arbeit ausgedruckt und mit nach Hause gebracht hatte, was letztendlich dazu führte, dass ich vom FBI verhaftet wurde.

Hatte ich geschrien? Oder war ich stumm geblieben? Ich hasse es, wenn mein Verstand einen Taucher macht wie ein Schiff hinter einer Monsterwelle. Es hat nie etwas Gutes zu bedeuten. Wenn wenigstens meine Mutter da gewesen wäre. Sie hätte den Beamten die Sache erklären können, ganz bestimmt. Aber jetzt war ich hier, mutterseelenallein, viertausendsiebenhundert Kilometer von Island entfernt, in einem winzigen Raum, der außer drei unbequemen Stühlen und einem kleinen Tisch nichts hatte, kein Fenster, keinen Fernseher, keine Bilder – ein Sarg, und ich war eingesperrt, Deckel zu. Peng. Tief vergraben und bald vergessen.

Wie Großvater.

Es war natürlich kein Sarg, sondern ein Verhörraum in einem riesigen Gebäude vom FBI, ein richtiger Klotz. Ich hatte ganz schön gestaunt, als wir im Cherokee-Jeep darauf zugerast waren. Klar hatte ich schon Häuser gesehen, die sogar noch größer sind, zum Beispiel die Kirche in Reykjavík oder das Hotel in *Kevin, allein in New York* – den Film kenne ich auswendig. Aber bei diesem Klotz hier hatte ich das Gefühl, dass er im Boden versinken würde. Er war braun und schwer wie die Basaltsteine der Melrakkaslétta und so groß, dass man alle Bewohner von Raufarhöfn in Einzelzimmern darin hätte unterbringen können. Das muss man sich einmal vorstellen: sämtliche Einwohner in einem einzigen Haus, mit Schule und Laden und Gemeindesaal und Tankstelle und allem! Aber hier war niemand aus Raufarhöfn, und darum fühlte ich mich so einsam wie nie zuvor.

Früher habe ich geglaubt, dass der einsamste Ort der Welt im Schulzimmer ist, in der hintersten Reihe, da, wo man ganz allein am Tisch sitzt und nicht begreift, was der Lehrer vorne der Klasse erklärt. Alle hören aufmerksam zu oder schreiben etwas auf, werfen dir manchmal Blicke nach hinten, froh darüber, dass es jemanden gibt, der blöder ist als man selbst. Niemand möchte der Dümmste sein. Aber jemand *muss* der Dümmste sein, und wenn man so ist wie ich, ist es das Klügste, es nicht abzustreiten.

Ein Lehrer sagte einmal, dass man das Wissen selbst mit einem Hammer nicht in meinen Schädel hämmern könne. Sigfús war das, eigentlich war er der Rektor in unserer Schule. Aber an dem Tag war unsere Lehrerin krank, und Sigfús musste einspringen.

Jetzt ist er schon alt, aber nicht so einfach totzukriegen, geht langsam und mit kleinen Schritten durchs Dorf. Er stützt sich auf Skistöcken ab, sogar im Hochsommer, denn damit kann er Küstenseeschwalben und Touristen vertreiben. Heute ist er nicht mehr so gemein zu mir, sondern ganz nett eigentlich, als habe er völlig vergessen, dass ich ihn damals mit meiner Dummheit fast zur Verzweiflung gebracht habe. Einmal warf er ein dickes dänisches Wörterbuch über die Köpfe meiner Mitschüler hinweg nach mir. Aber weil ich mich im letzten Moment duckte, prallte das Buch an die Weltkarte hinter mir an der Wand. Zurück blieb ein Loch im Atlantischen Ozean. Weil ich der Einzige war, der das lustig fand, schickte mich Sigfús vor die Tür, und da machte ich wohl etwas kaputt, schlug die Glasvitrine mit den ausgestopften Vögeln ein und ließ sie fliegen, die Brandeule, den Goldregenpfeifer, den Papageitaucher, die Bekassine, so genau weiß ich das gar nicht mehr. Aber den Raben fasste ich nicht an, ganz bestimmt nicht. Diese Räuber machen mir nämlich Angst, weil sie hinterlistig und gerissen sind, wahrscheinlich klüger als Sigfús, auch wenn sie nicht Dänisch können. Raben mögen den Tod, fressen gern Aas. Wie Grönlandhaie oder Polarfüchse oder Seewölfe. Dabei sind Seewölfe gar keine richtigen Wölfe, sondern Fische. Sie sind gestreift oder gefleckt und eigentlich zu dick geratene Aale. Der Seewolf ist wahrscheinlich das hässlichste Tier im großen weiten Nordmeer. Seine Fresse ist so scheußlich, dass selbst der beste Zahnchirurg einen Schrecken bekäme. Aber alles hat seinen Sinn, vor allem in der Natur, und darum braucht es im Meer keine Zahnchirurgen, die gibt es nur bei uns, denn der Mensch ist das einzige Tier, das die Zähne dazu benutzt, um freundlich zu lächeln.

Glücklicherweise musste ich nach der Sache mit den ausgestopften Vögeln erst einmal nicht mehr in die Schule. Großvater nahm mich aufs Meer mit, damit ich ihm helfen konnte, Haie zu fangen, Köderstücke an die Haken zu spießen und am Steuer zu stehen, wenn er unten in der engen Kajüte oder ausgestreckt auf dem Deck ein Nickerchen machte. Dabei hätte ich wie jedes andere Kind in die Schule gemusst. Das ist nämlich das Gesetz. Aber das war mir damals noch nicht klar. Großvater sagte, dass ich hier draußen viel mehr lerne als im Schulzimmer, denn Buchstaben könne man nicht essen.

Als ich dann doch wieder die Schulbank drückte, musste ich gleich am ersten Tag nachsitzen, bis es dunkel wurde. Bis Großvater plötzlich im Türrahmen stand, geduckt, bebend. Daran erinnere ich mich gut, weil ich ihn noch nie zuvor im Schulzimmer gesehen hatte. Er wollte von Sigfús wissen, ob er eigentlich einen Schaden habe, und Sigfús, der von seinem Lehrerstuhl aufgesprungen war, erklärte, er habe nur helfen wollen, Privatunterricht eben, damit ich das Schuljahr nicht noch einmal wiederholen müsse. Aber

Großvater entgegnete, man könne ein Jahr gar nicht wiederholen, niemand könne das, ein Jahr könne nur einmal gelebt werden, danach sei es vorbei. Punkt. Und damit war meine Karriere als Schüler beendet.

Jetzt gerade wäre es mir völlig egal gewesen, wenn ich im Schulzimmer in Raufarhöfn hätte nachsitzen müssen, denn überall anders war es besser als in diesem Sarg beim FBI. In der Schule hätte ich wenigstens zum Fenster hinausschauen und Halldór dabei beobachten können, wie er auf dem Parkplatz Schnee schaufelte oder sich auf der Schaufel abstützte, weil er sich mit jemandem über den Schnee unterhielt. Und nach dem Nachsitzen hätte ich mit den anderen Kindern in der Pallabrekka Schlitten fahren oder eine Schneeballschlacht machen können. Ich gegen alle, bis einer geheult hätte, das war nämlich immer so. Man hätte mich nach Hause geschickt, aber ich wäre durchs Dorf gestreunt, bis ich Großvater irgendwo aufgespürt hätte, unten am Hafen vielleicht oder beim Trocknungshäuschen. Großvater war es meistens egal, dass die Leute über mich schimpften. Und außerdem wäre er noch am Leben gewesen.

⌘

2

Dakota Leen

Der groß gewachsene FBI-Agent, der mich festgenommen, in die Zentrale gefahren und hier sitzen gelassen hatte, steckte seinen Kopf zur Tür herein und fragte mich, ob ich Durst oder Hunger habe, und ich bestellte eine Cola.

Ich kenne das. Wenn man verhört wird, darf man ein Getränk bestellen. Das ist das Gesetz.

Eine halbe Ewigkeit später ging die Tür wieder auf, aber diesmal erschien eine junge FBI-Agentin, die ich noch nie gesehen hatte, weder bei der Festnahme noch als wir durch das riesige Gebäude gegangen sind. Ich hätte sie ganz bestimmt nicht übersehen, obwohl sie eher klein war. Aber sie war sehr hübsch und jünger als ich, und ihre Haut war schwarz, aber nicht so schwarz wie ihr Haar, das zu eintausend kleinen Zöpfen geflochten und am Hinterkopf eng verknotet und hochgesteckt war. Sie trug auch keine kugelsichere Weste wie ihre Kollegen im Cherokee-Jeep, war nicht mal bewaffnet, ihr Pistolenholster war leer. Unter ihren linken Arm hatte sie einen Laptop geklemmt und unter ihren rechten ein Notizbuch, in den Händen hielt sie einen bis zum Rand mit Kaffee gefüllten Pappbecher und eine Cola-Dose. Sie blieb in der Tür stehen und starrte mich einen Moment an, presste den Laptop fest an sich.

»Hello Kalmann«, sagte sie und nickte mir flüchtig zu. »Can I call you Kalmann?« Mit dem Fuß gab sie der Tür einen Stoß, ohne auch nur einen Tropfen aus ihrem Pappbecher zu verschütten. Dann blieb sie unschlüssig stehen. »Brauchst du einen Dolmetscher, jemanden, der das Gespräch übersetzt?«, fragte sie mich auf Englisch.

Ich schüttelte den Kopf und sagte, um ihr klarzumachen, dass ich sie gut verstand: »No need to worry.«

»No need to worry«, echote sie und lächelte erleichtert. »Hat dir dein Vater Englisch beigebracht? Er ist Amerikaner, nicht wahr?«

»Nein«, sagte ich. »*Dr. Phil.*«

»*Dr. Phil*, die Talkshow?«

»Und *The Bachelor, Top Gear, Gilmore Girls* –« Ich verstummte abrupt, denn das mit den *Gilmore Girls* hätte ich eigentlich nicht verraten wollen. Ich schaute diesen Frauenkram schon lange nicht mehr.

»I love *Gilmore Girls*!«, sagte die FBI-Agentin und beugte sich über den Tisch, um all ihre Sachen abzulegen, was wohl gar nicht so einfach war. »I'm agent Dakota Leen, but you can call me Dakota or Cody.«

Ich beschloss, dass ich sie Dakota Leen nennen würde, schließlich war sie eine richtige FBI-Agentin.

»Und der andere?«, fragte ich.

Sie warf einen Blick zur Tür.

»Mr. García? Was soll mit ihm sein?«

»Er hat gesagt, er werde sich noch um mich kümmern.«

»Willst du, dass *er* dich befragt?«

»Lieber nicht.«

»Gut.« Sie klappte ihren Laptop auf und legte das Notizbuch sowie einen Kugelschreiber daneben, alles ganz ordentlich. Ihr Hemd war bis oben zugeknöpft.

Das Licht des Laptops warf einen blauen Schimmer auf ihr Gesicht, das ständig neugierig zu sein schien. Dakota Leen tippte etwas ein.

»Just a minute«, sagte sie, stand abrupt auf und ging Mr. García holen, der sich über den Laptop beugte und ihr erklärte, wo das Programm zu finden sei, wo sie den Code eingeben, Kamera und Mikrofon anklicken müsse, hier und hier, aber zuerst müsse sie noch den Raum auswählen – wir waren in der Vier – er werde es ihr nicht wieder zeigen.

»Got it.« Dakota Leen räusperte sich, und jetzt weiß ich, dass auch Menschen mit schwarzer Haut ein rotes Gesicht bekommen können, man muss aber schon genau hinschauen.

»You can do it!« Mr. García legte seine Hand auf ihre Schulter, schaute dabei aber mich an, starrte richtiggehend, als habe er mich eben erst bemerkt, und wie durch Zauberei spürte ich seine Hand auch auf meiner Schulter liegen. »Es gibt für alles ein erstes Mal, nicht wahr?« Er zwinkerte mir abschließend zu und verließ den Raum, warf die Tür hinter sich ins Schloss, und Dakota Leen strich mit der Hand über ihre Schulter und atmete gepresst aus. Ich gönnte mir ein paar Schlucke aus der Cola-Dose.

»Januar, der sechste, zwanzig-zwanzig, nein, Unsinn, wir haben schon zwanzig-einundzwanzig! Ich bin Agentin Dakota Sage Leen, zwölf, null, zwei, elf. Ich spreche mit –«, sie schaute mich plötzlich ganz direkt an, und weil ich wie ausgeknipst zurückstarrte, die Cola-Dose auf halber Höhe haltend, ergänzte sie: »Please state your name!«

»Kalmann«, beeilte ich mich zu sagen und unterdrückte einen Rülpser. »Óðinsson.«

Wieder tippte sie auf der Tastatur herum und ich fasste Mut.

»Kann ich dich etwas fragen?«

Sie nickte.

»Natürlich.«

»Bin ich verhaftet?«

Dakota Leen lehnte sich in ihrem Stuhl zurück und wippte ein wenig mit der Rückenlehne, dabei spannte sich ihr Hemd über der Brust. Ich tat mein Bestes, nicht hinzugucken.

»Denkst du, dass du verhaftet bist?«

Eine Frage beantwortet man nur dann mit einer Frage, wenn man die Antwort selbst nicht weiß. Also zuckte ich mit den Schultern und widmete mich der Cola-Dose. Sie war größer als die in Island, ansonsten identisch. Ich führte sie an die Lippen und trank sie bis auf den letzten Tropfen leer.

»Kalmann.« Dakota Leen beugte sich vor. »Du musst mir bloß ein paar Fragen beantworten, in Ordnung?« Ich nickte. »Fangen wir gleich an. Was hattest du da draußen zu suchen?«

Ich dachte an meinen Vater und bekam einen Kloß im Hals, als würde ich durch einen Strohhalm atmen. Meine Hände versteiften sich und die Cola-Dose bekam eine Delle.

»Ich habe sie gesucht.«

»Wen hast du gesucht?«

Ich presste die Dose noch fester zusammen.

»Sie waren plötzlich alle weg. Mein Vater, Onkel Bucky, sogar Sharon, da waren so viele Leute, und ich wurde rumgeschubst, und meinen Cowboyhut habe ich auch verloren.«

»Und wo sind sie jetzt, dein Vater, Onkel Bucky und Sharon?«

Ich machte die Dose mit beiden Händen so platt, als wäre ein Lastwagen über sie hinweggefahren. Dakota Leen rutschte mitsamt ihrem Stuhl ein wenig vom Tisch weg und ließ mich dabei nicht aus den Augen.

»Bin ich verhaftet?« Ich wiederholte die Frage leise, und die FBI-Agentin seufzte.

»Nein, Kalmann, du bist *nicht* verhaftet. Du kannst jederzeit gehen. Da ist die Tür. Sie ist nicht abgesperrt. Aber ich bin die Einzige, die dir jetzt helfen kann. Darum musst du mir ein paar Fragen beantworten, verstehst du? Es gibt nämlich ganz viele Dinge, die ich nicht weiß. Die nur du weißt. Und danach helfe ich dir, deine Leute zu finden. Deal?«

Ich willigte ein, und damit begann das Verhör. Es war aber nur der Anfang eines stundenlangen Gesprächs, ich hatte also einen miserablen Deal gemacht. Doch das wusste ich zu dem Zeitpunkt noch nicht. Ich erzählte der FBI-Agentin, dass wir den Präsidenten hatten besuchen wollen, um danach mit ihm einen Spaziergang zu machen. Aber der Präsident sei gar nicht mitgekommen, obwohl er es versprochen habe.

»Versprechen darf man nicht brechen«, erklärte ich ihr und musste an die wütende Menschenmenge denken, die vielleicht deswegen enttäuscht war, weil so viele Versprechen nicht eingehalten worden waren.

Es gibt fast nichts Schlimmeres als die Enttäuschung, denn sie macht so vieles kaputt, das Vertrauen und die Vorfreude, den Frohmut und die Hoffnung. Und wo sich Enttäuschung ausbreitet wie Dürre, flammt die Wut auf. Das versuchte ich der FBI-Agentin zu erklären, aber sie schaute mich nur nachdenklich an und sagte kein Wort.

⌘

3
Großvater

Nimmst du das Gespräch eigentlich auf?«
»Der Raum ist mit allem ausgestattet. Mikrofon
und Kamera.« Dakota Leen machte eine ausschweifende
Armbewegung. »Zurück zu meiner Frage. Was hattet ihr
eigentlich vor? Wolltet ihr wirklich reingehen?«

»Ich nicht, die anderen schon. Zur Sicherheit könntest
du das Gespräch mit einem iPhone aufnehmen. In Island
macht man das immer so.« Ich musste an Birna denken,
die wahrscheinlich die beste Polizeikommissarin der Welt
ist, und schaute mich verstohlen um. Links oben unter der
Decke war ein rundes Glas angebracht, das so groß wie das
Ei der Eiderente war, aber ganz schwarz.

»Ja, da ist *eine* Kamera. Kalmann, was ist dann passiert?«

»Und das Mikrofon?«

»Überall im Raum. Mach dir darüber keine Sorgen. Kalmann, bitte erzähl mir, was passiert ist. Hast du deine Leute
im Park verloren, schon vor den Treppen?«

»Korrektomundo.«

»Waren sie bewaffnet?

»Onkel Bucky –« Ich zögerte.

»War Onkel Bucky bewaffnet?«

»Ich bin gar nicht sicher, ob er überhaupt mein Onkel
ist«, sagte ich.

»Das spielt jetzt keine Rolle. Beantworte bitte meine Frage. Ist der Mann bewaffnet?«

»Immer.«

»Womit denn?«, wollte Dakota Leen wissen, aber weil ich zögerte, erklärte sie mir, es sei wichtig, dass sie wüssten, ob er eine Gefahr für andere darstelle. Gut möglich, dass ich heute Leben rette! »Vielleicht ist dein Onkel wütend.«

»Er ist wahrscheinlich nicht mein Onkel.«

»Das hast du schon gesagt.«

»Ist es eigentlich verboten, Waffen zu tragen?«

»Manchmal schon, ja.«

Ich fühlte mich elend, schuldig, obwohl ich doch gar nichts falsch gemacht hatte.

»Er trägt immer eine Glock am Knöchel, manchmal auch eine Walther und eine HK unterm Arm. Das sieht man aber gar nicht.«

»HK? Heckler und Koch?« Sie tippte es in den Laptop ein.

»Und ein Messer.«

»Ein Taschenmesser?«

»Nein, ein Jagdmesser. Ziemlich groß.« Ich zeigte ihr die Größe.

»Auf wen will er denn Jagd machen?«

»Normalerweise auf Hirsche, aber heute auf Echsen und Schweine.«

Dakota Leens Gesicht wurde blasser. Sie sah konzentriert auf den Laptop, und darum bemerkte sie nicht, dass ich mich verstohlen nach weiteren Kameras umschaute. Ich fand noch ein schwarzes Ei hinter mir. Und in den Wänden waren kleine runde Stellen mit Löchern, da waren wahrscheinlich die Mikrofone angebracht.

»Wieso bist du nicht mit ihnen reingegangen?«

Ich zuckte mit den Schultern. Wieso hatte mein Vater mich einfach in der Menschenmenge stehen gelassen und nicht nach mir gesucht?

»Ich bin plötzlich ganz allein gewesen. Darum. Und wenn man verloren geht, muss man an Ort und Stelle stehen bleiben und darf sich nicht vom Fleck rühren. Das weiß doch jeder.«

Dakota Leen musterte mich und biss sich auf die Unterlippe. Sie ist vielleicht die schönste Frau, die mir in den Vereinigten Staaten begegnet ist.

»Kalmann«, sagte sie. »Hast du einen Vormund? Weißt du, was ich damit meine?«

Ich nickte und starrte auf die Tischplatte.

»Meine Mutter.«

»Und wo ist deine Mutter?«

»Sie ist viertausendsiebenhundert Kilometer entfernt. In Akureyri. Das ist die größte Stadt im Nordland, aber ziemlich klein.«

Dakota Leen stand auf, wollte das Zimmer verlassen, aber als sie die Tür öffnete, stand Mr. García genau davor.

»Leen!«, hörte ich ihn überrascht sagen. »Schon fertig?«

Sie zog die Tür ein wenig zu, weshalb ich nur Wortfetzen aufschnappen konnte. Sie sprachen von einem Protokoll, einem korrekten Weg, Regeln und dass jemand zu informieren sei, wenigstens die Botschaft. Aber Mr. García klang ärgerlich. Ich hörte deutlich, wie er sagte, Dakota Leen sei nun nicht mehr an der Akademie und auch nicht bei einem Beauty Contest. Sie sei jetzt im Feld, und da draußen sei Krieg. »Welcome to the real world, honey.«

Als sich Dakota Leen wieder zu mir setzte, starrte sie eine ganze Weile ziemlich wütend in den Laptop, ihre Brust hob und senkte sich schnell, ihre Hände zitterten unmerklich, aber sie schloss die Augen und atmete ganz langsam aus.

»Kalmann, spulen wir noch mal zurück. Wieso warst du heute da draußen? Wieso bist du hier?«

Tja. Wieso war ich, wo ich war? Wieso ist man überhaupt irgendwo? Es war eine Frage so groß wie das Meer, und Dakota Leen schickte mich in einem kleinen Boot da hinaus. Aber sie schien es um jeden Preis wissen zu wollen. Also dachte ich angestrengt nach. Wir saßen nämlich zusammen in dem Boot, sie und ich. Das verstand ich jetzt.

Großvater. Ich sah ihn vor mir in seinem löchrigen Wollpullover und den ausländischen Militärhosen, die Tabakpfeife, die er sich zwischen die Zähne geklemmt hatte. Er saß mit uns in diesem Boot und schaute aufs Meer, paffte. Die Melrakkaslétta in weiter Ferne. Ich erinnerte mich an die vielen Wanderungen, die wir auf der Slétta gemacht haben. Manchmal ließ ich mich einfach aufs Moos plumpsen, weil ich so erschöpft war, und Großvater sagte dann, wenn man eine lange Strecke zurücklege, mache man nicht gleich die ganze Strecke, sondern nur einen Schritt. Und dann noch einen und dann noch einen. Immer nur einen einzigen Schritt auf einmal, mehr nicht.

»Schritt für Schritt«, murmelte ich, und nun wusste ich plötzlich, wo ich anfangen musste, damit die ganze Geschichte Sinn ergab. Nämlich am Anfang.

»Mein Vater hat mir einen Brief geschrieben, weil mein Großvater Óðinn ermordet worden ist. Darum bin ich hier«, erklärte ich.

»Das tut mir leid«, sagte Dakota Leen, schien aber irgendwie erleichtert. »Erzähl weiter.«

Also erzählte ich ihr alles. Und zwar wirklich von Anfang an. Ich erzählte ihr, dass ich meinen amerikanischen Vater bis vor wenigen Wochen gar nicht richtig gekannt hatte, dass er in den Achtzigerjahren auf der Militärbasis in Keflavík stationiert gewesen war und meiner Mutter die Samen für meine Zeugung gespendet hatte, obwohl er das gar nicht gedurft hätte, weil er schon eine Frau und zwei Kinder hatte und darum aus Island abgezogen wurde, als ich neun Monate später zur Welt kam. Dass meine Mutter mit mir zu Großvater in sein Haus gezogen und ich bei ihm aufgewachsen war, der mir alles beigebracht hatte, etwa, wie man einen Grönlandhai verarbeitet oder sich beim Pinkeln auf der Melrakkaslétta mit dem Rücken gegen den Wind stellt.

Dakota Leen lächelte und schaute mich wieder mit ihren neugierigen Augen an, und weil ich deswegen den Faden verlor, sagte sie, ich solle einfach weitererzählen, ich mache das gut.

Also erzählte ich ihr, dass ich einem Eisbären begegnet war, und hätte ich die Mauser meines amerikanischen Großvaters nicht dabeigehabt, würde ich heute nicht hier sitzen. Vielleicht fing die Geschichte also beim Eisbären an oder bei meinem amerikanischen Großvater, der im Korea-Krieg gekämpft und einem Koreaner diese Nazi-Pistole abgenommen hatte. Und ein Sheriff wie ich trage schließlich die Verantwortung –

»Sheriff?« Dakota Leen wandte sich verwirrt ihrem Laptop zu.

Ich überlegte kurz, fragte mich, wie ich es ihr erklären

sollte, denn ein Sheriff in Raufarhöfn ist vermutlich nicht dasselbe wie ein Sheriff in Washington D. C. Aber sie winkte ab und sagte, es spiele eigentlich keine Rolle. Sie wolle viel eher wissen, ob mich mein Großvater gelehrt habe, mit Schusswaffen umzugehen.

»Korrektomundo!«, sagte ich stolz, und dann wurde ich traurig, weil ich an ihn denken musste.

Ich wünschte, Großvater wäre nicht ermordet worden. Als ich Dakota Leen alles erzählte, Wort für Wort, fühlte es sich an, als sitze er neben mir auf dem gefrorenen Moos und blicke auf den schnurgeraden Horizont, und irgendwo dahinter war das Meer, das nie gleich aussieht, fast jeden Tag seine Farben wechselt, für die es wahrscheinlich gar keine Namen gibt, denn es sind so viele. Wie Gefühle. Auch die Trauer hat eine Farbe, eine dunkle, wie das Meer bei Sturm, tief und unergründlich. Die Trauer zieht sich zurück und schwillt an wie Ebbe und Flut. Und sie rauscht, nicht in den Ohren, sondern in der Brust.

»Erzähl mir von deinem Großvater«, forderte mich Dakota Leen auf, lehnte sich im Stuhl zurück und trank aus ihrem Pappbecher. »Und nimm dir bitte Zeit.«

Zeit.

Ich schniefte und nickte, dachte an Großvater.

Wenn man jemanden zum letzten Mal sieht, ist es besser, man weiß es nicht. Man geht davon aus, dass man noch Zeit hat, sich bald wieder begegnet, man sagt einfach nur »bless«, und diese Abschiede sind die besten, weil sie nicht wehtun.

Großvater konnte schon eine Weile nicht mehr gehen, er wollte nicht mehr essen, und er konnte nicht mehr selbst aufs Klo, brauchte sogar Windeln. Und er wusste nicht mehr, wie man einen Löffel oder eine Gabel hält, obwohl ich es ihm noch ein paarmal gezeigt hatte. Darum vermutete ich, dass er auch nichts mehr sah, oder nur noch verschwommen, denn seine Augen sahen aus wie tote Quallen am Strand. Und unter den Quallen liegen die grauen Steine, die einst Teil eines Felsens gewesen sind. Auch mich erkannte Großvater nicht mehr. Jemand hatte mir mal erklärt, dass altersschwache Menschen fast wie neugeborene Babys seien, aber Großvater war längst nicht so süß und neugierig, und manchmal roch er wie verfaulter Lappentang, dass man sich die Nase zuhalten musste.

Dass Babys neugierig sind und zudem viel besser riechen als mein Großvater, das kann ich bestätigen. Ich durfte nämlich mal eins in den Armen halten, ein echtes, keine Puppe. Wirklich wahr! Perla, meine Ex-Freundin, hat eine Schwester, die Lilja heißt und keine Behinderung hat. Lilja hat so ein Baby bekommen, als ich noch mit Perla zusammen war. Und als wir sie einmal besuchten, wurde mir das Baby einfach in die Arme gedrückt, da konnte ich gar nichts machen, keine Chance, denn so ein kleines Ding kann man nicht einfach zurückgeben, das wäre viel zu gefährlich. Man muss warten, bis einem das Baby wieder abgenommen wird. Also machte ich mich ganz steif und wurde zu einer Statue, vergaß sogar fast zu atmen. Das Baby roch wie Vanillecrème. Es öffnete die Augen, blinzelte mich an, denn es wollte wahrscheinlich sehen, wer ich bin. Und ich blinzelte zurück, als ob wir uns mit Morsezeichen verständigten, was alle total entzückend fanden, auch wenn ich leider kein einziges Wort verstand.

Manchmal kniete ich mich ganz dicht vor Großvater auf den Boden und schaute ihn einfach nur an oder machte Morsezeichen mit den Augen. Unsere Nasenspitzen berührten sich fast, und manchmal ging dann ein Ruck durch ihn und er richtete sich auf, nickte mir zu, machte »Hm« oder räusperte sich, und gelegentlich quetschte er ein paar Worte zwischen den Lippen hervor, die sich tatsächlich ein wenig wie Babysprache anhörten, aber rauer. Seine Stimme war schon verbraucht, ich verstand kein Wort. Manchmal musste ich dann lachen, obwohl ich gar nicht lachen wollte.

Meine Mutter hatte mir erklärt, dass mich Großvater noch immer verstehen könne, auch wenn er nicht reagiere. Sein Herz höre mit, garantiert.

Darum erzählte ich ihm alles Mögliche. Manchmal lachte er dann, und manchmal weinte er, ganz egal, was ich gerade gesagt hatte, und ich hätte zu gern gewusst, was es zu lachen gab oder wie ich ihn hätte trösten können, doch meine Mutter sagte, dass nur noch er allein wisse, was in seinem Kopf vorgehe. Er sei tief in sich hineingerutscht, und er komme da auch nicht mehr raus, und das Einzige, das wir noch für ihn tun können, sei, bei ihm zu sein, weil er dann nicht so allein sei, und alles sei besser, wenn man nicht allein ist, fernsehen zum Beispiel, oder essen, oder Auto fahren, oder lesen, oder tanzen, oder kochen, oder schlafen –

Meine Mutter wollte gar nicht mehr aufhören, Dinge aufzuzählen, die zu zweit mehr Spaß machen. Darum unterbrach ich sie, denn es gab durchaus Dinge, die viel besser sind, wenn man allein ist. Zum Beispiel auf dem Klo sitzen oder sich mit einem Polarfuchs unterhalten oder beleidigt sein. Und manchmal ist es auch schön, wenn man allein auf dem Meer ist, weil man sich dann ausdenken kann, wen man gern dabeihätte, und das kann dann jede x-beliebige Person sein, zum Beispiel Lady Gaga oder Rihanna.

Etwa so erklärte ich es ihr, worauf mich meine Mutter komisch anschaute und sich dann zu mir beugte, um mich zu umarmen, was ihr aber nicht recht gelang. Wir hatten uns nämlich ganz nah zu Großvater gesetzt, und der musterte uns verstohlen, verstand nicht die Bohne.

»Kalli minn, du bist ein Weiser«, sagte meine Mutter und hatte plötzlich feuchte Augen. Wieso, weiß ich bis heute nicht. Ein Weiser zu sein ist im Grunde nichts Trauriges, aber vielleicht war meine Mutter traurig, weil nicht ich, sondern Großvater der Weise in unserer kleinen Familie hätte sein sollen, das war nämlich immer so gewesen, obwohl sich meine Mutter oft über seine Weisheiten beschwert hatte.

»Schade, dass du keinen Gammelhai dabeihast«, seufzte sie und schniefte. »Vielleicht könnten wir ihn noch einmal zurückholen, um uns richtig von ihm zu verabschieden. Bevor es zu spät ist. Das wäre schön.«

Und jetzt ärgerte ich mich, denn ich hatte just an dem Tag keinen Gammelhai dabei. Es war das zweitletzte Mal, dass ich Großvater lebend sah.

Einmal kniete ich mich vor ihn auf den Boden und legte meinen Kopf in seinen Schoß, und er streichelte mein Haar als wäre ich eine Katze.

⌘

4
Kaliber

Seit der Sache mit dem Eisbären wurde ich von Albträumen geplagt, ich war nicht mehr der Kalmann, der ich mal war. Die Welt um mich herum war es auch nicht mehr. Cocoa Puffs wurden verboten, weil jemand herausgefunden hatte, dass sie ungesund waren, was allen den Appetit verdarb. Ich hatte auf Honey Nut Cheerios umstellen müssen und mich schon fast daran gewöhnt – als es plötzlich wieder Cocoa Puffs gab! Es war total verwirrend. Mein bester Freund Nói hatte sich noch immer nicht gemeldet, und Island war um einen Gletscher ärmer geworden.

Auch in Raufarhöfn hatte sich einiges verändert. Dagbjört hatte, nachdem ihr Vater verschwunden und für tot erklärt worden war, das Hotel Arctica verkauft und war schweren Herzens nach Akranes gezogen, fünfhundertfünfundsiebzig Kilometer von Raufarhöfn entfernt. Die Schulbehörden suchten daraufhin verzweifelt einen Ersatz, sogar auf Facebook wurde das Inserat geteilt, bis sich eine Polin namens Valeska bereit erklärte, die wenigen Kinder zu unterrichten. Es gab aber keinen Grund zur Sorge: Valeska kann so gut Isländisch, dass man glaubt, sie sei eine Isländerin mit komischem Namen.

Etwa zur selben Zeit kaufte ein Mann namens Hörður das Hotel. Er war nur selten im Dorf anzutreffen, weil er sich meistens in seiner Villa in einem Außenquartier Reykjavíks oder in Teneriffa aufhielt. Óttar kümmerte sich um das Hotel, unterstützt von seiner Frau Lin, die aufpasste, dass er sich nicht an der Hotelbar vergriff und niemanden verprügelte. Hörður hatte nicht nur das Hotel gekauft, sondern auch einen Teil der Fischereiquote zurückgebracht, die er und seine Geschwister vor vielen Jahren aus Raufarhöfn abgezogen hatten. Er muss den Ruf der alten Heimat gehört haben, das sagte zumindest der Hafenmeister Sæmundur, und darum gab es vorerst keinen Grund zur Sorge. Siggi und Jújú landeten weiterhin tonnenweise Fisch, das Gefrierhaus wurde nach kurzer Pause wieder in Betrieb genommen; Raufarhöfn hatte den Tod des Königs verkraftet.

Manchmal nannten mich die Leute *Kalli Kaliber*. Ich mochte diesen Spitznamen nicht, weil ich nun keine Waffen mehr besitzen durfte. Die Behörden hatte mir nämlich die Waffenlizenz entzogen, die ich, wenn man es genau nimmt, gar nie besessen hatte. Weil ich schon als Kind bewaffnet durchs Dorf patrouilliert war, war es niemandem eingefallen, mich nach einer Lizenz zu fragen, denn die Mauser gehörte an meine Hüfte wie schlechte Laune zu Halldór.

Aber nach der Sache mit dem Eisbären änderte sich das. Es wurden Fragen gestellt. Viele Fragen. Um sich die Antworten zu sparen, verkaufte meine Mutter die Büchse und die Flinte, womit ich Füchse und Schneehühner gejagt und den Haien das Licht ausgeknipst hatte, peng. Die Mauser hatte ich inzwischen auf Birnas Wunsch ins Meer geworfen. Darum konnte ich jetzt keine Haie mehr fangen, denn dazu braucht man eine Schrotflinte, damit betäubt man die Tiere, das ist das Gesetz. *Kalli Kaliber* hörte sich also wie ein Witz an, als würden die Leute jemanden rufen, den es gar nicht mehr gab, nur, um ihn zu ärgern.

Vielleicht mochte ich nicht, wer ich geworden war. Vielleicht war ich unter dem Eisbären eine Weile tot gewesen, das kann man nicht ausschließen, und darum war ich wie neugeboren. Lange Zeit wollte ich es nicht wahrhaben, denn Großvater hatte immer gesagt, Kalmann Óðinsson ist, wie er ist! Aber wenn ich noch immer derselbe Kalmann gewesen wäre, hätte ich an jenem zweitletzten Besuch im Heim ein Stück Gammelhai dabeigehabt. Der neugeborene Kalmann war ein vergesslicher Griesgram, fast wie Großvater einer gewesen war, wurde oft wütend, scheinbar ganz ohne Grund. Etwas in mir war wohl zerquetscht worden, als ich unter dem Eisbären gelegen hatte. Nach dem Besuch bei Perlas Schwester bekam ich sogar einen Wutanfall, denn nun wollte Perla plötzlich auch so ein Baby, und ich hätte natürlich der Vater sein sollen, aber das geht nicht, das dürfen wir nicht, zumindest hatte ich das mal in einer *Dr.-Phil*-Sendung gehört. Zudem kann man mit Küssen allein keine Babys machen. Möglicherweise wusste Perla das nicht. Und darum wurde ich immer wütender und machte schließlich eine Puppe kaputt, die sie so gern mochte, drehte ihr den Kopf ab, riss ihr Arme und Beine aus, und Perla übernachtete bei ihren Eltern. Einmal, als ich einen Albtraum hatte, zerriss ich mein Hulk-Nachthemd, und ich verpasste Perla versehentlich einen blauen Fleck, weil sie mich beruhigen wollte und mir dabei zu nahe kam. Darum durfte ich sie für eine Weile nicht mehr sehen, und wenn ich ganz ehrlich bin, war mir das egal. Es war besser für alle, wenn man mich mit meinen Albträumen allein ließ.

Nach dem Drama mit Perla zog ich zu meiner Mutter in Akureyri. Das war ganz in Ordnung, auch wenn damit meine Chancen, jemals wieder eine Frau wie Perla zu finden, minimal waren. Meine Mutter und ich hatten uns in einem kleinen alten Wellblechhaus einquartiert, mitten im Hafenquartier dieser Kleinstadt. Die Schlafzimmer waren etwas größer als bei uns in Raufarhöfn, und ich mochte, dass jeder Schritt auf den Dielen und jede Drehung im Bett ein Quietschen und Knarren verursachte oder dass man bei schlechtem Wetter das Plätschern des Regenwassers hören konnte, weil das Ablaufrohr der Dachrinne durchgerostet und an manchen Stellen abgefallen war. Der Keller stand ständig unter Wasser, den konnten wir also nicht benutzen.

Ich bekam Arbeit in der Shoppingmall Glerártorg, da konnte ich zu Fuß hin. Ich war für die Einkaufswagen zuständig, die die Leute kreuz und quer draußen auf dem Parkplatz zurückließen. Ich musste sie einsammeln und ins Trockene bringen, manchmal auch putzen oder die Räder ölen. Diese Arbeit gefiel mir gut, und die Leute waren meistens nett, obwohl ich sie böse anguckte, wenn sie ihre Einkaufswagen nicht zurückbrachten. Aber das durften die wohl, denn mein Boss, der Nanouk hieß und eigentlich Grönländer ist, bestellte mich in sein Büro und sagte, ich solle den Leuten nicht bis zu ihren Autos folgen, sondern einfach warten, bis sie weggefahren waren, um dann die Wagen einzusammeln. Isländer seien faul, das sei einfach so, da könne man nichts machen. Er wusste wahrscheinlich nicht, dass es gegen das Gesetz war, etwas mitten auf einem öffentlichen Parkplatz stehen zu lassen. Wahrscheinlich gibt es dieses Gesetz in Grönland nicht, weil sie da fast keine Autos haben und darum auch keine großen Parkplätze.

Ich hatte also eine Arbeit und ich wurde sogar bezahlt dafür, verdiente mehr Geld, als ich für meinen Gammelhai oder die Polarfuchsschwänze bekommen hatte. Und darum gab es für mich keinen anderen Grund, nach Raufarhöfn zu fahren, als bei Óttar im Hotel Arctica einen Arctic-Cheese-Burger zu essen und unserem Häuschen Hallo zu sagen, damit es nicht vereinsamte.

Im Sommer blieb ich einmal einen ganzen Monat. Es gab nämlich viel zu tun, am Hafen war wegen der sommerlichen Regionalquote einiges los, und ich half, die Schüttgutcontainer mit dem Wasserschlauch zu reinigen und die Möwen zu verscheuchen. An einem Wochenende wurden die Gehsteige im Dorf repariert. Die Bewohner von Raufarhöfn trafen sich und schlugen die kaputten Stellen weg, betonierten kleinere Flächen und besserten die Ränder mit Zement aus. Die Gemeindebehörde in Húsavík, die seit einigen Jahren über Raufarhöfn bestimmte, wollte kein Geld für Gehsteige ausgeben, obwohl man es versprochen hatte. Halldór behauptete es zumindest. Aber wer jetzt denkt, dass sich die Bewohner von Raufarhöfn darüber ärgerten oder sogar wütend waren, weil sie sich selbst um die Gehsteige kümmern mussten, irrt sich. Die Stimmung war ausgezeichnet, fröhlich sogar, obwohl der Sommer bisher feucht und kalt gewesen war und die Leute noch im Juli Wollmützen trugen. Es gab Kaffee und süßes Gebäck, und Schafbauer Magnús Magnússon hatte sein Akkordeon dabei und spielte uns während einer Kaffeepause ein Ständchen. Alle waren ganz still und zufrieden, schlürften Kaffee und schauten gedankenverloren aufs Meer.

Die Albträume aber – die blieben. Kamen immer wieder. Hartnäckig. Meine Mutter wusste zum Glück, was man mit ihnen machen muss: ausatmen. Wegblasen wie Gestank, das Fenster einen Spalt öffnen, tief Luft holen und dann alles aus sich in die schwarze Nacht hinauspusten, bis man keine Luft mehr im Körper hat, weder im Oberstübchen noch in den Knoblauchzehen, um dann die frische Nachtluft einzuatmen, damit sich keine neuen Albträume im Körper ansammeln können.

Ich war davon ausgegangen, dass die bösen Träume weniger werden würden, aber sie kamen immer wieder, fast regelmäßig: der Eisbär, der hinter jedem Hügel lauerte, manchmal plötzlich vor mir stand, selbst wenn ich im Traum gar nicht draußen in der Natur war, sondern irgendwo in einem Haus oder in der Shoppingmall. Róbert, der mich anstarrte und sich die Mauser an den Kopf hielt.

Abdrückte.

Umkippte.

Die zersägten Körperteile. Das Blut.

In Akureyri gibt es einen Laden für Touristen. Neben dem Eingang steht ein falscher Eisbär in Lebensgröße, der auf den Hinterbeinen steht und den Kopf und die Vorderbeine bewegt. Als ich zum ersten Mal an diesem Eisbären vorbeiging, begann ich zu zittern und musste mich sogar übergeben. Total peinlich. Die Touristen glaubten, ich sei besoffen.

Das Problem war, dass ich mit niemandem darüber reden konnte. Denn das mit McKenzie war ein Geheimnis, und

zudem kannte ich niemanden, der wie ich unter einem Eisbären gelegen hatte und meine Albträume nur annähernd
hätte verstehen können.

Dann kam dieses blöde Virus. Meine Mutter, die im
Spital arbeitete und vom vielen Maskentragen Abdrücke im
Gesicht bekam, sagte, ich dürfe nicht mehr in der Shoppingmall arbeiten, wenn ich weiterhin meinen Großvater
besuchen wolle. Entweder-oder. Darum entschied ich mich
für Großvater, da musste ich gar nicht überlegen. Denn
Großvater und ich, wir gehörten zusammen wie Hamburger und Fritten.

Als ich Großvater zum allerletzten Mal besuchte, saß er
wie immer im Rollstuhl und starrte mit trüben Augen vor
sich auf den Boden. Eine Pflegerin, die mich ins Zimmer
geführt hatte, streichelte ihm mit der Hand über den Rücken und sagte laut: »Óðinn minn, Kalmann ist da. Er
kommt dich besuchen!«

Großvater schreckte aus seinen Gedanken und gab einen
Laut von sich, der sich beinahe wie ein richtiges Wort anhörte, es war also einer der guten Tage, die immer seltener
geworden waren.

»Wer?«

»Kalmann, dein Enkel!«

»Ah.« Er sank enttäuscht zurück in den Stuhl.

Die Pflegerin lächelte mich aufmunternd an und ließ
mich mit Großvater allein. Ich blieb eine Weile stehen, dann
kniete ich mich wie gewöhnlich vor ihn auf den Boden.

»Hallo, Großvater«, murmelte ich, aber er schaute mich
nur flüchtig an und dann wieder durch mich hindurch. Ich
glaube nicht, dass er mich erkannte. Doch diesmal hatte ich

Gammelhai dabei! Es waren ein paar ziemlich schleimige Würfelchen von meinem allerletzten Vorrat, wahrscheinlich längst nicht mehr genießbar, aber das machte nichts, denn Großvater durfte sowieso keinen Gammelhai mehr essen. Er hätte daran ersticken können. Bekanntlich isst man nicht nur mit dem Mund, sondern auch mit den Augen und der Nase, darum hielt ich ihm das offene Döschen unter den Riecher, damit er wenigstens den Duft der Delikatesse genießen konnte.

Es dauerte einen kleinen Moment, dann fuhr es wie ein Erdstoß durch ihn hindurch. Er riss überrascht die Augen auf, stützte sich auf seine zittrigen Arme, richtete sich ein wenig auf und begann, sich hin- und herzuwiegen, als tanze er zu einer Musik, die nur in seinem Kopf dudelte, denn ich hörte rein gar nichts. Er hob eine Hand und bewegte die Finger in der Luft, als zähle er Sterne, erstarrte, und dann brach es wie Buchstabensuppe aus seinem Mund. Die Worte waren völlig unverständlich, es waren bloß komische Laute, die dennoch irgendwie vertraut schienen. Also versuchte ich, auf den Klang der Stimme zu hören, und so konnte ich tatsächlich ein Wort mit Bestimmtheit ausmachen: »Kalmann«, sagte er immer wieder – ich vermutete es zumindest, es klang nämlich viel mehr nach »Kallakallakalla!« Und dann beugte er sich plötzlich nach vorn, packte mich an den Schultern und schaute mich ganz erschrocken an. Ich war mächtig erstaunt, Großvater hatte noch immer Kraft, fast wäre mir das Döschen aus der Hand gefallen, aber ich umklammerte es fest, und Großvater rief: »Gora vzletit! Opasno. Gora letit!«

»Was?«

»Vnutri gory! Der Berg. Vzletit v vozdukh. Gora! Gora letit!«

Mein Atem stockte.

»Berg?«

»Suka amerikanets, suka, suka amerikanets! Opasno. Vnutri gory!«

Jetzt fiel das Döschen doch noch zu Boden und die Würfelchen kullerten über den Teppich. Ich machte mich los und sammelte sie wieder ein, was gar nicht so einfach war, denn meine Hände zitterten. Zugleich versuchte ich, mir die Worte zu merken, die Großvater noch immer wiederholte:

»Suka amerikanets. Opasno! Gora letit.«

Und dann geschah etwas, das ich ganz schrecklich fand, obwohl ich im Nachhinein froh bin, dass es passiert ist: Großvater breitete die Arme aus, rief verzweifelt »Kallakallakalla!« und ließ sich nach vorne fallen. Der Rollstuhl machte einen Hüpfer nach hinten und Großvater landete auf mir, riss mich zu Boden, Bruchlandung, bumm! Jetzt lag ich auf dem Rücken, begraben unter zirka sechzig Kilo Großvater. Die Gammelhaiwürfelchen lagen verstreut neben mir, und Großvater vergrub sein Gesicht in meiner Brust, streichelte mir mit steifer Hand übers Gesicht und weinte und schluchzte wie ein kleines Kind, wiederholte dabei immer wieder diese komischen Laute: »Gora letit.« Und darum schlang ich die Arme um ihn, hielt ihn fest an mich gedrückt, denn wenn jemand traurig ist, muss man das so machen, selbst wenn man eigentlich derjenige ist, der heulen möchte.

Noch am selben Abend erzählte ich meiner Mutter, dass Großvater ausgeflippt war und wahrscheinlich Litauisch gesprochen habe, denn so hatte es sich angehört. Von dem Gammelhai und der Pflegerin, die uns gefunden hatte, erzählte ich ihr nichts. Man muss nicht immer alles erzählen. Die Pflegerin hatte den Gammelhai für mich entsorgt, hatte das Döschen zwischen Daumen und Zeigefinger haltend weit von sich gestreckt und war blinzelnd aus dem Zimmer geeilt, verließ sogar das Heim, um den Gammelhai draußen in eine der Mülltonnen zu schmeißen. Ich beobachtete sie durch das Fenster, während zwei weitere Pflegerinnen Großvater auf sein Bett hievten, wo er bald einschlief.

Meine Mutter seufzte, schaute mich eine Weile wortlos an, dann machte sie sich eine Tasse Tee.

Immer wenn sich meine Mutter eine Tasse Tee macht, gibt es etwas zu besprechen. Meistens ist es etwas Wichtiges, aber selten etwas, das mich glücklich macht.

Wir setzten uns also an den Küchentisch, meine Mutter öffnete sogar eine Packung Kekse, und bevor sie mir überhaupt erklären konnte, wieso ich mit Keksen belohnt wurde, hatte ich schon zwei Stück verdrückt.

»Kalli minn«, fing sie an, wie sie immer anfängt, wenn sie mit mir reden will. Großvater habe das jetzt schon ein paarmal gemacht, das Pflegeheim habe sie auch heute angerufen, und dass seine Anfälle immer heftiger und häufiger geworden waren. Manchmal brülle er sogar das Personal an. Auf Russisch übrigens, meine Vermutung sei fast korrekt gewesen.

»Aber wieso denn?«, fragte ich und stibitzte einen weiteren Keks, bevor meine Mutter die Packung wegräumen konnte.

Sie wusste es nicht, vermutete aber, dass es etwas damit zu tun habe, dass Großvater früher ein glühender Kommunist gewesen war. Er habe sich immer sehr für die Sowjetunion interessiert, sagte sie. Aber dass er Russisch könne, überrasche sie doch. Die Pflegefachleute hätten auch gesagt, dass es mit Großvater steil abwärtsgehe, dass es nicht mehr lange dauern werde, bis – Jetzt blieben ihr die Worte im Hals stecken, aber ich wusste zum Glück, wie der Satz zu Ende gegangen wäre, schließlich musste man kein Arzt sein, um zu erkennen, dass Großvater nicht mehr lange zu leben hatte.

Seltsam. Die Vorstellung, dass er bald sterben würde, machte mich überhaupt nicht traurig. Meine Mutter hatte Tränen in den Augen, und ich mampfte Kekse. Um sie aufzuheitern sagte ich:

»Suka amerikanets! Gora letit!«

Mitten in der Nacht schreckte ich aus einem Albtraum. Ich muss so laut geschrien haben, dass meine Mutter aufwachte. Sie kniete sich an mein Bett und strich mir übers Haar, doch sie war so müde, dass sie ihren Kopf neben mich auf die Matratze legte. Plötzlich lag ihre Hand schlaff auf meinem Gesicht. Also tippte ich ihr auf die Schulter und teilte ihr mit, dass sie wieder gehen könne.

Der Traum flimmerte noch eine Weile in meinem Kopf, also stellte ich mich ans Fenster und prustete meinen Atem zum Spalt hinaus ins stille Hafenquartier.

Ich war mit Großvater auf der Melrakkasletta gewesen.

Wir wanderten ziellos über die Ebene, und eigentlich kenne ich mich da oben gut aus, aber im Traum wusste ich nicht, wo wir uns befanden. Darum bekam ich Angst. Und Großvater, der immer ein Stück vorausging, blieb plötzlich stehen und drehte sich zu mir um. Er hatte meine Mauser in der Hand, und die hielt er sich unters Kinn. Ich stand jetzt dicht vor ihm.

Jeder würde in diesem Moment schreiend aufwachen.

Am nächsten Nachmittag ist Großvater gestorben. Zum Glück war meine Mutter schon vom Frühdienst zurück, als der Telefonanruf kam. Es war vierzehn Uhr vierzig. Ich weiß das so genau, weil die Ärzte im Fernsehen immer sofort die Zeit sagen, wenn jemand stirbt. Also schaute auch ich auf die Uhr und sagte: »Vierzehn Uhr vierzig.«

Eigentlich hätten wir Großvater um sechzehn Uhr besuchen wollen. Teufel, verflucht! Unsere Besuchszeit war also hinfällig. Meine Mutter wollte trotzdem hin, sofort, aber ich fand das völlig übertrieben, er war ja tot, und mit einem Toten kann man sich nicht unterhalten. Man kann ihm auch keinen Gammelhai unter die Nase halten, denn das weckt die Toten nicht, obwohl es viele Leute behaupten.

Ich rührte mich nicht von der Stelle.

Ich wollte fernsehen.

Um diese Zeit lief auf dem zweiten Sender die Dating-Show *Versuchung im Paradies*, in der einige Paare auf einer tropischen Insel gratis Ferien machen, mit Palmen und Swimmingpools und Champagner und Bikinis und allem. Aber getrennt. Bei den Männern übernachten superheiße Single-Frauen und bei den Frauen superheiße Single-Männer. Das ist dann die Hölle, denn fremdgehen darf man eigentlich nicht, was den Singles völlig egal ist. Die wollen sich nur amüsieren, knutschen und vögeln. Und wenn sich die Paare nach zwei Wochen wiedersehen, um von ihren Ferien zu erzählen, fließen meistens die Tränen, und dann sind sie alle single.

Aber meine Mutter rannte wie ein aufgescheuchtes Huhn in der Wohnung rum, riss mir die Fernbedienung aus der Hand, zog die Schuhe an und wieder aus, sie heulte und flehte, denn mich allein zu Hause lassen, das käme nicht infrage. Doch ich dachte nicht daran, die Couch zu verlassen, es war jetzt nämlich zu spät. Großvater war tot. Gestorben. Ein Kadaver! Hatte sie das denn nicht begriffen? Ich brüllte sie an. Meine Mutter versprach mir das Blaue vom Himmel, dass wir heute Abend Pizza bestellen und gemeinsam einen Film schauen würden, doch das waren nur leere Versprechungen. Schließlich hatte sie auch versprochen, dass wir heute Großvater besuchen würden, aber jetzt war er tot, hinüber, nicht mehr da. Die angefangene Packung Kekse, die meine Mutter aus dem Küchenschrank geholt hatte, fegte ich mit einer einzigen Handbewegung vom Couchtisch. Die Kekse erweckten Großvater nicht zum Leben, nur meine Mutter wollte das nicht kapieren.

Aber dann unterbrach uns das Telefon. Es war meine Tante Guðrún aus Reykir. Und auch sie heulte, ich konnte sie bis auf die Couch hören. Dass Frauen immer so hysterisch sein müssen! Meine Mutter jammerte ins Telefon, dass sie mich unmöglich allein lassen könne, ich mich aber weigere mitzukommen.

So was macht mich einfach sauer. Ich mag es nicht, wenn hinter meinem Rücken schlecht über mich geredet wird.

Plötzlich stand ich. In der Hand hielt ich eine dieser Eulenfiguren aus Glas, die meine Mutter sammelte und im ganzen Haus aufgestellt hatte. Ich hatte keine Ahnung, wieso ich dieses verfluchte Ding in der Hand hielt, und darum schmetterte ich es neben meiner Mutter an die Wand, so fest ich konnte, was zusammen mit dem Gekreische meiner Mutter einen solchen Höllenlärm machte, dass ich ihn mir aus den Ohren prügeln musste, den Lärm, wie man kleine Fliegen vertreibt, die einem ins Ohr geraten sind. Ich prügelte so lange auf mich ein, bis es endlich still wurde. Das war angenehm. Wieso an meinen Händen Blut war, wusste ich nicht, aber es war mir egal. Es tat auch gar nicht weh. Und als mich plötzlich zwei Polizisten überwältigten, mir das Gesicht auf den Boden drückten, entspannte ich mich komischerweise, denn unter zwei Polizisten ist es fast so dunkel wie unter einem Eisbären. Im Dunkeln ist man irgendwie ganz für sich, auch wenn noch andere da sind. Ich musste nicht mehr an Großvater und die hinfällige Besuchszeit denken. Ich wartete einfach ab und merkte, wie die Luft aus meinem Körper wich, und mit ihr die Wut, aus meiner Brust, meinen Armen, meinen Beinen und meinen Knoblauchzehen.

Das Stimmengewirr war so dumpf, dass ich kein Wort verstand. Meine Mutter war da, ich hörte, wie sie sich mit den Polizisten stritt. Ich konnte also ganz beruhigt an etwas anderes denken. An die Einkaufswagen auf dem Parkplatz vor der Shoppingmall oder an die hübsche Kacy, die in *Versuchung im Paradies* mit Mike fremdgegangen war und ihren Verlobten James anflehte, sie nicht zu verlassen, ihm sogar versprach, sich ihm endlich zu geben.

Was sie damit nur gemeint hatte?

Aber dann wurde es plötzlich wieder hell, es war wie Auftauchen. Jedes Geräusch ist dann lauter. Und jetzt erschrak ich doch noch, denn meine Mutter machte ein ganz schreckliches Gesicht, wie eine Fratze. Und ich konnte meine Arme nicht mehr richtig bewegen, denn ich hatte Handschellen an, und darum lag ich jetzt wie eine Robbe auf dem Teppich und fand auch keine Worte, was ganz dumm war, denn ich hätte meiner Mutter sagen wollen, wie sehr mir das alles leidtat.

⌘

5
Wut

Die nächsten Tage erlebte ich wie in dichtem Nebel, ich kann mich nur schlecht an sie erinnern, mag auch gar nicht daran zurückdenken. Filmriss.

Ich wurde eingeliefert.

Ins Irrenhaus.

Korrektomundo. Der Sheriff von Raufarhöfn wurde eingesperrt. Es war aber gar nicht so schlimm, mal abgesehen von den ziemlich großen Pillen, die ich schlucken musste und die mich träge und irgendwie gedämpft, aber wattewohlig machten. Ich bekam ein ruhiges Zimmer, das das hellste Zimmer der Welt war. Es waren auch andere Leute im Irrenhaus – das man eigentlich nicht so nennt, aber wenn man einmal da war, darf man sagen, was man will. Das erklärte mir einer, der Pétur heißt und ein Abonnement der Psychiatrie hat, wie er sagte. Manchmal war er gut drauf, dann fragte man sich, weshalb er überhaupt hier war. Und manchmal war er so traurig, dass er kein Wort über die Lippen brachte. Sie waren ihm dann wie zusammengenäht. Am liebsten mochte ich den Pfleger Gummi, den ich ein paar Tage später kennenlernte, als ich nicht mehr so benebelt war.

Meistens war der Fernseher an, aber mein Hirn war aus. Zwar glotzte ich hin, doch die Verbindung zu meinem Kopf hatte Wackelkontakt, schlechten Empfang. Etwas war kaputt. Ich bekam gar nicht richtig mit, als James in *Versuchung im Paradies* Kacy die Affäre mit Mike verzieh und ihr einen Heiratsantrag machte, den sie komischerweise ablehnte – sie hatte sich jetzt doch in Mike verliebt. Pétur musste mir die Sache mit Kacy und James und Mike einige Male erklären, aber schließlich fand ich zurück zu den Lebenden, ich empfing wieder Signale und fühlte mich auch nicht mehr so taub.

Der Pfleger Gummi gab mir einen guten Tipp: Ich solle das nächste Mal, wenn ich ausflippe, einfach rückwärts zählen, und zwar von zehn oder von zwölf bis null, ganz wie ich wolle, es sei egal. Und wir übten das.

Meine Mutter holte mich an einem Dienstag ab und fuhr mich auf direktem Weg nach Hause. Sie redete die ganze Zeit, aber ich hörte ihr nicht zu, denn ich war sauer, dass sie mich nicht schon früher abgeholt hatte, schließlich war sie meine Mutter und mein Vormund. Ich saß mit verschränkten Armen da und sagte kein Wort, auch am Küchentisch nicht, obwohl meine Mutter Pizza und Cola auftischte, während ich an die Küchenwand schaute und versuchte, den Pizzaduft zu ignorieren.

»Oh, Kalmann«, sagte meine Mutter, setzte sich mit einem Seufzer zu mir und schaute mich nur an, und zwar so, wie eine Mutter eben schaut. Dann legte sie ihre Hand auf den Tisch, so herum, dass ich meine in ihre legen konnte. Und als ich genau das tat, sagte sie, dass sie sich gut vorstellen könne, wieso ich wütend auf sie sei. Aber ich zuckte bloß mit den Schultern.

»Doch, ganz bestimmt«, versicherte sie mir. Sie verstehe mich, aber Wut sei ein dummes Gefühl, das einem wie ein

Gewicht um den Hals hänge und das Leben schwermache. »Du bist bestimmt noch immer wütend, nicht wahr, Kalli minn?« Ich nickte mürrisch. »Und, wo hockt sie, deine Wut? Kannst du sie mir zeigen?«

Ich schaute sie an. Wusste auch sie, dass sich jedes Gefühl an einer ganz bestimmten Stelle im Körper befindet?

»Hier«, sagte ich, entzog ihr meine Hand und zeigte auf meine Schultern, meine Oberarme und auf meinen Brustkorb. »Hier und hier.«

»Gut«, sagte meine Mutter und schaute mich zufrieden an. Ihre Augen funkelten. »Pass auf, ich nehme dir jetzt die Wut ganz einfach weg!« Sie streckte ihre Hand nach mir aus, griff an meine linke Schulter, als packe sie eine kleine, unsichtbare Spinne, die da rumgekrabbelt war, dann machte sie das Gleiche an meiner rechten Schulter, berührte mich ganz sachte, und ein drittes Mal an meiner Brust. Dann zeigte sie mir voller Stolz ihre Faust.

»Jetzt hab ich sie, deine Wut.«

»Quatsch!«, sagte ich und lachte erstaunt.

»Siehst du, du lachst! Es geht dir schon wieder besser!«

Tja, da staunte ich. Wo hatte meine Mutter diesen Trick gelernt? Ich wollte sie fragen, kam aber nicht dazu, denn sie stand auf und ging zum Mülleimer, öffnete den Deckel, warf die ganze Wut hinein und rieb sich die Hände, als wolle sie die letzten Wutkrümel loswerden. Deckel zu, peng! Sie war aber noch nicht fertig, setzte sich wieder zu mir und fragte mich, ob ich über Großvaters Tod traurig sei. Ich nickte, denn das war ja logisch.

»Und, wo steckt sie, deine Trauer?« Ihre Stimme war jetzt leise, als wolle sie sie nicht erschrecken, die Trauer.

Ich zeigte auf meinen Hals. Und auf mein Herz. Brachte kein Wort über die Lippen.

Meine Mutter nickte, streckte vorsichtig die Hand aus, griff behutsam nach meiner Trauer, berührte mich dabei am Hals und an der Brust – es kitzelte –, hielt meine Trauer eine Weile in den Händen, diesmal aber so, als halte sie einen Schmetterling darin umfangen.

»Trauer ist nichts Schlimmes. Sie ist sogar etwas Gutes, weißt du? Sie erinnert dich daran, dass du jemanden sehr gern hattest, und jemanden gern zu haben, ist nichts Schlimmes.« Sie drückte sich die Hand ganz sanft auf ihren Brustkorb. »Ich bewahre sie eine Weile für dich auf, deine Trauer, wenn das in Ordnung für dich ist.« Tatsächlich hatte sie plötzlich Tränen in den Augen, wahrscheinlich, weil sie nun auch meine Trauer im Herzen trug. »Und wenn du bereit bist, Kalli minn, gebe ich sie dir wieder zurück.«

⌘

6

Sauðanes

Großvater wurde auf dem Friedhof der Sauðaneskirk-
ja begraben, etwa eine Autostunde von Raufarhöfn
entfernt, nur ein paar Kilometer hinter Þórshöfn. Das
war nur logisch, denn auf dem kleinen Friedhof lag schon
Großmutter, die ich leider nie kennengelernt hatte, weil sie
seit sechsunddreißig Jahren tot war. Bestimmt war sie stink-
sauer auf Großvater, weil er so lange auf sich hatte warten
lassen. Meine Großmutter war ursprünglich aus Þórshöfn,
dort geboren und aufgewachsen, deshalb lag sie hier begraben, deshalb legte sich Großvater zu ihr.

Als wir in einem langen Konvoi aus etwa zwanzig Autos
über die Melrakkaslétta gen Süden fuhren, fragte ich mich,
wieso Großvater und ich nie das Grab meiner Großmutter
besucht hatten. Er schien sie überhaupt nicht vermisst zu
haben.

»Ich kann mich noch erinnern, als der ganze Fjord einmal
mit Packeis vollgestopft war«, sagte meine Mutter, als wir
durch Þórshöfn fuhren und mitten auf der Straße für eine
Schar Kinder anhalten mussten. »Ich war so klein wie die da,
stell dir das mal vor!« Sie lächelte und zeigte auf die Kinder.

Ich konnte es mir nicht vorstellen, darum zählte ich sie.
Es waren vierzehn Kinder. So viele gab es in Raufarhöfn
nicht.

»Wir wollten Vater abholen, der von einer Tour hätte zurückkommen sollen, aber wegen dem Packeis nicht konnte. Der Trawler musste auf einen anderen Hafen ausweichen. Dafür durften wir da draußen rumklettern.« Sie zeigte auf die weite Bucht.

»Das ist bestimmt verboten«, vermutete ich.

»Richtig, Kalmann! So was würde man heute nicht mehr erlauben. Viel zu gefährlich! Wir Kinder sind wohl von einer ganzen Schar Schutzengel begleitet worden.«

»Und wann kam Großvater wieder nach Hause?«

»Der Trawler fuhr nach Akureyri, aber die Straßen waren wegen dem vielen Schnee zu, wir konnten ihn also auch da nicht abholen, also machte er ohne eine Pause die nächste Tour. Wir sahen ihn für ein paar Monate nicht. Als er endlich nach Hause kam, brachte er viele Geschenke mit.«

»Geschenke!«

»Komischen Kram.«

Bald ließen wir die letzten Häuser von Þórshöfn hinter uns, und ich sah den Strand bei Sauðanes. Unwillkürlich musste ich an die Seewölfe denken, die Steinbeißer, und ich hörte Großvater, wie er mir von ihnen erzählte. Steinbeißer seien richtige Feinschmecker, wenngleich so hässlich wie der Teufel selbst. Aber sie seien tüchtig, bearbeiten den Meeresboden wie Baumaschinen, zerkauten Muscheln, Krabben und Hummer, Delikatessen also, die man sonst nur in einem teuren Restaurant in Reykjavík aufgetischt bekäme. Der Steinbeißer kaue stoisch auf den Schalentieren rum, zermalme sie, und darum würde er jedem abraten, ihm den Finger zwischen die Zähne zu halten, denn wenn der zubeiße, würden selbst Steine zu Staub, Knochen zu Krümeln, Muscheln zu Sand, der von der Meeresströmung weggetragen und an den Stränden abgelegt würde.

Der schöne Strand ist ein überwältigender Anblick. Hier haben die Seewölfe über viele Tausende Jahre ganze Arbeit geleistet, haben auf den Muscheln gekaut, bis der Strand so weiß geworden war wie mein Hintern. Erstaunlich, dass diese hässlichen Tiere etwas so Schönes erschaffen können.

Als sich alle auf dem Parkplatz vor der Kirche versammelten, fragte ich mich, ob Großvater mir einen Bären aufgebunden hatte. Sind Steinbeißer wirklich imstande, einen kilometerlangen Sandstrand zu erschaffen? Ich wollte meine Mutter fragen, aber die hatte sich in die Arme ihrer Schwester Guðrún geworfen, die beiden wollten sich gar nicht mehr loslassen, hatten sich wegen der blöden Pandemie schon lange nicht mehr gesehen. Hinter Guðrún standen ihre erwachsenen Kinder Schlange: mein Cousin Nonni und meine Cousine Íris Ósk. Sie nickten mir verlegen zu, und ich dachte an Muscheln kauende Seewölfe. Es sind bestimmt keine gesprächigen Tiere, die Tiere der Tiefsee.

»Kalmann, komm, es ist Zeit.«

Die Kirche von Sauðanes ist, wie viele alte Kirchen in Island, klein und, na ja, alt. Sie ist aus Treibholz gezimmert, steht auf einem Fundament aus Natursteinen, hat einen kleinen Turm, weiß gestrichene Bretterwände und ein rotes Wellblechdach. Das Innere wäre eigentlich gemütlich, wenn bloß die Kirchbänke nicht so hart wären. Man kann nur mit ganz geradem Rücken auf ihnen sitzen, sonst rutscht der Hintern nach vorn weg. Aber wenn man den Kopf in den Nacken kippt, kann man die gewölbte blaue

Decke bestaunen. Viele Kirchendecken sind blau bemalt, manchmal sogar mit goldenen Sternen verziert, damit sich die Leute wie im Himmel fühlen – wenn ihre Hintern nicht so schmerzen würden.

Die vorderste Bank war für uns Angehörige reserviert – zum Glück, denn die Kirche war schon zur Hälfte voll! Die Leute aus Þórshöfn hatten ja auch einen kürzeren Weg als wir und warteten ungeduldig, reckten die Hälse, als wir das Schiff betraten. Sie hockten mehrheitlich in der einen Kirchenhälfte, steuerbord, das ist die Sonnenseite. Ich musste mich zwischen meine Mutter und Tante Guðrún setzen, nur eine Armlänge von Großvaters weißem, nobel glänzendem, mit goldenen Haltegriffen bestücktem Sarg entfernt. Ein Foto stand oben auf der Kiste, in Schwarz-Weiß, Großvater vor etwa zwanzig Jahren, er schaute mich an, ich drehte mich um.

Hinter mir machten es sich die Leute aus Raufarhöfn bequem, backbord. Ich versuchte, sie zu zählen, was mir aber nicht gelang, weil man mir immer wieder zuwinkte. Fest stand nur, dass mehr Leute gekommen waren, als erlaubt gewesen wäre, denn wegen der Pandemie durften sich nicht so viele in einem Raum aufhalten, das war das Gesetz.

Auf der Stirn der Priesterin, sie hieß Séra Agnes, perlte Schweiß. Ihr war bestimmt zu heiß unter dem dicken Übergewand, denn jemand hatte die Heizung voll aufgedreht. Auch die Sonne schien kräftig durch die drei Fenster, kleine Staubpartikel tanzten in den Strahlen über den Köpfen der Leute, blitzten auf wie Gedanken. Als alle einen Platz gefunden hatten, machte Séra Agnes mit ihrer Hand ein

Zeichen, worauf ein alter, dürrer Mann in die Tasten der kleinen Orgel griff. Er spielte ein trauriges Lied, wiegte sich dabei hin und her, und als er fertig war, war es in der Kirche mucksmäuschenstill geworden. Séra Agnes, die mich wegen ihren breiten, schwarz aufgemalten Augenbrauen, ihrem schwarzen Übergewand und dem weißen Beffchen an einen Angry Bird erinnerte, begrüßte uns herzlich und erklärte, dass sich zu viele Leute in der Kirche befänden. Wem das nicht behage, der dürfe gehen, sie habe Verständnis. Wer aber das Risiko in Kauf nehmen wolle, solle sitzen bleiben, sie wolle es erlauben, schließlich sei bisher noch kein einziger Krankheitsfall registriert worden, weder in Þórshöfn noch in Raufarhöfn. Das Virus habe uns hier oben noch nicht gefunden oder vielleicht vergessen, sagte die Priesterin und lächelte angestrengt. Darum wolle sie auch darüber hinwegsehen, dass nicht alle medizinische Masken trügen, wir sollten es bloß niemandem erzählen, sonst würden die Behörden öffentliche Bestattungen auch hier oben verbieten.

Fünf Reihen hinter mir saß meine Nachbarin Elínborg und nickte heftig, sie trug nämlich keine Maske. Auch Siggi trug keine, ich hatte ihn überhaupt noch nie mit einer Maske auf dem Gesicht gesehen, dafür waren Óttar und seine Frau Lin maskiert, und Sæmundur, der mir von ganz weit hinten zuwinkte, war die Maske unter die Nase gerutscht. Sigfús hatte sie verkehrt rum an, was aber, soviel ich weiß, nicht verboten war.

»Setz dich wieder hin, Kalli!«, flüsterte meine Mutter und zog mich am Anzug zurück auf die Bank.

Die Priesterin schaute mich abwartend an und lächelte

freundlich. Dann wandte sie sich wieder den Leuten zu und erklärte, wer dieser Óðinn Arnarson, von dem wir uns heute verabschiedeten, überhaupt gewesen war.

Es war erstaunlich. Ich hatte meinen Großvater überhaupt nicht gut gekannt, hatte geglaubt, dass er immer als Fischer und Jäger in Raufarhöfn gearbeitet hatte und immer schon alt gewesen war. Aber er war in Reykjavík als jüngstes von sechs Kindern geboren worden, ein Nachzügler, und darum waren seine Geschwister schon lange tot. Als die Kriegsschiffe der Royal Navy eines schönen Morgens in der Bucht vor Reykjavík verankert lagen, stand er am Hafen und machte große Augen. Der Zweite Weltkrieg war nach Island gekommen. Mein Großvater hatte also schon vor Urzeiten gelebt! Später siedelte er mit seiner Mutter nach Hafnarfjörður um, was mit seinem Vater passiert war, kriegte ich nicht so richtig mit. Jedenfalls ging mein Großvater noch ein wenig zur Schule. Das hätte ich sehen wollen: Großvater, der die Schulbank drückt, vergiss es! Fast musste ich lachen. Dass er mit vierzehn im Straßenbau zu arbeiten begonnen hatte, passte viel besser zu ihm. In den Fünfzigern kam er hier hoch nach Þórshöfn, ein junger Mann, der den Amerikanern half, die Straße vom kleinen Flugplatz hier in der Nähe auf den Berg Heiðarfjall zu bauen. Die Priesterin sagte sogar, dass die Straße lange als die beste in ganz Island galt. Das sagte sie wirklich! Ich glühte vor Stolz, es war so spannend. Zwischendurch sei er immer mal wieder zur See gefahren, erzählte sie weiter, und zwei oder drei Bänke hinter mir brummte ein Mann, dass Óðinn ein ausgezeichneter Schütze gewesen sei, damals, ausgezeichnet. Er sei während des Heringsbooms mit ihm zur See gefahren, und Óðinn habe vom schaukelnden Boot aus Dutzende von Orcas abgeschossen, die hätten ihnen nämlich die Heringe weggefressen.

Die Priesterin sprach unbeirrt weiter, ihre Stimme war aber etwas lauter geworden. Großvater habe einen Sommer auf Grímsey verbracht und danach in Neskaupstaður gelebt –

»Klein Moskau, da habt ihr's!«, sagte jetzt ein anderer Mann, sodass man es gut hören konnte.

Die Priesterin verstummte und zog ihre aufgemalten Augenbrauen hoch.

»Das war einmal«, rief Sigfús von weiter hinten. Seine Stimme kannte ich gut. »Die Kommis und Sozis gibt es da gar nicht mehr. Haben sich selbst ausgerottet.« Er hob entschuldigend die Hand und ergänzte: »Verzeihung, Séra Agnes. Bitte weitermachen.«

Aber Séra Agnes kam nicht dazu weiterzumachen, denn noch jemand musste etwas loswerden, wenn auch nicht mit derselben lauten Stimme wie Sigfús.

»Na ja, aber rot stimmen sie noch immer.« Es war einer von der Þórshöfn-Hälfte.

»Rote gibt es überall«, wusste Sigfús, dem die Maske ganz vom Gesicht gerutscht war.

»Wollte er nicht eine Kommunistenpartei gründen, bei euch oben in Raufarhöfn?«

»Ja, zusammen mit Lúlli Lenin«, bestätigte Siggi.

»Liebe Trauergemeinde!« Die Priesterin winkte mit beiden Händen, als wolle sie ein Auto stoppen, das auf sie zugefahren kam. »Über seine Jahre in Raufarhöfn spreche ich noch. Darf ich bitte fortfahren?«

»Bitte schön!«, rief Sigfús großzügig.

Meine Mutter, die dicht neben mir saß, starrte auf ihre im Schoß gefalteten Hände und schüttelte unmerklich den Kopf. Tante Guðrún machte es genauso. Man konnte sehen, dass sie Schwestern waren.

Séra Agnes erzählte dann, dass Großvater eine Weile auf einem Frachter gearbeitet und die ganze Welt bereist habe, neunzehnzweiundsechzig wieder nach Þórshöfn zurückkehrte, also dahin, wo er seine Frau schon in den Fünfzigern kennengelernt hatte. Wenig später wurde geheiratet, und das junge Paar ließ sich in Raufarhöfn nieder. Neunzehndreiundsechzig erblickte meine Tante Guðrún das Licht der Welt, fünfundsechzig meine Mutter. Die Priesterin zählte noch die Kinder meiner Tante auf, Íris Ósk und Jón, genannt Nonni, und dann wurde *ich* erwähnt, Kalmann Óðinsson, Ehrenbürger von Raufarhöfn! Ein paar Leute reckten die Hälse. Die Sitzbänke knarrten.

Alles, was die Priesterin danach erzählte, wusste ich schon. Endlich befand ich mich in vertrauten Gewässern. Aber nun fühlte ich mich miserabel, denn selbst ich begriff, dass ich all das nie wieder erleben würde: die Bootsfahrten, die Haifischverarbeitung, die Streifzüge über die Melrakkaslétta, die Besuche im Pflegeheim in Húsavík. Ich schaute mich nach meiner Mutter um, ihre Augen waren hart wie Stein. Sie starrte ins Nichts und nahm mich gar nicht wahr.

»Was ist jetzt mit der Kommunistenpartei?«, rief der eine aus Þórshöfn. »Óðinn stirbt ja gleich.«

Die Priesterin büschelte ihre Notizen und warf meiner Mutter einen fragenden Blick zu, den sie jedoch nicht erwiderte.

»Von dieser Partei, äh, steht hier tatsächlich nichts. Ich denke –«

»Es ist ja nichts aus ihr geworden!«, brummte Bragi unter seiner Maske.

»Ochsen kann man nicht melken«, bestätigte ein anderer. Und wieder der von vorhin: »Dichter, du warst doch auch dabei, oder?«

Bragi zuckte mit den Schultern und schaute an die blaue Himmeldecke hoch, als ginge es ihn nichts an.

Elínborg wandte sich an ihre Sitznachbarin und sagte: »Alle Dichter sind Sozis.«

Meiner Mutter entfuhr ein Laut, der sich wie ein Grunzen anhörte, worauf sich Tante Guðrún die Hand auf den Mund presste und einen roten Kopf bekam. Die Priesterin griff endlich ein: »Meine lieben Leute, wir haben uns hier versammelt, um uns von Óðinn zu verabschieden!«

»Aber von den Tanzveranstaltungen hast du auch nichts erzählt!«, rief schon wieder jemand aus Þórshöfn. »An den Rabauken können wir uns nämlich noch gut erinnern. Der war für jede Schlägerei zu haben.«

Viele nickten jetzt, einige brummten, andere schüttelten die Köpfe, wahrscheinlich, weil sie Schlägereien grundsätzlich missbilligten.

»Nur einmal hat er sich nicht geprügelt, wisst ihr noch? Kam direkt von einer Tour, sagte, man verhaue sich nicht in Arbeitsklamotten.«

Gelächter. Séra Agnes warf uns einen entschuldigenden Blick zu, meine Mutter winkte verständnisvoll ab.

»War das noch im Sólbakki, dem alten Versammlungshaus?«

»Nein, das war damals schon abgebrannt. Verfluchte Schande. Verzeihung.«

»Wurde noch was aus der Schlägerei?«

»Natürlich! Beim nächsten Anlass kam Óðinn in Anzug und Krawatte und verteilte Saures –«

Mehr erfuhren wir nicht, denn Séra Agnes gab dem Dürren an der Orgel ein Zeichen. Und als wir alle den Orgelklängen lauschten und unseren Gedanken nachhingen, fragte ich mich, ob Großvater zugehört hatte. Vielleicht hätte er sich gern in das Gespräch eingemischt oder sich mit den Männern aus Þórshöfn geprügelt. Ich war sehr stolz, der Enkel eines Mannes zu sein, über den die Leute sprachen. Und ich bin es noch immer, ich brauche nur an Großvater zu denken, denn Stolz ist wie ein Döschen voll Gammelhai, das man in der Hosentasche mit sich trägt. Proviant für die Seele.

⌘

7
Möwen

Ich half, den Sarg ins Freie auf den kleinen Friedhof zu tragen. Endstation. Wir standen dicht beisammen. Die Herbstbrise, vom Meer kommend, hatte es nämlich in sich, obwohl die Sonne kräftig dagegenhielt. Es war einer dieser Oktobertage, an denen die Farben besonders stark sind, überreif und intensiv. Das Meer versucht, blauer als der Himmel zu sein, die Kronen auf den Wellen weißer als die Wolken und das Gras leuchtet so golden, als sei es unser wertvollstes Gut. Die Luft war so klar, dass der Horizont noch weiter wegrutschte.

Wir Übriggebliebenen scharten uns um das Grab, das bis zum Rand mit kohlrabenschwarzem Schatten gefüllt war, und der Dürre, der eben noch an der Orgel gesessen und so in die Tasten gegriffen hatte, dass alle Gespräche über Großvater verstummt waren, kurbelte den Sarg mithilfe einer Winde in dieses ungemütlich wirkende Loch hinunter. Ich schaute mich nach meiner Mutter um, die sich bei Tante Guðrún eingehängt und die Augen zugemacht hatte. Ich fand, dass der Dürre sich nicht so hätte beeilen müssen, er kurbelte und kurbelte, bis es bumm machte und Großvater unten angekommen war. Séra Agnes sagte ein Gebet und warf eine Schaufel voll Erde hinunter, was ein prasselndes Geräusch verursachte. Niemand beschwerte sich. Man konnte es wohl kaum erwarten, Großvater endlich loszuwerden! Ich beugte mich etwas vor und starrte in das Loch, denn ich hätte schwören können, ein Klopfen am Sargdeckel gehört zu haben, trat nah an den Grabrand, sodass sich Erde und Steinchen unter meinen Schuhsohlen lösten und in die Tiefe fielen. Jemand packte mich am Oberarm und zog mich weg.

Es war Bragi. Der Dorfdichter. Er zog seine Maske vom Gesicht und schaute mich ganz ernst an. Seine Lippen waren dunkelrot geschminkt, er hatte sich also für die Beerdigung extra schön gemacht, obwohl man das unter der Maske natürlich nicht hatte sehen können. Eigentlich gehörte er zu denen, die seit der Pandemie immer eine Maske aufhatten, selbst dann, wenn sie nicht gemusst hätten, etwa beim Spaziergang draußen oder allein im Auto.

»Kalli minn«, sagte er und zog mich vom Grab weg, als gebe es eine Dringlichkeit. »Schau mal, schau, da draußen, die vielen Möwen. Schau einfach!«

Meine Mutter schluchzte und hielt sich die Hand vor den Mund, und ich blickte aufs Meer hinaus, in die mir angegebene Richtung, wo die Möwen über einer bestimmten Stelle kreisten und die Wasseroberfläche mit ihren Schnäbeln bearbeiteten. Offenbar war da ein Fischschwarm, vielleicht hatten Buckelwale die Fische zusammengetrieben, das konnte man aber wegen den vielen kleinen Wellen überhaupt nicht sehen. Fest stand nur: Da draußen gab es etwas zu futtern, denn Möwen schlagen bei jedem Buffet zu, selbst wenn sie nicht eingeladen sind.

»Was könnte da draußen sein?«, fragte mich Bragi. »Heringe? Abfall?«

»Das kann man von hier aus nicht erkennen«, erklärte ich ihm. »Aber ganz bestimmt sind da Fische. Vielleicht Lodden auf dem Weg in den Süden.«

»Das glaube ich auch«, sagte Bragi erleichtert, als hätten wir gemeinsam ein Rätsel gelöst. »Das glaube ich auch.«

»Großvater hat die Möwen immer gemocht«, sagte ich.

»Weil sie ihm die Fische gezeigt haben?«

Ich schüttelte den Kopf.

»Er hat sich einfach gern mit ihnen unterhalten.«

»Möwen.« Bragi schnalzte mit der Zunge. »Die meisten Menschen haben nicht viel übrig für die Möwen, nennen sie die Ratten des Himmels.« Bragi zeigte auf den kleinen Bagger, der etwas abseits auf dem Friedhof stand. »Schau mal, Gulli ist bereit, siehst du ihn?« Ich nickte, obwohl ich nicht gewusst hatte, dass der dürre Orgelspieler Gulli hieß. »Er wird das Grab zuschaufeln. Das ist sein Job.« Bragi winkte ihm zu und Gulli winkte etwas verdattert zurück. »Er war früher Bauer, ganz weit draußen auf Langanes, aber den Bauernhof gibt es nicht mehr.«

Heute war Bragi gesprächig, und weil ich nicht unhöflich sein wollte, hörte ich ihm zu.

Mein Großvater sei jetzt in der Erde, erklärte er – auch Séra Agnes hatte davon gesprochen –, und er werde zu Erde, wie wir alle, wie Tausende vor ihm, Millionen sogar. Und Erde sei Leben. Auf ihr wachse und gedeihe alles, auch ich und er und alle anderen auch. Und er stampfte mit dem Fuß auf die Wiese.

»Das ist einfach so, verstehst du mich, Kalmann? Der Kreislauf des Lebens.«

Ich schaute auf meine Füße und nickte.

Wir gingen zurück zum Grab, und ich warf einen letzten Blick in das dunkle Loch, vergrub meine Hände in den Hosentaschen, in denen leider kein Gammelhai mehr war. Platz genug für meine Fäuste. Meine Mutter legte ihren Kopf auf meine Schulter, und so standen wir da und schauten zu, wie Gulli mit dem kleinen Bagger angefahren kam, langsam, schaukelnd, dröhnend. Wir machten uns davon, denn wir wollten nicht mit ansehen, wie Großvater zugeschaufelt wurde.

Während der Rückfahrt sprachen wir wenig, schauten nur aus dem Fenster und hingen unseren Gedanken nach. Im Hotel Arctica standen Kaffee und Kuchen bereit. Großvater hätte bestimmt nicht gewollt, dass wir uns in diesem Hotel, das einst dem Kapitalisten Róbert McKenzie gehört hatte, den Bauch vollschlugen. Ob es ihn ärgerte?

Ich machte mir dann aber keine Sorgen mehr, denn ich durfte so viel Kuchen essen, wie ich wollte, niemand hinderte mich daran, mir wurde sogar schlecht. Die Leute waren richtig nett zu mir und forderten mich auf zuzuschlagen, wie damals, als ich zum Ehrenbürger gekürt worden war. Auch Dagbjört, die ich schon seit Ewigkeiten nicht mehr gesehen hatte, war den ganzen Weg aus Akranes gekommen, nur, um mir zu sagen, dass es ihr leidtue. Doch sie verabschiedete sich bald wieder, winkte mir flüchtig durch den Raum zu und eilte mit steinerner Miene aus dem Hotel, als stünde es in Flammen. Ich ärgerte mich, dass ich ihr nicht gesagt hatte, wie sehr ich mich freute, sie zu sehen.

»Möchtest du noch ein Stück Kuchen, lieber Kalmann?«

Ich drehte mich um. Hinter mir stand eine alte Frau und hielt mir einen Teller mit einem Stück Käsetorte unter die Nase. Die Alte war mir schon vorher aufgefallen, in der Kirche und am Grab, denn sie hatte einen ausgeflippten Hut aus rotem Filz an, der mit Vogelfedern verziert war.

Ich schüttelte den Kopf.

»Ich muss bald kotzen«, erklärte ich ihr.

Die Alte lächelte und stellte den Teller auf einen der Tische. Dann hielt sie mir ihre Hand entgegen, fast so, als erwarte sie einen Handkuss.

»Ich heiße Telma.«

Ich schaute zu Boden. Schaute mich nach meiner Mutter um. Sie stand mit Tante Guðrún bei den Kaffeekannen und nickte mir aufmunternd zu.

»Ich heiße Kalmann Óðinsson«, sagte ich schließlich und fragte mich, ob jemand das stehen gelassene Stück Käsetorte essen würde. »Óðinn war mein Großvater, und mein Vater ist Amerikaner.«

»Ich weiß«, sagte die alte Frau und zog ihre Hand zurück, lächelte aber noch immer. »Es tut mir sehr leid, dass dein Großvater gestorben ist.«

»Kein Grund zur Sorge«, murmelte ich und bereute, es gesagt zu haben.

»Ich mochte ihn sehr.«

»Ich auch.«

»Und es tut mir leid, dass wir uns erst jetzt richtig kennenlernen.« Sie machte eine Pause, weshalb ich ihr flüchtig ins Gesicht schaute. Sie sah aus wie eine nette alte Frau, auch wenn sie übertrieben geschminkt war und viel Schmuck trug, um den Hals, an den Handgelenken und an den Ohren. Bestimmt war sie stinkreich. Obwohl ich sie noch nie gesehen hatte, kam sie mir irgendwie vertraut vor.

»Hast du den Hut selbst gemacht?«, fragte ich sie.

»Ja. Gefällt er dir?«

Ich zuckte mit den Schultern.

»Und das sind Möwenfedern, oder?«

»Ganz richtig. Gesammelt am Strand auf Langanes.«

»Drüben auf dem Höfði findet man tonnenweise Federn«, informierte ich sie. »Möwen sind die Ratten des Himmels.«

Sie lächelte wieder.

»Ich finde, dass Möwen sehr schöne und gescheite Tiere sind, viel schöner als Ratten, findest du nicht?« Ich zuckte wieder mit den Schultern. Ich würde mir die Antwort überlegen müssen. »Ich bin die Schwester deiner Großmutter. Du und ich, wir sind verwandt. Ist das nicht schön?« Jetzt machte ich große Augen, ich hatte ja keine Ahnung, dass meine Großmutter jemals eine Familie gehabt hatte. Telma beeilte sich zu sagen: »Als meine Schwester gestorben ist, also kurz bevor du auf die Welt gekommen bist, habe ich den Kontakt zu euch, nun ja, verloren.«

»Okay«, sagte ich und tat gelassen.

»Aber es ist schön, dich endlich kennenzulernen.« Ich nickte und schaute mich wieder nach meiner Mutter um. Sie unterhielt sich mit Óttars Frau Lin. »Lieber spät als nie, nicht wahr?«

»Korrektomundo.«

»Kommst du mich mal besuchen?«

»Wo wohnst du denn?«

»Auf Langanes. Etwas außerhalb von Þórshöfn.«

»Wo wir eben waren?«

»Noch ein paar Kilometer weiter. Mein Haus steht da ganz allein am Meer. Darum freue ich mich immer über Besuch.«

»Bist du da mit meiner Großmutter aufgewachsen?«

»Nein.« Die alte Frau lächelte und schaute an mir vorbei, als blicke sie zurück in die Vergangenheit. »Wir sind in Þórshöfn aufgewachsen. Ich bin erst später hinaus auf die Halbinsel gezogen.« Ihr Lächeln war plötzlich ein wenig traurig, aber sie schenkte es mir und berührte mich am Oberarm, als prüfe sie meine Echtheit. Ihre Hand war gepflegt, die Haut schimmerte beinahe durchsichtig. Man konnte fast in sie hineinblicken, sah aber trotzdem nichts. Sie fragte mich, ob ich ein Mobiltelefon besitze, womit ich anrufen könne, wenn ich sie besuchen käme. Ich zückte mein Nokia-Handy, das zwar kein Smartphone war, aber smart genug, um zu telefonieren und SMS zu verschicken, und wir tauschten Nummern aus. Ich sagte »bless«, und weil mich die Alte etwas verwirrt anguckte, vielleicht hatte sie noch länger mit mir quatschen wollen, ging ich nach draußen. Außerdem war mir nun wirklich übel vom vielen Kuchen, obwohl ich auf das letzte Stück Torte verzichtet hatte.

Die frische Luft tat gut, und ich machte einen Spaziergang durchs Dorf, ging hinunter an den Hafen und verkroch mich in meiner Halle.

Ich war schon lange nicht mehr hier drinnen gewesen, es gab ja keinen Grund mehr. Die Neonlampen brauchten jetzt noch länger, bis sie endlich gleichmäßig leuchteten und nicht mehr Disco machten. Mein Köderfass war leer, roch aber immer noch so wie früher. Mein Kühlschrank, auch leer, surrte. Irgendwo hatte ich mal gehört, dass Kühlschränke zu stinken beginnen, wenn man sie ausstellt, darum ließ ich ihn surren. Der Verarbeitungstisch war schwarz, und meine Messer waren es auch.

»Alles in Ordnung, Kalli?«

Ich drehte mich erschrocken um, hatte ihn gar nicht kommen hören: Bragi. Er stand in der Tür, eine schwarze Silhouette im fahlen Tageslicht.

»Kein Grund zur Sorge«, murmelte ich und legte das Messer zurück auf den Tisch.

»Du bist plötzlich verschwunden, und ich habe deiner Mutter versprochen, dich zu finden und zurückzubringen.«

»Okay«, sagte ich. »Ich bin hier.«

Bragi stellte sich neben mich und schaute sich den Verarbeitungstisch an, berührte ihn vorsichtig.

»Bist du traurig?«

»Mir war bloß schlecht vom vielen Kuchen. Aber ich habe mich nicht übergeben müssen.«

»Das ist gut. Willst du wieder Haie fangen gehen?«

Ich schüttelte den Kopf.

»Ich darf nicht allein aufs Meer fahren. Und sie haben mir alle Waffen weggenommen.«

»Verstehe. Tut mir leid.« Bragi schaute sich um und zeigte auf das blaue Köderfass. »Ist da noch was drin?«

»Es ist leer«, sagte ich. »Schon lange.«

»Die Haie können jetzt einen Verdauungsschlaf machen«, sagte Bragi zufrieden.

»Haie schlafen nicht«, erklärte ich ihm. »Sie müssen sich immer bewegen, sonst sterben sie. Ersticken. Vierhundertzwölf Jahre, immer in Bewegung.«

»Wenigstens brauchen sie sich nicht mehr vor dir zu fürchten, das ist doch auch schön, nicht wahr?«

Ich dachte darüber nach. Haie können sich bestimmt fürchten. Nur Dumme fürchten sich nicht. Und Haie sind keine dummen Tiere. Es gibt sie nämlich schon viel länger als uns Menschen, und wer so lange überlebt, kann nicht dumm sein.

»Kalli, mach dir mal keine Sorgen. Immer schön alles der Reihe nach, ja? Dein Großvater ist jetzt beerdigt, wir haben Kuchen gegessen, und jetzt wollen wir ihn in guter Erinnerung behalten.«

»Den Kuchen?«, fragte ich.

»Nein, deinen Großvater«, antwortete Bragi.

»In Ordnung«, sagte ich.

»Komm«, sagte Bragi. »Ich begleite dich zurück zum Hotel.«

Auch das Abendessen gab es im Arctica, Óttar Dampftopf kochte, Lin servierte, und meine Mutter half ihr. Danach gingen wir heim ins Häuschen, meine Mutter, meine Tante Guðrún, Nonni, Íris Ósk und ich, und da ging die Party dann so richtig los. Wir spielten Poppkviss und schauten einen Adam-Sandler-Film, in dem er eine verzauberte Fernbedienung kauft, mit der er die Zeit vorspulen oder Leute stummschalten kann, die Frauen etwa, die mit ihm schimpfen. So eine Fernbedienung hätte ich mir auch gewünscht. Meine Mutter und Tante Guðrún fanden eine alte Holzkiste mit allerhand Kram und Fotoalben, in denen sie herumblätterten und Wodka Cola dazu tranken. Ich trank nur Cola. Wir hatten es wirklich lustig, auch wenn sich außer mir und Nonni niemand für Adam Sandlers Fernbedienung interessierte. Seltsam. Obwohl Großvater gestorben war und obwohl es im Häuschen ziemlich eng und laut geworden war, fühlte ich das Glück in meinem Bauch. Es machte mir überhaupt nichts aus, nach draußen zu gehen, um hinters Haus zu pinkeln, weil Íris Ósk schon seit einer Weile immer wieder ins Klo kotzte und neben der Schüssel sitzen blieb, den Kopf auf den Rand gebettet.

Meine Mutter und meine Tante benahmen sich plötzlich wie Teenager, kicherten und fielen vor Lachen fast von der Couch.

»Ist nicht wahr!«, kreischten sie und beugten sich über die Fotos. Mein Cousin Nonni und ich tauschten Blicke aus und schüttelten die Köpfe. Weiber! Aber wer jetzt glaubt, dass damit der Höhepunkt des Abends erreicht gewesen wäre, täuscht sich. Die beiden Frauen schmissen die Fotobücher weg und legten Musik auf, schoben die Möbel beiseite und tanzten ziemlich ausgelassen, nahmen sogar den Stützpfosten, der das ganze Haus aufrecht hielt, zum Tanzpartner, umarmten ihn, drehten sich um ihn, ihre halb vollen Gläser balancierend, was irgendwie gefährlich aussah. Und wirklich! Sie besudelten den Pfosten und die Dielen und den Couchtisch mit Wodka Cola, also stellte ich die Musik ab, denn Großvater hätte keine Freude an so einem Blödsinn gehabt.

Es nützte nichts. Meine Mutter und Tante Guðrún lachten sich krumm und drehten die Musik wieder auf, umarmten mich und zogen mich und Nonni auf die Tanzfläche. Der ließ es sogar zu, was ich ihm übel nahm, denn eigentlich hatte ich geglaubt, wir seien im selben Team. Mir blieb nichts anderes übrig, als mich loszureißen und oben im Dachzimmer zu verkriechen. Ich drückte mir zwei Kissen auf die Ohren, denn die Musik war auch da oben kaum auszuhalten, das ganze Häuschen ächzte und wackelte.

Bald wurde mir langweilig, und darum ging ich wieder nach unten, aber nicht um zu tanzen, denn Kalmann Óðinsson tanzt nicht. Ich setzte mich mit verschränkten Armen auf die Couch neben meine Cousine, die mit offenem Mund und halb offenen Augen eingeschlafen war. Die Frauen ließen mich jetzt in Ruhe, aber meine Mutter schaute mich manchmal ganz verliebt an, und ich glaube, ich habe sie noch nie so glücklich gesehen. Und darum war auch ich wieder glücklich, blieb aber trotzdem sitzen.

Am nächsten Tag verabschiedeten wir uns von Tante Guðrún, Íris Ósk und Nonni. Sie waren bleich und wortkarg, verkatert, und darum war der Abschied nicht ganz so herzlich, wie man nach so einem lustigen Abend erwartet hätte. Aber ich kannte das. Wenn die Leute betrunken sind, sind sie deine besten Freunde. Am nächsten Tag haben sie es schon wieder vergessen.

Draußen krochen schwere Nebelschwaden durch Raufarhöfn, es war ein Nieselregen, der sich in den Wimpern und Augenbrauen verfing und im Gesicht perlte. Wir winkten schlotternd dem Auto hinterher, bis es hinter den ausrangierten Fischöltanks verschwunden war, und meine Mutter winkte sogar noch ein bisschen länger, weshalb ich sie darauf hinwies, dass uns Tante Guðrún, Íris Ósk und Nonni nicht mehr sehen konnten.

»Spielverderber«, sagte meine Mutter und stieß mich neckisch in die Seite.

Drinnen im Häuschen war es ohne die Verwandtschaft bedrückend still. Wir standen ein wenig herum, meine Mutter seufzte, dann räumten wir das Chaos auf. Als wir damit fertig waren, wollte sie gleich los, nur weg von hier, als habe sie es eilig.

»Ich bleibe«, sagte ich beleidigt, denn eigentlich war ich davon ausgegangen, dass wir den ganzen Tag in Raufarhöfn verbringen würden. Meine Mutter konnte es wohl kaum erwarten, sich aus dem Staub zu machen. Ich glaube, sie hat sich in Raufarhöfn noch nie wohlgefühlt.

Sie hatte keine Einwände und so trug ich ihr die alte Kiste mit dem Kram meines Großvaters zum Auto.

»Kommst du klar, Kalli minn?«

»Kein Grund zur Sorge.«

Ich winkte meiner Mutter hinterher, bis sie hinter den Fischöltanks verschwunden war, und winkte sogar noch länger. Dann drehte ich mich zum Häuschen um. Es stand einfach so da, still und alt. Ich hatte das Gefühl, dass ihm alles Leben entwichen war, eine Hülle bloß. Ausgeblutet. Ein Kadaver der Vergangenheit. Großvater war tot, und mit ihm war das Häuschen ein wenig gestorben, denn auch Häuser haben eine Seele, das merkt man sofort, wenn man eins betritt.

Ich fürchtete mich vor seinem Inneren, in dem die leere Stille laut echote. Wie in einer dunklen Höhle. Also ging ich hinunter an den Hafen, denn der Hafen ist das Herz eines Dorfes, und mit jedem Schritt fühlte ich mich besser.

⌘

8

Freunde

Immer hereinspaziert!« Sæmundur hockte in seinem Container und winkte mich herein. Er saß am Computer, die Finger der linken Hand in der Hose verstaut, die rechte umklammerte die Maus, die Beine ruhten schräg daneben auf dem Tisch, sodass sein Bürostuhl ziemlich schief stand und bei der kleinsten Bewegung ächzte. Sæmundur trug gestrickte Socken und Pantoffeln, der Container war seine Stube.

»Heute wäre doch ein wunderbarer Tag, um da draußen Leinen zu legen, denkst du nicht?« Er schaute mich an, und seine buschigen Augenbrauen schnellten nach oben. »Windstille.«

»Keine Chance«, sagte ich und ärgerte mich, dass man mir die Schrotflinte weggenommen hatte. Zudem durfte ich nicht mehr allein mit Petra aufs Meer fahren. Sæmundur wusste das sehr wohl, er war schließlich der Hafenmeister. »Keine Lust«, fügte ich hinzu und setzte mich auf das kleine Ledersofa, das zur Hälfte mit Papieren und Ordnern belegt war.

Sæmundur klickte auf der Maus herum, tippte gelegentlich etwas in den Computer, dann klingelte das Telefon und er unterhielt sich eine Weile. Als er aufgelegt hatte, drehte er sich zu mir um.

»Alles in Ordnung, Kalli? Hier drin fängt's ja gleich an zu regnen!«

Ich zuckte mit den Schultern und warf einen Blick an die Decke.

»Kein Grund zur Sorge.«

»Na, wenn der Sheriff seinen Cowboyhut und seinen Sheriffstern zu Hause lässt, gibt es ganz bestimmt Grund zur Sorge.«

»Bin nicht im Dienst.«

»Du bist bestimmt traurig wegen deinem Großvater, nicht wahr? Tut mir wirklich leid. Óðinn war sehr alt, er kann zufrieden sein, hat ein erfülltes Leben hinter sich. Andere sitzen den ganzen Tag in einem Container!«

Sæmundur schnalzte mit der Zunge und wandte sich wieder seinem Computer zu, sagte, wenn er so sterbe wie mein Großvater, so plötzlich, ohne zu leiden, schmeiße er eine Party.

»Bin ich dann auch eingeladen?«, fragte ich ihn.

»Natürlich bist du eingeladen!« Sæmundur lachte so laut, dass der ganze Container wackelte. »Du bist dann mein Ehrengast! VIP!«

Siggi steckte den Kopf zur Tür herein. Draußen kreisten die braun gesprenkelten Jungmöwen über dem Hafen und machten Lärm.

»Wo gibt's ne Party?«, fragte er.

»Du bist nicht eingeladen!«, sagte Sæmundur, meinte es aber nicht ernst, denn er grinste noch immer, und er ist zu niemandem böse. Er würde das ganze Dorf zu seiner Beerdigung einladen, ganz bestimmt. »Du säufst uns nur den ganzen Brennivín weg.«

Siggi wandte sich mir zu: »Kalli Kaliber, wo gibt's ne Party?«

»Sobald Sæmundur stirbt«, erklärte ich ihm, und jetzt hellte sich Siggis Gesicht auf.

»O ja, dann lassen wir die Korken knallen!«

Die Männer lachten, ich auch, obwohl ich sicher traurig sein würde, wenn Sæmundur starb.

»Kannst du noch meine Ladung quittieren, bevor du ins Gras beißt?«, bat Siggi, der nie sehr lange lachte, immer nur kurz und laut und selten.

»Mach ich, mach ich!«, rief Sæmundur und wischte sich eine Träne aus dem Auge. »Was hast du denn heute Schönes für mich?«

»Eintausendeinhundertachtundsiebzig Kilo Kabeljau. Siehst du ja.«

»An der Leine?«

»Ganz bestimmt nicht im Kofferraum.«

»Sæll! Wie sich die Schlafmützen auf dem Fischereiamt freuen werden!«

»Die erschrecken doch nur, wenn sie von uns hören.«

»Wenn man sich das mal vor Augen hält. Früher hatten wir hier Dutzende Boote, und heute? Kalli Kaliber, jetzt, wo du keine Haie mehr fangen darfst, ist hier oben nicht mehr viel los.«

»In Þórshöfn ist noch was los, und das ist gar nicht weit weg«, informierte ich ihn, denn ich hatte keine Lust, über Haie zu reden.

Siggi rührte sich nicht von der Stelle, stand immer noch halb in der Tür.

»Ja, aber deren Quote gehört den Westmännern. Wenn

sie die abziehen, macht Þórshöfn dicht.« Und an Sæmundur gerichtet: »Hat sich der Schuft von der Aufsicht eigentlich schon blicken lassen?«

Sæmundur rollte mit den Augen.

»Tja. Man weiß leider nie, wann der kommt. Letzte Woche soll er in Kópasker aufgetaucht sein.«

Siggi gab einen verächtlichen Laut von sich.

»Dafür hat das Fischereiamt Geld genug! Kalmann, was haben die in Reykjavík bloß gegen uns?«

»Ich weiß es auch nicht«, sagte ich und meinte es auch so.

»Kiddi auf Grímsey hat mir erzählt, dass sie jetzt Drohnen einsetzen, anders könne er es sich nicht erklären. Er habe einen Fisch zurückgeworfen, einen einzigen, hat er gesagt. Und wenig später sei ihm die Rechnung ins Haus geflattert. Til skammar!«

»Amen«, sagte Sæmundur.

Siggi zog den Kopf zurück, verschwand einen Augenblick, aber wir hörten ihn draußen fluchen. Dann steckte er den Kopf wieder zur Tür herein.

»Und die Großen mit ihren Schleppnetzen?«, fragte er, ohne eine Antwort zu erwarten, denn er fuhr fort, dass das Fischereiamt für die großen Unternehmen zwei Augen zudrücke, ein Auge für jedes Schleppnetz, das sie hinter den Trawlern herzögen, jedes so groß wie ein Fußballfeld. Und wir kriegten die Rechnung, wenn wir auch nur einen einzigen Fisch zurück ins Meer warfen. Einen einzigen! Das sei doch grotesk!

Während Siggi draußen mit Kabeljau gefüllte Bottiche auf dem Gabelstapler ins Gefrierhaus karrte, fragte ich Sæmundur, ob er gewusst habe, dass mein Großvater Russisch sprach. Er ließ die Maus los, nahm die Füße vom Tisch und verschränkte die behaarten Arme, was fast so aussah, als hielte er eine Katze.

»Russisch, hm. Ja, man hat es sich erzählt.«

»Ich habe es selbst gehört.«

»Bist du denn ganz sicher, dass es Russisch war?«

»Suka amerikanets!«, rief ich. »Gora letit!«

»So, so. *Amerikanets.* Das klingt ganz nach deinem Großvater und nach Russisch auch. Der hat sich bestimmt über die Amerikaner geärgert, und das macht man wohl am besten auf Russisch.« Sæmundur rieb sich mit seinen schweren Händen übers Gesicht. »Man glaubt, jemanden zu kennen, und erst wenn man ihn zu Grabe trägt, merkt man, dass man einen Unbekannten verscharrt.«

Ich blieb noch eine ganze Weile bei Sæmundur im Container sitzen, während er Siggis Fang in Reykjavík meldete, damit man da nicht vergaß, dass es uns hier oben noch gab. Am Mittag bekam ich Hunger und ging zurück ins Häuschen, verdrückte die Essensreste vom Vortag, Kuchen hatte ich auch noch, verdauen wollte ich auf der Couch.

Der Fernseher starrte mich an, schwarz und abwartend. Die Fernbedienung lag nicht wie gewohnt auf dem Couchtisch, sondern beim Fernseher. Meine Mutter musste sie da hingelegt haben. Darum nahm ich meinen alten Laptop vom Tisch und klappte ihn auf. Ich wollte diesen Adam-Sandler-Film noch mal schauen, mit der magischen Fernbedienung, aber ich kam nicht dazu, denn plötzlich begann der Laptop zu tuten.

»Bärentöter!«

»Nói?« Ich fiel fast von der Couch! Eigentlich war ich

davon ausgegangen, dass mein allerbester Freund nicht mehr lebte oder dass er im Knast saß oder – daran hatte ich manchmal gedacht, seit ich in der Psychiatrie gewesen war – dass es ihn gar nie gegeben hatte. Hätte ja sein können. Vielleicht hatte ich ihn mir die ganze Zeit nur eingebildet. Also kniff ich mich in den Arm, um ganz sicher zu sein, dass ich nicht völlig durchgedreht war, denn auf meinem Bildschirm waren ganz deutlich ein Gandalf-Pullover und ein dünner Hals zu sehen. Kein Kopf, der passte nicht ins Bild. Ich hatte Nóis Gesicht noch nie gesehen, weder auf meinem Bildschirm noch in echt.

»Nói, bist du … bist du es wirklich?«, stotterte ich.

»Behold!«, dröhnte Nói und brach in Gelächter aus. »Du müsstest jetzt dein Gesicht sehen! Echt behindert!«

»Wo warst du denn?«, rief ich entrüstet. »Ich hätte deine Hilfe gebrauchen können!« Ich erschrak ein wenig über mich. Nói so gut gelaunt zu sehen, machte mich wütend.

»Es tut mir echt verdammt leid, Sheriff«, sagte er und machte eine Denkpause, nahm einen Zauberwürfel zur Hand, dessen Farben nur von superintelligenten Menschen sortiert werden können. »Ich wurde wieder operiert, weißt du? Operation black heart. Diesmal ging es um Leben und Tod. War ne ziemlich heftige Zeit. Bro, ich sag dir, ich war schon ganz drüben!«

»Wo drüben?«

»Im Jenseits, Alter, im Nirwana, verstehst du?«

»In Walhall?«

»Korrektomundo. Aber auch da hat man mich wieder rausgeworfen.« Ich fragte mich, ob ich Nói begegnet war, damals, als ich unter dem Eisbären gelegen hatte.

Er legte den Würfel beiseite und zog den Pullover bis zum Hals hoch, sodass auf meinem Bildschirm seine nackte, schmächtige Brust erschien. Darauf prangte eine rot leuchtende Narbe, die vom Bauchnabel bis unter den Hals reichte.

»Der Metzgermeister hat mich fast halbiert. Mein Ärzte-Team schätzte die Überlebenschancen auf dreißig Prozent, und darum habe ich dir nichts sagen wollen. No drama. So long my friend, verstehst du? Ich wollte zur Hintertür raus. Abschiede sind für Loser.«

Ich staunte.

»Wie lange warst du denn tot?«

Nói streifte den Pullover wieder über die Rippen.

»Ich weiß bloß, dass ich ziemlich lange weg war. Vier Operationen insgesamt. Danach Reha! Da war ich länger als Charlie Sheen und Amy Winehouse zusammen.«

»Wer?«

»Aber jetzt bin ich ein neuer Mensch.«

»Toll!« Ich war nun nicht mehr wütend auf Nói und machte das Daumen-hoch-Zeichen.

»Aber genug über mich. Ist ja voll abgefahren, was du alles erlebt hast!«

»Ach.« Ich winkte ab.

Nói hielt eine unsichtbare Pistole in die Kamera.

»You talking to me? Bam, bam, bam! Stirb, Eisbär-bitch!«

»Na ja, es tat mir eigentlich ziemlich leid. War ein schönes Tier. Ich glaube sogar, das schönste Tier, das ich je gesehen habe.«

»You or me, baby! Das war völlig korrekt, was du da gemacht hast. Die Natur kennt keine Gnade.«

»Das stimmt. Das Tier hätte mich fast plattgemacht. Ich musste auch ins Spital. In Akureyri.«

»Üble Sache.«

»Manchmal träume ich. Albträume. Und dann bekomme ich keine Luft. Wache schweißgebadet auf, mitten in der Nacht, oder ich schlage jemanden oder schreie oder schmeiße was.«

»Bro! PTSD is a bitch!«

»Was?«

»Shell shock. Wie die Soldaten, die aus dem Krieg kommen. Vietnam zum Beispiel.«

»Auch Korea?«

»Spielt keine Rolle. Korea, Irak, Afghanistan –«

»Vielleicht habe ich es von meinem amerikanischen Großvater geerbt.«

»Kaum. So was ist nicht erblich. Die Soldaten haben einen Schaden. Albträume und so. Und dann jagen sie sich eine Kugel in den Kopf. Bam!«

Róbert McKenzie blitzte vor mir auf und ich begann zu schwitzen.

»Ja, so ähnlich ist es auch bei mir«, murmelte ich und schnappte nach Luft.

»Junge, Kopf hoch! Kein Grund zur Sorge! Du bist ein Held! Ich habe das Interview im Fernsehen gesehen und einen oder zwei Zeitungsartikel gelesen. Die Weiber sind sicher voll auf dich abgefahren, was?«

»Na ja«, ich dachte an Perla, »es gab schon eine –«

»Respect. Und? Habt ihr –« Nói machte das internationale Handzeichen für vögeln. Ich musste lachen, obwohl ich gar nicht wollte.

»No comment!«

»Oh, Mann, was würde ich geben, wenn ich nur einmal –«

Ich beschloss, Nói nicht zu sagen, dass Perla und ich nie Sex gehabt hatten, ich hatte meine Hosen immer schön anbehalten, selbst wenn wir zusammen im Bett gelegen hatten.

»Aber wieso redest du darüber in der Vergangenheit?«

»Ach, Weiber«, seufzte ich, und Nói verstand mich sofort, denn Freunde können sich ohne viele Worte eine ganze Liebesgeschichte von Anfang bis Ende erzählen. Danach folgte eine kurze Schweigeminute für alle enttäuschten Männer dieser Welt.

»Hör mal, Bärentöter. Meine Mutter hat die Traueranzeige in der Zeitung gesehen. Und darum habe ich mir gesagt, Mensch, Nói, wird Zeit, dass du dich mal wieder beim Sheriff meldest!«

»So ist das Leben nun mal. Wir sind alle nur Erde.«

»Word. Only the best die young.«

»Großvater war ziemlich alt.«

»Woran ist er eigentlich gestorben?«

Ich dachte nach.

»Er war einfach alt, hat sich an nichts erinnern können, nicht an mich, nicht an meine Mutter.«

»Alzheimer.«

»Er war fünfundachtzig.«

»Daran stirbt man nicht. Hatte er Covid?«

»Nein. Ich habe ihn noch am Tag davor besucht.«

»What? Du durftest ihn besuchen? Habt ihr keine Pandemie bei euch da oben?«

»Ich durfte, weil ich nicht mehr in der Shoppingmall arbeiten gegangen und nur noch zu Hause geblieben bin.«

»Weird, aber na gut. Hat er gehustet?«

»Nein.«

»Hat er Fieber gehabt?«

»Ich glaube nicht.«

»Ist er umgefallen oder so?«

»Ja, aber er ist auf mir gelandet, und es hat ihm nicht wehgetan. Mir schon.«

»Hast du überhaupt seinen Autopsiebericht gelesen?«

»Seinen was?«

Nói lehnte sich vor und begann, die Tastatur zu bearbeiten. Ich schaute ihm eine Weile dabei zu, dann wollte ich mir etwas zu futtern aus der Küche holen, aber Nói rief, ich solle nicht abhauen. Also setzte ich mich wieder hin.

»War dein Großvater beliebt? Hatte er Feinde?«

»Feinde?« Ich musste an die Beerdigung in Sauðanes denken. »Bestimmt. Früher hat er sich manchmal mit den Leuten aus Þórshöfn geprügelt. Aber nur im Anzug. Und er hat eine kommunistische Partei gründen wollen.«

»Einen Raufarhöfn-Gulag?«

»Und manchmal hat er die Leute gebissen.«

»Tollwut. Kenn ich. Wurde an seiner Beerdigung geweint?«

»Meinst du, außer meiner Mutter und meiner Tante und so?«

»Korrektomundo.«

»Nö.«

»Bro. Hochinteressant. Wir können also nicht ausschließen, dass er umgebracht wurde.«

»Umgebracht?«

»Dass du den Autopsiebericht nicht zu Gesicht bekommen hast, macht die Sache extrem verdächtig, verstehst du?«

»Aber wieso hätte ihn jemand umbringen wollen? Großvater wäre doch sowieso bald gestorben.«

»Was ist mit dem Dampftopf?«

Bevor ich von Óttar erzählen konnte, begann bei Nói etwas zu tuten, jemand rief ihn an.

»Later, dude«, sagte er noch, dann brach die Verbindung ab, und ich saß verdutzt vor dem Laptop.

Weg war er. Mein Kopf fühlte sich wie ein Topf Fischsuppe an, in dem jemand mit einer Kelle kräftig gerührt hatte. War Großvater ermordet worden?

Ich zuckte zusammen, als mein altes Nokia-Handy in der Hosentasche rhythmisch zu surren begann.

»Kalli, bist du noch immer im Dorf?« Es war Hafdís von der Gemeindeverwaltung. Sie kam immer schnell zur Sache. »Du kannst doch gut Englisch, nicht wahr? Do you speak English, por favor?«

»Ich glaube schon, ja.«

»Sehr gut. Hier steht nämlich ein Gentleman aus Amerika, der sich gern den Arctic Henge anschauen möchte, und ich habe grad keine Zeit –«

»Ein *Gentleman*?«

»Korrekto!« Hafdís flüsterte plötzlich: »Ein amerikanischer Tourist. In die Jahre gekommen. Da springt bestimmt ein gutes Trinkgeld raus. Hast du Zeit?«

⌘

9
Tourist

Das Leben ist ein Boot auf den Wellen. Es geht mal rauf, mal runter.

Als ich meiner Mutter hinterher gewunken hatte, bis sie um die Fischöltanks gebogen war, ging ich davon aus, dass ich einen entspannten Tag in Raufarhöfn verbringen und so tun würde, als sei alles in bester Ordnung. Vergiss es! Kaum war ich im Häuschen, brach eine Monsterwelle über das Boot herein, sodass ich fast von der Couch gespült wurde. Nói lebte, Großvater war ermordet worden, und ein Tourist hatte sich bis nach Raufarhöfn verirrt, trotz der Pandemie.

Ich stöhnte laut an die Decke, rappelte mich auf, nahm den Cowboyhut vom Haken und steckte mir den Sheriffstern an die Brust.

Die Nebelschwaden hatten sich verflüchtigt, aber der Himmel war von grauen Wolken bedeckt. Wie ein weiches Polster sahen sie aus. Die Luft war mild und trug den Geruch von feuchtem Moos und nassen Steinen.

»Hi there, Sheriff. You must be Kalmann!« Der Tourist warf mir die Worte laut und freundlich entgegen, weshalb ich meine Schritte etwas verlangsamte und ihn verstohlen betrachtete. Er war alt und wirkte steif, stand aber aufrecht und reckte das Kinn in die Höhe. Seine Augen schauten forsch. »Thank you so much for showing me everything!«, sagte er, obwohl ich ihm noch gar nichts gezeigt hatte. Aber so sind Amerikaner, total freundlich und dankbar, obwohl sie ständig Krieg führen.

»Kein Problem«, sagte ich und salutierte militärisch. So zollt man sich in Amerika Respekt. Tatsächlich erwiderte der Tourist den Militärgruß, kurz und professionell. Sein Lächeln verschwand im selben Moment, war wie fortgeblasen, aber sein Blick ruhte weiterhin auf mir, seine schummrigen schwarzen Augen schauten so ernst und trostlos wie bei Grönlandhaien. Ja, der ganze Mann ließ mich auf einmal an Grönlandhaie denken, es war ganz seltsam, ich konnte das Bild nicht abschütteln. Auch die Haut des Amerikaners war so rau und fleckig, dick und uneben, ganz besonders am Kinn und am Hals, als wäre er tatsächlich eine Kreatur der Tiefsee. Ich schaute schnell weg, schließlich wollte ich ihn nicht wie der hinterletzte Dorftrottel anstarren.

»Kalmann?« Der Amerikaner lächelte mich wieder freundlich an und machte einen rundum zufriedenen Eindruck. Er war bestimmt ein netter Kerl, ein guter Großvater, der Ausflüge mit seinen Enkelkindern macht und sie über alles liebt. Aber etwas unter seinem Lächeln war ernst, fast steinern. Tieftraurig. Wie bei Grönlandhaien eben. Vielleicht war seine Frau gestorben und darum war er jetzt allein hier.

»Ist deine Frau gestorben?«, fragte ich ihn, denn wenn man etwas nicht weiß, muss man eben fragen.

Der Amerikaner schaute mich ernst an. Er trug eine Baseballkappe und steckte in einer dicken Daunenjacke mit der Aufschrift *Arctic Expedition 1997*.

»Ja«, bestätigte er. »Sie ist vor Kurzem gestorben.«

»Darum bist du jetzt hier?«

Er überlegte es sich.

»Ja, darum bin ich wohl hier. Wir wollten die Reise gemeinsam machen, aber –«

»Sie ist wohl an Covid gestorben«, vermutete ich richtig, denn der Amerikaner nickte.

Auf dem Weg zum Arctic Henge wurde er mit jedem Schritt gesprächiger, und bald redete er ohne Pause. Wahrscheinlich war er froh, sich endlich mit jemandem in seiner Sprache unterhalten zu können. Auch wenn ich nicht immer alles verstand, erfuhr ich, dass er schon öfter in Island gewesen war, früher für eine amerikanische Agentur gearbeitet hatte und immer mal wieder nach Keflavík gekommen war.

»Good old times!«, sagte er und verstummte so plötzlich, als wäre ihm die Luft ausgegangen. »Good old times.« Er wiederholte es fast flüsternd. Seine Schritte wurden kleiner, seine Bewegungen langsamer, und bald war ich gut fünfzig Meter voraus. Als ich mich nach ihm umschaute, stand er vornübergebeugt da und hob eine Hand zum Zeichen, dass ich auf ihn warten solle.

Ich war schon fast beim neuen Parkplatz angekommen, der vollkommen leer war, obwohl mehrere Reisebusse darauf Platz gehabt hätten. Wegen der Pandemie gab es kaum noch Touristen. Elínborg freute das. Sie sagte, dass Touristen eine Plage seien, diese Horden zertrampelten Islands zarte Natur. Während der Osterferien war Elínborg zu Hause geblieben und nicht wie gewöhnlich nach Teneriffa geflogen. Sie nutzte die Zeit und ließ die Wiese vor ihrem

Haus mit einem Bagger platt walzen, um ihre Veranda zu vergrößern.

Ich winkte dem Amerikaner zu, denn ich war beim hölzernen Gehweg, der zum Arctic Henge hochführte, schon angekommen. Hier hätte er sich auf den Rand setzen und eine Pause machen können. Aber der Amerikaner rührte sich nicht von der Stelle. Er ramschte in einem Bauchtäschchen, das unter seiner Daunenjacke versteckt gewesen war. Dann öffnete er den Verschluss seiner Hose, zog sie ein wenig runter und rammte sich etwas in den Oberschenkel. Zack. Es war eine Spritze.

Ich schaute schnell weg. Ich mag keine Spritzen. Dann schaute ich wieder hin. Der Amerikaner hatte sein Gesicht gen Himmel gerichtet, den Mund und die Hose geöffnet, die Augen geschlossen, als hätte Adam Sandler den Pauseknopf auf seiner magischen Fernbedienung gedrückt.

Ich setzte mich auf den Rand des hölzernen Gehwegs und wartete, bis mich der Amerikaner eingeholt hatte. Er nickte mir zu, sagte aber kein Wort, war bleich und verschwitzt, seine Augen wirkten noch schwärzer als zuvor.

Beim Arctic Henge angekommen, bat er mich, ihm alles zu erklären, also erzählte ich ihm von den vier Zwergen aus den alten Sagas. Ich versuchte es zumindest. Großvater hätte es besser gemacht. Er hatte mir diese Geschichten früher immer erzählt, wenn wir über die Slétta wanderten oder draußen auf dem Meer schaukelten, von Grettir, dem Starken, der so stark war, dass er einen Ochsen auf den Schultern tragen konnte und einen Wiedergänger besiegte, aber leider an einer Blutvergiftung starb, weil er sich versehentlich eine Axt ins Bein gehackt hatte. Von Gunnar, der aus Island verbannt worden war, aber nicht von zu Hause wegwollte, weil er Heimweh hatte, was ihn das Leben kostete. Von Bárðar, einem Halbtroll, der in einen vergletscherten Vulkanberg hineingegangen war und bis heute nicht rausgekommen ist. Weil er sich schämte und traurig war. Und er hatte mir von den vier Zwergen aus der Lieder-Edda erzählt, die Nord, Süd, Ost und West hießen und den Himmel auf ihren Schultern trugen, wie die riesigen Steinblöcke des Arctic Henge, die aber überhaupt nicht wie Zwerge aussahen. Ich erklärte dem Amerikaner, dass es in der Lieder-Edda noch weitere Zwerge gebe, die für verschiedene Tage des Jahres stünden, und darum sei diese Steininstallation eine Art arktischer Kalender, aber eben leider noch unfertig, weil Róbert McKenzie das Geld ausgegangen war und die Regierung uns nicht helfen wolle.

»Róbert McKenzie?«, fragte der Amerikaner, und jetzt machte ich den Fehler, zu der Stelle zu gucken, wo –

Mir wurde schwindlig, und in meiner Brust war Disko. Ein Bild der blutenden Wunde blitzte vor mir auf, denn in dieser Kulisse hatten die Erinnerungen leichtes Spiel. Sie bedrängten mich von allen Seiten und hauchten mir in den Nacken. Ich bekam plötzlich keine Luft mehr, und darum drehte ich mich um und machte mich davon, wollte weg vom Arctic Henge, weg von dem Amerikaner, der mir verwundert hinterherrief, ob alles in Ordnung sei.

Nein, war es nicht.

Nichts war in Ordnung!

Ich kletterte über den Stacheldrahtzaun und marschierte auf den Horizont zu, die Weiten der Melrakkaslétta vor mir, schritt über Grashöcker und mit farbigen Flechten verzierte Basaltsteine, zählte von zehn rückwärts, wie mir der nette Pfleger aus der Psychiatrie geraten hatte. Und dann gleich noch mal. Ich spürte die Wanderlust in mir aufsteigen, erleichtert darüber, die Geister hinter mir gelassen zu haben. Alle bis auf einen. Denn Großvater begleitete mich, obwohl er tot war, so wie früher, als wir kreuz und quer über diese Tundra marschierten. Man nennt sie zwar Polarfuchsebene, aber im westlichen Teil ist sie alles andere als eben. Das stellt man spätestens beim Schafabtrieb fest, wenn sich die Mutterschafe mit ihren Lämmern in den Furchen und Mulden verstecken, wo man sie leicht übersieht. Für die Jagd auf Polarfüchse oder Schneehühner sind diese Unebenheiten jedoch ideal. Man kann den Tieren besser auflauern. Wie gern wäre ich nur noch ein einziges Mal mit Großvater auf die Jagd gegangen!

Um nicht loszuheulen, rannte ich, und ich jaulte wie ein Polarfuchs, rannte und jaulte, bis mir die Luft ausging. Bis ich mich fast übergeben musste. Bis mir der Cowboyhut vom Kopf fiel. Und als ich mich umdrehte, sah ich weder den Arctic Henge, noch den Amerikaner. Erleichtert ließ ich mich neben meinen Hut aufs Moos fallen und lauschte dem Säuseln des Windes und der Stille der Ebene.

⌘

10

Herzstillstand

Den Abend verbrachte ich – endlich! – vor dem Fernseher. Und ich würde mich eine Weile nicht von der Couch wegbewegen, selbst wenn Hafdís wieder anrufen würde. Das schwor ich mir.

Dr. Phil ist ein richtiger Seelenklempner, ein Genie, und er hat immer sofort eine Lösung parat, die manchmal so naheliegend ist, dass die Leute fast aus allen Wolken fallen. Wenn man so gescheit ist wie Dr. Phil, sind alle anderen Leute dumm. Ihm gegenüber saß ein Mann, der so dick war, dass er jederzeit an Herzversagen hätte sterben können, schließlich schleppte er zweihundertfünfzig Kilo mit sich rum, und das vierundzwanzig Stunden am Tag. Er war so kugelrund wie eine in Plastik verpackte Heurundballe.

Dr. Phil kam zu dem Schluss, dass der Dicke unbedingt abnehmen müsse, und die Zuschauer im Studio fanden das auch. Viele nickten heftig.

Während der Werbeunterbrechung rief ich Nói auf Messenger an und hörte ihm ein wenig dabei zu, wie er seine Gegner in *Call of Duty* eliminierte.

»You're getting nervous!«, rief er und meinte damit seinen Gegenspieler, der irgendwo in Amerika oder Japan an einem Computer hockte und verzweifelt um sein drittes Leben kämpfte. »Take this, you lousy muppet! Bam!« Nói konnte sich ziemlich ereifern, und ich fragte mich, ob es gesund für ihn war, ich meine, wegen seiner Operation und allem. »Bull's eye!«, brüllte er aus voller Kehle, und ich zog den Kopf ein.

Ich war überhaupt nicht überrascht, als die Tür hinter Nói aufging und seine Mutter ins Zimmer stürmte. Sie drohte, den Strom abzustellen, wenn er sich nicht sofort beruhige, und während sie darauf wartete, dass sich Nói beruhigte, bückte sie sich, winkte in die Kamera und sagte:

»Hallo, Kalmann, lange nicht gesehen, wie geht's denn so?«

»Ach, ganz gut, danke«, antwortete ich.

»Es tut mir sehr leid, dass dein Großvater gestorben ist.«

»Ich weiß«, sagte ich und klappte den Laptop zu, was ich sofort bereute, denn eigentlich hätte ich mich mit Nói über den Mord an Großvater unterhalten wollen.

Am nächsten Tag fuhr mich Hafdís nach Akureyri, obwohl ich eigentlich vorgehabt hatte, eine Weile in Raufarhöfn zu bleiben. Aber weil sie mir eine Mitfahrgelegenheit anbot, schließlich hatte ich mich um den amerikanischen Touristen gekümmert, hatte ich das Angebot angenommen. Ich erzählte ihr aber während der ganzen Fahrt nicht, dass ich weggelaufen war und den Amerikaner einfach so beim Arctic Henge hatte stehen lassen.

Zu Hause zeigte mir meine Mutter die Sachen, die sie in der alten Kiste meines Großvaters gefunden hatte. Es waren Schnitzereien, seltene Steine, eine Feldflasche, ein Militärmesser, gepresste Blumen, komische Militärabzeichen, aber vor allem Fotos.

»Ich habe gar nicht gewusst, dass Vater so viel fotografiert hat«, sagte meine Mutter. »Muss wohl sein Hobby gewesen sein.«

Wir hatten einen ganzen Haufen Fotos zwischen uns auf dem Stubenteppich liegen. Meine Mutter erzählte mir, was es über die Fotos zu erzählen gab, und ich musste nur hingucken und zuhören.

Da war ich, Kalmann, mit meinem ersten und einzigen Fahrrad, das ich nie benutzen würde. Es verrostete hinterm Haus, daran konnte ich mich noch erinnern. Kalmann zu Weihnachten, glücklich, ich mochte Geschenke, auch heute noch. Kalmann am ersten Schultag mit Schultasche und zugeklebtem linken Auge, wie bei einem Piraten, nicht glücklich. Kalmann als Teddybär verkleidet, Fratze schneidend, schielend. Kalmann in meterhohem Schnee, dick eingepackt, rotwangig, laufende Nase.

Auf den Fotos stand ich manchmal ziemlich schräg, wie ein Zaunpfahl nach einem heftigen Wintersturm, aber meine Mutter passte auf, dass ich nicht umfiel, hielt mich an der Hand fest und lächelte angestrengt. Wie jung sie damals war!

Dann stand ich nicht mehr. Die ersten Schritte mit drei, Kalmann, ein dickes Kind, ein dickes Baby, schielend, ständig sabbernd. Je mehr wir uns durch die Fotos arbeiteten, desto weiter reisten wir in die Vergangenheit. Bald war ich noch nicht geboren, und meine Großmutter lebte wieder, aber die meisten Fotos zeigten meine Mutter und Tante Guðrún, als sie noch ziemlich klein waren. Großvater selbst war nur selten auf den Bildern zu sehen, er hatte ja hinter der Kamera stehen müssen. Manchmal sah man seinen Schatten. Er muss seine Töchter sehr geliebt haben, denn er hatte wirklich viele Fotos von ihnen gemacht, und fast nur von ihnen, und nur ganz wenige daheim und von meiner Großmutter, die immer beschäftig war und ein Gesicht machte, als habe sie keine Zeit, abgelichtet zu werden. Sie sah aus wie die Unzufriedenheit in Person.

»Er machte ständig lange Wanderungen mit uns, obwohl wir gar keine Lust dazu hatten«, sagte meine Mutter.

Ich dachte unwillkürlich an all die Tage, an denen ich mit Großvater über die Melrakkaslétta gewandert war – ohne Kamera.

»Das ist aber nicht auf der Slétta«, sagte ich beleidigt.

Meine Mutter drehte das Foto um und las die Buchstaben und Zahlen, die mit Bleistift hintendrauf gekritzelt waren:

#16-3-5-68 H-2ssw

»Hm.« Sie drehte das Foto wieder um. »Sieht ganz nach Langanes aus. Da sind wir früher oft hingefahren!«

»Langanes? Wieso denn?«

Meine Mutter vermutete, dass es wegen Großmutter war. Großvater habe sie doch in Þórshöfn kennengelernt, wo sie aufgewachsen war, sie und Tante Telma, darum.

»Aber Großmutter ist doch nirgends auf den Fotos zu sehen, also ist sie gar nicht mitgefahren.«

»Vielleicht hat es ihm auf Langanes einfach gut gefallen. Er hat doch die Straße für die Amerikaner gebaut, als er jung war, und es ist wirklich schön da. Meistens sind wir mit dem Auto hingefahren, manchmal mit dem Boot.«

»Mit Petra?«

Meine Mutter nickte.

»Die Überfahrt dauerte ewig! Aber es gibt da einen alten Steg, da, wo Telma jetzt lebt. Diese Einsiedlerin. Da müssten wir eigentlich mal hin, du und ich. Nächsten Sommer vielleicht, was hältst du davon?«

»Mit Petra?«

Meine Mutter lachte.

»Gott, nein! Mit dem Auto natürlich! Tante Telma würde sich bestimmt über einen Besuch freuen, wäre das nicht toll? Auf Langanes gib es so viel Natur, Basstölpel und Papageitaucher und Blaubeeren, Polarfüchse, Robben –«

Ich nahm meiner Mutter das Foto aus der Hand und drehte es wieder um.

»Was bedeuten diese Zahlen und Buchstaben?«

»Keine Ahnung. Koordinaten vielleicht?«

»ssw könnte Südsüdwest bedeuten«, vermutete ich.

»Na, siehst du? Du hast es im Blut!«

»Aber die Zahlen?«

»Möglicherweise Kalendertage. Dritter Mai achtundsechzig.«

»Du hast es auch im Blut!«, rief ich. »Aber wofür stehen die Sechzehn und H-2?«

»Eine Nummerierung vielleicht?«

Wir schauten uns die Rückseiten der anderen Fotos an. Auf vielen standen solche Kürzel, immer aber das Datum und manchmal sogar die Uhrzeit, dazu die Himmelsrichtungen. NW oder SO, also Nordwest oder Südost. Auf einigen Fotos erhob sich ein flacher Berg im Hintergrund, meine Mutter und Tante Guðrún waren meistens unten im Bild zu sehen mit Gesichtern, die zeigten, wie wenig Lust sie auf diese Wanderungen gehabt hatten.

»Was ist das für ein Berg?«

»Keine Ahnung«, sagte meine Mutter. »*Du* bist doch der Landkartenspezialist.«

Ich eilte umgehend in mein Zimmer und studierte meine Landkarte, die ich aus Raufarhöfn mitgenommen und über meinem Bett aufgehängt hatte. Die Halbinsel Langanes fand ich sofort, schließlich hatte ich sie oft vom Boot aus gesehen, als ich noch zu den Leinen fuhr.

»Heiðarfjall!«, rief ich aus dem Zimmer.

»Das könnte passen!«, rief meine Mutter zurück.

Ich setzte mich wieder zu ihr. Nicht auf allen Fotos war der Berg so präsent. Großvater war damals weiter hinausgewandert, und wie ich den Daten der Fotos entnehmen konnte, war er mit seinen Töchtern über einen Zeitraum von drei Sommern immer wieder auf der Halbinsel unterwegs gewesen. Nóis Verdacht kam mir wieder in den Sinn.

»Wieso ist Großvater gestorben?«, fragte ich meine Mutter rundheraus.

Sie seufzte und legte die Fotos zurück auf den Boden, stapelte sie ganz sorgfältig.

»Er war alt und schwer dement.«

»Aber daran stirbt man doch nicht, oder?«

»Hm. Ja und nein. Es ist meistens ein Versagen der Organe, das führt dann zum Tod. Und in seinem Fall war es das Herz.«

»Herzstillstand!«

»Letztendlich schon. Ein Infarkt. Eine Reinigungskraft hat ihn gefunden.«

»Eine Putzfrau?«

»Ja, aber es war zu spät, weil er schon so lange tot war. Sie hat zwar sofort Hilfe geholt, aber man hat ihn nicht wiederbeleben können. Vielleicht hätte man versuchen können, ihn an eine HLM zu hängen, aber das wäre in seinem Fall übertrieben gewesen. Es kommt der Zeitpunkt, an dem man Menschen gehen lassen muss.«

Ich dachte nach, was gar nicht so einfach war, denn ich war wütend und traurig und verwirrt und stolz zugleich, weil meine Mutter mit mir redete, als wäre ich ganz normal. Zwar hatte ich keine Ahnung, was eine HLM war, aber ich konnte mir denken, dass es sich um eine geheime Abkürzung handelte, die nur das Krankenhauspersonal verstehen darf. Wie FBI oder H-2.

»Gibt es einen Autopsiebericht?«

»Einen was?« Meine Mutter zog den Kopf ein, sodass sie ein Doppelkinn bekam. »Wie kommst du denn auf so was?«

»Wie können wir denn sicher sein, dass Großvater nicht umgebracht wurde?«

»Umgebracht? Was ist denn das für ein Blödsinn?«

Ich schwieg und ging in mein Zimmer, warf die Tür hinter mir zu. Meine Mutter würde mir sowieso nicht glauben. Zum Glück kannte ich jemanden, der dem Mordverdacht die volle Aufmerksamkeit schenken würde.

Als meine Mutter zur Spätschicht aufgebrochen war, ging ich in die Stube und holte das blaue »Kalmann«-Mäppchen mit den Zeitungsberichten, den Fotos, den Krankenhausunterlagen und der Fanpost, die meine Mutter nach der Sache mit dem Eisbären in der obersten Schublade der Kommode aufbewahrte. Darin fand ich tatsächlich auf einem Visitenkärtchen die Telefonnummer, nach der ich gesucht hatte.

»Birna hier?« Sie klang ziemlich schroff, wie eine richtige Polizistin eben, hochprofessionell. Da ihre Stimme aber so klang, als störe ich sie bei irgendwas, sagte ich nichts, in der Hoffnung, dass sie auflegen würde. »Hallo?« Ich konnte es ja später noch mal versuchen. »Kalmann?«

Es gibt Menschen, die haben den perfekten Beruf. Birna gehört zu denen. Wie sonst hätte sie gewusst, dass ich am anderen Ende der Telefonleitung war? Ich schwieg noch immer.

»Kalmann, wenn du es bist, dann sag was, du darfst mich nämlich immer anrufen, das weißt du doch.«

»Ich weiß«, brummte ich.

»Na, bitte. Hallo, Kalmann! Wie geht's dir?«

»Schlecht.«

»Was ist denn passiert?«

»Großvater ist gestorben.«

»Óðinn? Oh, das tut mir wirklich leid. Armer Kalmann.« Ich schniefte, obwohl ich eigentlich gar nicht gemusst hätte.

»Takk fyrir.«

»Wann ist er gestorben?«

»Um vierzehn Uhr vierzig.«

»Wie, heute?«

»Nein. Schon eine Weile her. Ich musste in die Psychiatrie.«

»Oh, Kalli, das tut mir sehr leid.«

»Kein Grund zur Sorge.« Ich murmelte es nur.

»Wann ist die Beerdigung?«

94

»Wir haben ihn schon begraben. Vorgestern. In Sauðanes.«

»Æ, das tut mir wirklich leid. Danke, dass du angerufen hast, um es mir zu sagen, lieber Kalmann.«

Wir schwiegen. Aber nicht lange.

»Bist du bei deiner Mutter in Akureyri?«

»Ja.«

»Und was hast du heute noch vor?«

»Ich muss um sechzehn Uhr in der Glerártorg arbeiten gehen.«

»Im Einkaufszentrum?«

»Korrektomundo. Dann kommen alle von der Arbeit und gehen einkaufen. Jemand muss dafür sorgen, dass auf dem Parkplatz Ordnung herrscht. Und dieser Jemand bin ich.«

»Na wunderbar! Du bist ein richtiger Ordnungshüter. Ein Sheriff eben!«

»Großvater wurde wahrscheinlich umgebracht.«

»Wie bitte?« Birna war vollkommen überrascht.

»Weil an Alzheimer stirbt man nicht einfach so.«

»Puh! Doch, ich glaube schon. Und dein Großvater war sehr alt, nicht wahr?«

»Es gibt Menschen, die werden viel älter als er. Und den Autopsiebericht haben sie einfach unter den Teppich –«

»Den Bericht? Wurde denn eine Autopsie in Auftrag gegeben?«

»Keine Ahnung.«

»Aber –« Birna dachte nach. »Kalmann, hat man dir gesagt, woran dein Großvater gestorben ist?«

»Sein Herz hat aufgehört zu schlagen.«

»Na, dann wird es schon stimmen. Herzinfarkt. Weißt du, wenn die Todesursache offensichtlich ist, macht man keine Obduktion, es wäre überflüssig.«

Ich schwieg beleidigt, aber weil mich Birna einfach schweigen ließ, sagte ich schließlich:

»*Möglicherweise* wurde er umgebracht.«

»Kalmann.« Birna seufzte. »Gib mir einen Moment. Wie hieß dein Großvater mit vollem Namen?« Ich sagte es ihr. »Also, dann wollen wir mal sehen. Ah, da haben wir's. Óðinn Arnarson. Verstorben am dritten Oktober, Sterbezeit, jawohl, Ort, Pflegeheim Húsavík, ach, war er noch immer in Húsavík? Okay, weiter im Text, Reinigungskraft entdeckt, tatatah, hier wird's spannend, Todesart, natürliche Ursache, Herzinfarkt. Es stimmt alles, Kalmann, tut mir leid, dein Großvater wurde ganz bestimmt nicht umgebracht, ich meine, zum Glück nicht!«

Ich sagte nichts, denn jetzt fühlte ich mich noch miserabler als zuvor, wusste dabei nicht mal, wieso.

»Kalmann, ist alles in Ordnung?«

»Kein Grund zur Sorge!«, sagte ich, diesmal etwas lauter.

Birna seufzte und ließ ein paar Sekunden verstreichen, überlegte sich bestimmt, wie sie mich abwimmeln konnte.

»Kalli minn, etwas ganz anderes. Ist unser Geheimnis gut bei dir aufgehoben?«

»Ja«, sagte ich. »Ich bin doch nicht blöd!« Ich fragte mich, ob mich die Leute auch dann noch mögen würden, wenn sie wüssten, was ich mit Róbert McKenzie angestellt hatte.

»Gut«, sagte Birna. Ich hörte sie erleichtert ausatmen.

Bevor wir auflegten, gab mir Birna noch einen Rat: Ich

solle nicht mehr an Óðinns Tod denken oder daran, wie er gestorben sei, sondern an sein Leben, ich solle die schönen Erinnerungen an ihn bewahren.

»Das weiß ich schon«, sagte ich und legte auf.

Ich zog mich an, betrachtete mich im Spiegel, seufzte wie jemand, der zur Arbeit muss, und ging arbeiten. Die Leute waren auch heute bescheuert und ließen ihre Einkaufswagen kreuz und quer auf dem Parkplatz stehen, sodass ich ziemlich ins Schwitzen kam. Manchmal stieß ich die Wagen so heftig ineinander, dass alle sich erschrocken nach mir umdrehten. Nach der Arbeit ging ich wieder heim, und am nächsten Tag ging ich wieder arbeiten, denn schon wieder standen die verfluchten Einkaufswagen auf dem Parkplatz rum, es war wie verhext, und dann war endlich Wochenende, ich ging mit meiner Mutter einkaufen und ins Kino, und wir schauten auf dem zweiten Sender die Quizshow mit Villi Þór, den meine Mutter so sexy findet, und spätabends leistete ich Nói beim Gamen Gesellschaft. Dann ging ich wieder arbeiten, es war also Montagmorgen, und eigentlich ist dann fast nichts los in der Shoppingmall, darum machte ich zuerst einen kleinen Umweg über den Hafen, aber da war fast niemand, kein einziges Kreuzfahrtschiff, keine großen Trawler, die ich mir hätte angucken können. Die Hafengebäude waren riesig und makellos. Ich fragte einen Arbeiter, wo eigentlich der Container des Hafenmeisters sei, aber der Arbeiter schaute mich nur dumm an und zuckte mit den Schultern. Vollkommen behindert.

⌘

II

Brief

Der Tag, an dem der Brief von meinem Vater kam, fing schon schlecht an. Ich hätte es als unheilvolles Omen deuten, meine Ikea-Tasche mit Kleidern vollstopfen und mich Richtung Raufarhöfn davonmachen sollen. Für immer!

Gegen Mittag ging ich in die Shoppingmall und hatte einen Bärenhunger, weshalb ich im Kebab-Imbiss etwas essen wollte, da gibt es nämlich die besten Hamburger in ganz Akureyri. Aber die Bude war zu. Auf einem Zettel, der an den Rollladen geklebt worden war, stand, dass der Laden dichtgemacht hatte.

Ich blieb eine ganze Weile vor dem Zettel stehen, las die Worte wieder und wieder, man bedanke sich bei den Kunden und wünsche gute Gesundheit. Irgendwann knurrte mein Magen so laut, dass mir nichts anderes übrig blieb, als zum ersten Mal in meinem Leben den Subway nebenan zu betreten.

Vorsichtig setzte ich einen Fuß vor den anderen und schaute mich um. Fragte den maskierten Jugendlichen hinter dem Grünzeug-Tresen, ob ich einen Hamburger bekommen könne. Aber das stand leider nicht auf der Karte, wie er mir versicherte.

»Ganz bestimmt?«

»Ganz bestimmt.«

»Bist du sicher?«

»Dude!«

Also kaufte ich einen Keks und eine Cola, damit ich wenigstens nicht verhungerte.

Als ich mich umdrehte, fielen mir die Sachen fast aus der Hand, denn an einem der Tischchen saß eine berühmte Persönlichkeit, die ich beim Hereinkommen gar nicht bemerkt hatte! Es war Villi Þór vom zweiten Sender, von der Quizshow, die wir immer schauten. Manchmal interviewte er Leute, die noch berühmter waren als er.

Villi Þór beachtete mich nicht, biss gestresst in ein Sandwich und kaute. Sein Kopf war groß und das dunkle Haar dicht. Man erkannte ihn gleich an seiner markanten Kieferpartie, die meine Mutter so sexy fand. Ihm gegenüber kaute ein Mann, der nicht berühmt war und auch nicht so aussah. Er hatte einen Bart und trug einen Hut mit breiter Krempe – kein richtiger Cowboyhut.

»Góðan daginn!«, entfuhr es mir, was ich sofort bereute.

Der Berühmte schaute mich flüchtig an.

»Hallo«, sagte er.

»Bist du Villi Þór?«

»Bingo.« Der Berühmte versuchte, mit vollem Mund zu lächeln. Der andere Mann kaute unbeirrt weiter.

»Darf ich eine Unterschrift haben?«

»Du meinst wohl ein Autogramm.«

»Ist für meine Mutter.«

»Siehst du nicht, dass ich esse?«

»Doch, das sehe ich.«

Jetzt schauten mich beide an, diesmal ohne zu kauen. Ich

wartete, bis Villi Þór seufzte und mich fragte, ob ich denn überhaupt eine Autogrammkarte und etwas zum Schreiben dabeihabe.

»Habe ich nicht«, sagte ich.

»Willst du vielleicht ein Selfie machen?«

»Ich habe kein Smartphone«, informierte ich ihn. »Bloß ein altes Nokia-Handy, womit ich telefonieren und Kurznachrichten verschicken, aber keine Fotos machen kann.«

»Okay. Verstehe. Dann lass uns jetzt in Ruhe essen, ja? Danke.«

Ich zögerte. Wollte er, dass ich wartete, bis er fertig war?

»Ich habe auch noch nicht gegessen«, sagte ich, und jetzt hustete der andere Mann unterdrückt, als wäre ihm etwas in den Hals geraten.

Villi Þór atmete hörbar durch die Nase, wahrscheinlich, weil er den Mund wieder voll hatte.

»Aber *ich* esse jetzt, und wenn ich esse, will ich nicht gestört werden.«

»Ich möchte eigentlich nur eine Unterschrift«, sagte ich.

»Autogramm«, knurrte Villi Þór.

»Passiert dir das oft?«, fragte der Bärtige und kaute.

»Ich mag lieber Hamburger«, sagte ich – keine Ahnung, wieso.

»Das glaube ich dir sofort«, sagte der Bärtige.

»Entschuldige!«, rief jetzt der Subway-Junge hinterm Tresen. »Kannst du bitte meine Kunden in Ruhe essen lassen?«

»Ich bin auch ein Kunde«, entgegnete ich und hob meinen Keks und meine Cola hoch.

Villi Þór lehnte sich im Stuhl zurück und stöhnte:

»Nein, wirklich!«

Plötzlich hatte ich eine Idee.

»Ich habe eine Quiz-Frage für dich, die du nächsten Samstag in deiner Show verwenden kannst. Wie heißt der Berg auf Langanes?« Villi Þór warf dem Subway-Angestellten einen Blick zu und breitete erwartungsvoll die Arme aus.

»Weißt du es denn nicht?« Ich war nun doch überrascht, denn Villi Þór wusste immer auf alle Fragen die richtige Antwort, es war schließlich sein Beruf.

»Ernsthaft?«, rief Villi Þór dem Subway-Angestellten zu, der sich dem Sandwich-Ofen zugedreht hatte und wartete, bis er piepste.

»Heiðarfjall«, klärte ich Villi Þór auf, und damit er es nicht vergessen würde, wiederholte ich den Namen des Berges, aber diesmal langsamer: »Heiðar-Fjall.«

»Tu uns einen Gefallen, lass uns in Ruhe, ja?«

Ich wäre eigentlich gern gegangen, ich hätte den berühmten Talkshow-Master durchaus in Ruhe essen lassen wollen, aber manchmal bin ich einfach so, bleibe wie festgenagelt stehen und kann mich nicht mehr rühren, vor allem dann, wenn man mich forthaben will.

»Troll dich jetzt!«, sagte nun der Bärtige, als sei er Villi Þórs Bodyguard. Vielleicht war er das auch.

Alle Leute im Subway starrten mich an, und ich ballte die Fäuste. Glücklicherweise erinnerte ich mich, was der Pfleger aus der Psychiatrie mir geraten hatte.

»Zehn«, sagte ich leise.

»Was?«

»Neun«, etwas lauter.

Der Bodyguard lachte lauthals, Villi Þór schob sein Sandwich von sich.

»Acht.«

»Jetzt beruhig dich, ja?«

»Sieben.«

»Kannst du bitte aufhören, rückwärts zu zählen?«

Ich wurde lauter.

»Nein. Sechs.«

Villi Þór richtete sich abrupt auf, sein Stuhl fiel fast um.

»Fünf!«

»Was soll der verdammte Countdown?«

»Vier.«

»Kalmann, was machst du denn da?«, hörte ich plötzliche eine Frau hinter mir sagen. »Jagst du den Leuten wieder Angst ein?«

Ich drehte mich erschrocken um. Draußen vor dem Restaurant stand Elínborg und schaute mich ganz vorwurfsvoll an. Vielleicht machte sie auch nur so ein Gesicht, weil sie in beiden Händen schwere Einkaufstaschen trug.

»Hallo, Elínborg«, sagte ich bloß, denn mir fiel nichts Besseres ein.

»Gehört er zu dir?«, fragte Villi Þór. Auch er hatte sich zu Elínborg umgedreht.

»Kalmann ist harmlos«, sagte sie. »Kein Grund zur Sorge, nicht wahr, Kalmann?«

Ich nickte.

»Villi Þór weiß nicht, wie der Berg auf Langanes heißt«, erklärte ich ihr. »Ich wollte ihm bloß helfen.«

»Der Heiðarfjall?«

»Korrektomundo.«

Elínborg schüttelte den Kopf.

»Das wundert mich schon lange nicht mehr, Kalmann.«

Sie drehte sich um und sagte im Weggehen: »Ohne GPS wären die Städter völlig aufgeschmissen. Komm jetzt, hilf mir mit den Taschen. Oder hol mir einen Einkaufswagen, du bist doch dafür zuständig, nicht wahr?«

Sie schimpfte noch eine Weile über die Reporter, die viel zu selten über die ländlichen Regionen berichteten, weshalb es nicht erstaunlich sei, dass die Leute sich in ihrem eigenen Land nicht mehr auskannten, und dann beschwerte sie sich, dass neben dem Eingang keine Einkaufswagen bereitstünden, ich müsse immer dafür sorgen, dass welche da seien.

»Und grüß deine Mutter!«

Dieser Tag war wirklich der reinste Stress.

Ungeduldig wartete ich am Abend auf meine Mutter. Ich wollte ihr die Grüße von Elínborg ausrichten und von Villi Þór erzählen, aber sie hielt mir eine ausgedruckte E-Mail unter die Nase und sagte, sie müsse mit mir reden, ich solle aber bitte nicht ausflippen. Ich musste es ihr sogar versprechen.

Das Papier zitterte in ihren Händen, als versuchte es sich loszureißen, und darum blieb keine Zeit, um Tee aufzusetzen, wir mussten uns einfach sofort um diese E-Mail kümmern, bevor sie davonflatterte. Dabei hatte meine Mutter sie bestimmt schon gelesen, denn sie war von ihrem Samenspender Quentin Boatwright, meinem Vater.

Dear Kalmann

So fing der Brief an. So fängt normalerweise jeder Brief an, darum gab es vorerst keinen Grund zur Sorge.

Er habe vernommen, dass mein Großvater, der eine Art Vaterfigur für mich gewesen sei, gestorben ist. *I am so sorry for your loss*, stand da unterstrichen, er meinte es also wirklich so. Meine Mutter wollte die Worte für mich übersetzen, aber ich verstand sie bestens. Quentin Boatwright schrieb, ich solle nie vergessen, dass ich einen Vater habe, nämlich ihn, und dass er mich nicht vergessen habe und sich wünsche, für mich da sein zu können. Er sei an einem Punkt in seinem Leben angekommen, *crossroads*, schrieb er, und *a new beginning*, worauf mir meine Mutter erklärte, er stecke wahrscheinlich tief in einer Midlife-Crisis.

Ich sei jederzeit in Mill Creek willkommen, schrieb er weiter, ich solle ihn doch besuchen kommen, und ich solle mir überhaupt keine Sorgen wegen dem *China-Virus* machen, denn er könne mir versichern, dass alle Boatwrights über ein intaktes Immunsystem verfügten.

Boatwright. Ich hatte schon lange nicht mehr an meinen amerikanischen Familiennamen gedacht. Eigentlich war auch ich ein Boatwright, wenn man es genau nahm. Doch als ich den Namen auf dem Papier stehen sah, wurde mir mulmig. Seit dem letzten Lebenszeichen meines Vaters waren einige Jahre vergangen. Es war ein kurzer Brief zu meinem achtzehnten Geburtstag, der aber so verspätet bei mir ankam, dass ich schon fast begonnen hatte, mich auf Weihnachten zu freuen. Seitdem herrschte Funkstille. Ich hatte nicht damit gerechnet, jemals wieder von ihm zu hören, schließlich war ich volljährig geworden und brauchte keinen Vater mehr. Zu Gesicht bekommen hatte ich ihn nur ein einziges Mal, und das war jetzt schon so viele Jahre her, dass ich mich an dieses Gesicht nicht erinnern konnte.

Ich schaute gedankenverloren auf die Buchstaben, als könne ich bis nach Amerika sehen, wenn ich nur angestrengt genug zwischen den Zeilen hindurchguckte. Er schrieb: *Wir würden uns über deinen Besuch freuen*, aber es stand nur sein Name auf dem Brief. Mit *wir* waren vielleicht meine Halbschwestern gemeint. Ob sie mich auch kennenlernen wollten?

Meine Mutter unterbrach mich nicht beim Denken. Sie gab mir alle Zeit der Welt, sah mich bloß an und legte ihre Hand auf den Tisch, wartete, bis ich meine auf ihre legte. Vielleicht machte sie sich so viele Gedanken wie ich. Versuchte sie auch, sich sein Gesicht vorzustellen? Oder hatte es sich ihr ins Gedächtnis eingebrannt, weil man so einen Ausrutscher nie vergisst?

Wenn es um meinen Vater ging, wurde meine Mutter meistens wütend. Darum rechnete ich damit, dass sie jeden Moment zu schimpfen beginnen würde. Aber sie schaute mich nur geduldig an, ganz friedlich, fast ein wenig verträumt, als würden wir zusammen einen dieser romantischen Filme gucken, die sie so mochte.

»Kalli minn«, sagte sie. »Weißt du, was ich denke? Ich denke, es ist eine gute Idee.«

Jetzt war ich baff.

»Aber –« Ich wollte etwas sagen, doch mir fiel leider nichts ein, ich war einfach nur platt. In meinem Kopf begann es zu blubbern.

»Es wird Zeit, dass du deinen Vater kennenlernst, Kalmann Quentinsson«, fuhr sie fort.

»Aber die Pandemie!«, entfuhr es mir. Wollte meine Mutter mich wirklich nach Amerika schicken, obwohl von

Auslandreisen dringend abgeraten wurde? Wollte sie mich loswerden?

Sie habe schon mit ihm telefoniert, erklärte sie mir. Mein Vater meine, so eine Reise sei durchaus möglich, Covid gebe es hüben wie drüben, er werde versuchen, mich zu registrieren und alle nötigen Papiere zu besorgen, schließlich habe ich sogar ein Anrecht auf die amerikanische Staatsbürgerschaft. Die Botschaft in Reykjavík habe sie auch schon kontaktiert.

»Keine Sorge, Kalmann. Dein Vater wird gut auf dich aufpassen.«

»Gehe ich denn für immer nach Amerika?«, fragte ich, obwohl es nicht die Frage war, die zuoberst auf meiner Fischsuppe schwamm.

»Aber nein!« Meine Mutter lachte. »Nur für ein kleine Weile. Weihnachten und Silvester. Sechs Wochen maximal! Was würdest du dazu sagen?«

Ich war erleichtert. Meine Mutter wollte mich also doch nicht loswerden. Und ich kannte schließlich alle Hollywood-Weihnachtsfilme, wusste also, was mich erwartete, nämlich Hollywood-mäßige Weihnachten! Es klang verlockend.

»Silvester? Aber dann verpasse ich das Feuerwerk in Raufarhöfn!«

Auch darauf hatte meine Mutter eine Antwort: »Die Amis machen doch immer alles eine Nummer größer. Das Silvesterfeuerwerk bestimmt auch.«

Ich bezweifelte es, musste aber zugeben, dass ihr Argument einleuchtend war, und deshalb riet ich ihr, ein Flugticket zu kaufen, am besten gleich sofort, denn vielleicht seien die Flugzeuge bald ausgebucht, aber sie lachte nur noch lauter und sagte, es eile nicht. Vorher gebe es noch jede Menge zu besprechen und zu organisieren.

»Stopp!«, rief ich und sprang auf die Füße. »Ich weiß gar nicht, wie er aussieht! Wie soll ich ihn denn erkennen, wenn –«

»Kalmann!« Meine Mutter prustete. Als hätte sie nur auf diesen Moment gewartet, zauberte sie ein ausgedrucktes Foto hervor und überreichte es mir.

Ich hielt es sehr lange in den Händen. Das Foto zeigte meinen Vater Quentin Boatwright, aber nicht nur ihn, sondern auch zwei erwachsene Frauen, eng an ihn geschmiegt, strahlend. Mein Vater war rund. So hatte ich ihn nicht in Erinnerung. Er hatte eine rote Baseballkappe auf, deren Blende zu einem Halbkreis gebogen war, und auch sein Nacken war rund, seine Schultern breit, das karierte Hemd spannte. Er war ein bisschen dick vielleicht, aber bestimmt stark wie ein Bär. Ein runder, gepflegter Bart mit silbrigen Barthaaren rahmte seinen Mund ein. Mein Vater lächelte stolz in die Kamera und sah eigentlich ganz nett aus. Glichen wir uns? Eins wusste ich: Den Frauen auf dem Bild glich ich überhaupt nicht.

»Sind das meine Halbschwestern?« Sie waren gleich groß wie mein Vater, hatten aber viel breitere Hüften, krause Haare und strahlende Gesichter. Makellose Zähne.

»Sie heißen Allison und Piper – oder umgekehrt, jetzt bin ich gar nicht mehr sicher, welche Piper und welche Allison ist. Sie sind nicht viel älter als du, waren noch ganz klein damals, als sie draußen in Ásbrú lebten. Sie freuen sich bestimmt sehr, dich kennenzulernen.«

Als meine Mutter das Abendessen zubereitete, schlich ich mich mit dem Foto in mein Zimmer und machte leise die Tür hinter mir zu.

Gute Freunde sind nicht nur dazu da, dich zu trösten, wenn es dir schlecht geht, sondern auch, um sich mit dir zu freuen, wenn es etwas zu feiern gibt. Also rief ich Nói an.

⌘

12

Gora letit

Biaaatch!«, begrüßte mich Nói wie ein echter Amerikaner, als wüsste er, wieso ich ihn anrief. »Du bringst mir echt Unglück!« Nói war in ein Multiplayerspiel vertieft. »Eat shit, you bitch!« Er warf die Konsole vor sich auf den Tisch, fluchte noch eine ganze Weile, dann sagte er: »Kalli, my man. Was gibts?« Er war wirklich wieder ganz der Alte.

»Ich gehe in die Vereinigten Staaten.«

Nói lachte. Er lachte laut, und er lachte lange, hielt sich den Bauch, zeigte sogar mit dem Zeigefinger in die Kamera, lachte mich also gründlich aus. Nur Freunde dürfen das.

»In die Staaten. Mitten in einer Pandemie. Yeah, right! Das kannst du vergessen, Junge! Glaubst du denn, die fliegen noch?«

»Ja, ich denke schon. Mein Vater will, dass ich –«

Nói beugte sich vor und bearbeitete die Tastatur seines Computers.

»Hm«, machte er dann. »Sheriff, du hast recht! Die fliegen noch immer, zweimal am Tag. Wahrscheinlich Warentransporte. Aber man kann bestimmt nicht einfach so mitfliegen. Du brauchst eine Genehmigung, Papiere, einen Grund –«

»Ich glaube, ich bin Amerikaner. Mein Vater ist doch –«
Nói unterbrach mich mit einem Seufzer.

»Du hast so ein Kackglück, weißt du das überhaupt? Was gäbe ich für eine Greencard, oder mehr noch, eine amerikanische Staatsbürgerschaft! Dann könnte ich diese Drecksinsel für immer verlassen.« Nói machte Laute, als weine er.

Ich versuchte, ihn zu trösten.

»Vielleicht kannst du mitkommen. Ich meine, du bist doch jetzt wieder gesund.«

»Gesund? Bist du behindert? Ich gehöre zur Risikogruppe Nummer eins. Jetzt sowieso. Wenn ich mir the big C einfange, kann ich zusammenpacken. Darum bin ich doch in Isolation.«

»Oh, tut mir leid.«

»Ja, mir tut's auch leid. Aber, wann gehst du denn?«

»Im Dezember.«

»Gut, dann haben wir noch Zeit.«

»Zeit wofür?«

»Den Fall zu lösen!«

»Ach so.«

»Hast du den Autopsiebericht auftreiben können?«

»Nein. Es gab gar keine Autopsie. Birna sagt, das macht man nur, wenn die Todesursache nicht bekannt ist. Wenn also ein Verdacht besteht, dass jemand –«

»Der Verdacht besteht!«, rief Nói. »Das ist ja der Punkt! Wenn einer so raffiniert umgebracht wird, dass man glaubt, er sei einfach umgekippt, dann ist das mordsverdächtig!«

»Ach so.«

»Sheriff! Was ist eigentlich los mit dir? Wo sind deine

Sheriff-Instinkte? Glaubst du nicht auch, dass etwas faul an der Sache ist?«

»Doch. Bloß –«

»Was war denn die offizielle Todesursache?«

»Herzstillstand.«

»Yeah, right. Weißt du denn, woran einer stirbt, wenn er halbiert wird?« Ich wusste es so auf die Schnelle nicht, denn darüber hatte ich noch nie nachgedacht. »Herzstillstand!«, rief Nói. »Weißt du, woran einer stirbt, wenn er sich eine Kugel in den Kopf jagt?« Mir wurde schwindlig. »Herzstillstand. Weißt du –«

»Nói!«, unterbrach ich ihn. »Glaubst du wirklich, dass –«

»Und ob ich das glaube! Was hast du noch erfahren?«

»Über Großvater?«

»Yes, Sir!«

Ich dachte angestrengt nach, denn ich wollte meinen besten Freund nicht enttäuschen. Fast kam ich dabei ins Schwitzen.

»Er hat Russisch gesprochen, kurz bevor er starb.«

»Say what now?«

»Suka amerikanets. Gora letit und so.« Die Worte hatten sich in mein Hirn eingebrannt.

»Suka? Echt? Das kenn ich! Das brüllen die russischen Gamer immer. Heißt wohl bitch oder so. Suka, brüllen sie, und idi na khuy! Die sind echt abgefahren. Amerikanets heißt bestimmt Amerikaner. Ob er damit deinen Vater meinte?«

»Keine Ahnung. Vielleicht meinte er alle Amerikaner. Weißt du auch, was gora letit bedeuten könnte?«

»Gora letit. Gib mir ne Sekunde.« Nói bearbeitete seine Tastatur. »Da haben wir's. Google translate, baby! Bergfliegen. What the actual fuck?«

»Bergfliegen?«

»Vielleicht auch ›der Berg fliegt‹ oder ›fliegender Berg‹. Seltsam. Ergibt keinen Sinn. Was hat er sonst noch gesagt?«

Wie sich herausstellte, konnte ich mich nur noch an ein Wort erinnern: Opasno. Es bedeutet gefährlich. Ich war mir sicher, dass Großvater noch weitere russische Wörter gesagt hatte, aber ich konnte mich beim besten Willen an keins mehr erinnern. Und darum wussten wir letztendlich nur, dass er die Amerikaner nicht mochte und mich vor einem fliegenden Berg hatte warnen wollen. Also wusste ich überhaupt nichts. Und als wir das Gespräch beendeten, war ich ein wenig enttäuscht, weil wir uns nicht über meine bevorstehende Amerika-Reise unterhalten hatten, denn das war doch der eigentliche Grund meines Anrufs gewesen.

Nach dem Abendessen schlief meine Mutter während einer langweiligen Kochshow auf der Couch ein, und ich schaltete zu *Dr. Phil* um, aber die Sendung hatte ich schon gesehen. Ich schaute sie trotzdem, denn ich wollte Englisch üben, also sprach ich die Worte nach.

»How about getting a real job«, schlug Dr. Phil dem dünnen Gast vor, der noch immer bei seinen Eltern lebte und den ganzen Tag nur rumsaß. Es war sein Traum, Filme zu machen, aber seine Depression, das Monster, das in ihm lebe, ließe das nicht zu.

Dr. Phil findet meistens, dass die Leute mehr arbeiten sollten. Das sagte er auch jetzt, und der Dünne nickte und ließ den Kopf hängen.

Den lustigsten Spinner, den ich je in einer Sendung gesehen habe, war ein Mann, der auch keine Arbeit hatte, weil er ein Hund sein wollte, ein Hundekostüm anzog und Hundefutter aus einer Schale am Boden mampfte. Das mache ihn einfach glücklich, erklärte er entschuldigend.

»Besser, als zu arbeiten!«, höhnte Dr. Phil, und das Publikum lachte und klatschte.

Würden mich die Zuschauer auch auslachen, wenn ich Gast in der Sendung wäre? Würde Dr. Phil auch mit mir schimpfen?

Meine Mutter hatte zu schnarchen begonnen, also knipste ich den Fernseher aus und hörte ihr eine Weile zu. Betrachtete sie. Sie hatte den Mund leicht geöffnet und hielt ihren Handrücken irgendwie elegant an ihre Wange, wie auf einem alten Gemälde.

Hoffentlich würde ich Dr. Phil in Amerika nicht begegnen, könnte ja sein. Bestimmt würde er mich in seine Sendung einladen wollen, schließlich lebte auch ich noch immer bei meiner Mutter.

»Mama«, sagte ich leise und strich ihr übers Haar. »Du bist eingeschlafen.«

⌘

13
Schnee

Bis zu meiner Reise in die USA dauerte es zwei Monate und sechzehn Tage, diese Wartezeit fühlte sich aber wie ein ganzes Jahr an.

Ich hatte viel Zeit. Sie war elastisch wie ein Kaugummi, den man in die Länge zieht, der aber deswegen nicht größer wird. Ich konnte abends schlecht einschlafen und mich tagsüber nicht konzentrieren. Manchmal latschte ich auf den Parkplatz vor der Shoppingmall, stand eine Weile in Gedanken versunken rum und vergaß vollkommen, die Einkaufswagen einzusammeln. Nanouk bestellte mich in sein Büro und sagte, ich müsse mich konzentrieren und dürfe den Autos nicht den Weg versperren, das sei nämlich strikt verboten.

Um mich auf Amerika vorzubereiten, unterhielt ich mich oft mit Nói, denn er war *der* USA-Experte, aber meistens wollte er lieber über den mysteriösen Mord an Großvater quatschen, obwohl ich inzwischen meine Zweifel an der ganzen Sache hatte. Aber das sagte ich ihm natürlich nicht.

Anfang Dezember, als die Weihnachtsdeko und Lichterketten aufgehängt wurden und aus dem Radio nur noch Weihnachtslieder dudelten, versank Akureyri im Tiefschnee. Das sah zwar sehr schön aus, selbst unser rostiges Wellblechhaus war plötzlich viel beschaulicher, aber ich schaffte es fast nicht mehr bis zur Shoppingmall. Mein Arbeitsweg wurde zur reinsten Expedition, ich schwitzte und hatte zugleich kalte Füße, und immer, wenn jemand mit seinem Auto festsaß, musste ich helfen, schieben und schaufeln. Und manchmal fand ich auf dem Parkplatz eingeschneite Einkaufswagen, dann musste ich schon wieder schieben und schaufeln. So viel Schnee hatten wir in Raufarhöfn nie, da bläst der Wind das weiße Pulver meistens weg, zudem war Halldór ein Experte im Schneepflügen, die Straßen waren also nie lange zugeschneit. In Akureyri ist das anders. Hier gibt es so viele Straßen und Häuser, dass die Schneepflüge nicht wissen, wo sie den Schnee hinschieben sollen. In Akureyri muss man ihn mit Lastwagen abtransportieren und ins Meer kippen.

Ich blieb dann zu Hause, weil ich vom Schaufeln und Autoschieben Muskelkater bekommen hatte. Aus purer Langeweile öffnete ich die Kiste, die meine Mutter aus Raufarhöfn mitgenommen hatte. Darin fand ich einen Karton, der mit braunem Klebeband zugeklebt worden war. Das Klebeband war aber schon spröde, ich konnte es wie ein Weihnachtsgeschenk aufreißen. Im Karton waren noch mehr Fotos, Landschaften, Sommer- und Winteraufnahmen. Großvater hatte von seinem Boot aus viele Bilder gemacht, immer wieder die Küste abfotografiert, manchmal auch Boote ins Visier genommen, die er aus der Ferne erspäht hatte. Komisch. Als ich noch mit ihm zur See gefahren war, hat er nie Fotos gemacht, auch vorbeifahrende Schiffe haben ihn nicht interessiert. Vielleicht hatte er sein Hobby einfach aufgegeben.

Auch hier waren Fotos dabei, die meine Mutter und

meine Tante als kleine Mädchen zeigten. Manchmal war auch eine Frau dabei, höchstwahrscheinlich meine Großmutter. Zwischen den Fotos fand ich kleine Notizbücher und vergilbte lose Blätter, auf die Großvater mit Bleistift Zahlen und Buchstaben gekritzelt hatte.

Lesen ist nicht meine Stärke. Wenn sich viele Wörter auf einem Blatt versammeln, beginnen sie vor meinen Augen zu tanzen und reihen sich immer wieder neu auf. Aber ich erkannte trotzdem, dass mit den Buchstaben auf diesen vergilbten Blättern etwas nicht stimmte. Sie waren verdreht, und manche waren gar keine richtigen Buchstaben. War es eine Geheimschrift? Natürlich musste ich sofort an Nói denken, aber weil er nicht online war, machte ich mit meinem Laptop ein paar Aufnahmen und schickte sie ihm per Messenger.

Dann gingen mir die Ideen aus. Ich stellte mich ans Fenster und schaute den Schneeflocken zu. Sie wirbelten in alle Richtungen, von links nach rechts, von rechts nach links, von unten nach oben. Wie Buchstaben.

Wenn draußen viel Schnee liegt, ist es auch in einem Haus stiller. Man hört sich dann selbst denken. Das Blut in meinem Kopf rauschte wie ein entfernter Fluss. Die Gedanken, sie rissen mich mit.

Ich nahm das eingerahmte Hochzeitsfoto meiner Großeltern von der Kommode und verglich meine Großmutter mit der Frau auf den Fotos. Die beiden glichen sich, waren aber nicht dieselbe Person. Die mysteriöse Frau stand mal an einen Zaunpfahl gelehnt, mal saß sie auf einem rostigen Traktor und lachte. Einmal hatte sie es sich mit den Kindern auf einer Picknick-Decke bequem gemacht.

Mein Laptop begann zu tuten.

»Russisch«, begrüßte mich Nói.

»Russisch?«

»Das Bleistiftgekritzel!«

»Ach so.« Ich hatte schon wieder vergessen gehabt, dass ich ihm Aufnahmen von den vergilbten Blättern geschickt hatte.

»Übungen wie bei Kindern. Da hat wer versucht, Russisch zu lernen.«

»Wahrscheinlich mein Großvater.«

»Wo ist das Auto? Das Auto ist auf der Straße. Wie viele Leute sitzen im Auto? Im Auto sitzen drei Leute. Gähn. Ich habe nicht alles übersetzt, nur ein paar Sätze da und dort. Auf dem Berg stehen sieben Häuser. Sieben Häuser stehen auf dem Berg. Es gibt auch Zahlenübungen, aber die ergeben überhaupt keinen Sinn. Zuerst stehen die Zahlen von eins bis zehn, und danach folgt ein völliges Zahlenchaos.«

»Ach so.«

»Ist das Zeug von deinem Großvater?«

»Mhm.«

»Das erklärt alles. Er hat damals Russisch gelernt, aus welchem Grund auch immer. Und als er dement wurde, sind diese alten Sachen wieder hochgekommen. Darum ergibt auch der fliegende Berg keinen Sinn. Verstehst du?«

»Ja, ich denke schon.« Nói war wahrscheinlich der gescheiteste Mensch, den ich kannte.

Als meine Mutter am Abend zur Tür hereinkam, hielt ich ihr eines der Fotos unter die Nase.

»Wer ist diese Frau?«, fragte ich sie zur Begrüßung.

»Hallo, Kalli«, sagte meine Mutter und drückte mich an sich, obwohl sie voller Schnee war.

»Mama!«

Seit ich mich entschlossen hatte, in die Vereinigten Staaten zu reisen, ließ sie keine Gelegenheit aus, mich zu umarmen, obwohl ich das eigentlich nicht mochte. Völlig peinlich.

»Ist das ein Foto aus der Kiste?« Sie zog ihren Mantel und ihre Stiefel aus und fluchte über den vielen Schnee, der von ihrer Kleidung auf die Dielen fiel. Ich drückte ihr das Foto in die Hand und bückte mich, presste den Schnee zu einer Kugel und warf ihn ins Klo. Währenddessen ging meine Mutter in die Stube, wo sie besseres Licht hatte.

»Kalmann!«, rief sie vorwurfsvoll. Wahrscheinlich hatte sie das Chaos auf dem Teppich entdeckt, das ich mit den Fotos angerichtet hatte. Privatdetektive machen das auch so, wenn sie den Überblick über etwas bekommen und den ganzen Zusammenhang erkennen wollen.

»Wer ist diese Frau?«, fragte ich erneut, denn ich glaubte, dass die ganze Sache Sinn ergeben würde, wenn ich nur wusste, wer sie war. Ich hatte alle Fotos von ihr gesammelt und auf die Seite gelegt.

»So was!« Meine Mutter schien erstaunt. »Das ist Tante Telma, die Schwester deiner Großmutter.«

»Telma?«, sagte ich erstaunt. »Die Frau mit dem komischen Hut?« Ich Trottel. Dass ich nicht selbst darauf gekommen war!

Meine Mutter nickte gedankenverloren und schaute sich die Fotos genauer an.

»Ja, meine seltsame Tante Telma. Die sieht aber zufrieden

aus! Hat mich überrascht, dass sie überhaupt zur Beerdigung gekommen ist. Sie hat sich schon so lange nicht mehr blicken lassen.« Meine Mutter schaute mich stirnrunzelnd an. »Bist du heute nicht arbeiten gegangen?«

»Ich bin daheimgeblieben, wegen dem Schnee.«

»Den ganzen Tag?«

»Muskelkater. Aber wieso ist Tante Telma auf den Fotos und nicht meine Großmutter?«

»Tja«, sagte meine Mutter vielsagend und ging in die Küche, ließ mich einfach in diesem Chaos stehen. Aber sie redete so laut weiter, dass ich sie hören konnte. »Sie war gut mit Vater befreundet. Die beiden waren in der kommunistischen Partei, soviel ich weiß. Sie und dieser Lúlli. Wegen Telma hat er Mutter überhaupt kennengelernt. Dein Großvater und deine Großmutter wären sich ohne Telma gar nie über den Weg gelaufen.«

»Und wieso hat sie den Kontakt zu Großvater abgebrochen, wo sie doch so gute Freunde waren?«

Meine Mutter kam mit einem Glas Wasser in der Hand zurück in die Stube.

»Tja, so geht das manchmal. Die Leute leben sich auseinander, gehen ihre eigenen Wege. Tante Telma hat sich einfach nicht mehr gemeldet, und Vater hat sich auch nicht bemüht. Und es gab auch genug zu tun. Du kamst, ich zog mit dir nach Raufarhöfn und arbeitete viel. Und Telma lebte zurückgezogen, blieb für sich. Sie ist ein sonderbarer Mensch, richtet sich nach dem Mond und den Sternen, was weiß ich. Als wir sie das letzte Mal zu einem Familientreffen eingeladen haben, drüben bei Tante Guðrún, hat sie gesagt, dass sie bei einer solchen Sternenkonstellation keine

Leute treffe.« Sie schüttelte nachdenklich den Kopf. »Und jetzt will sie, dass wir sie besuchen kommen. Egal, wann.«

In meinem Kopf häuften sich Fragen an: Wieso war sie uns nie besuchen gekommen, wenn die Sterne richtig standen? Wieso hatte Großvater sie nie erwähnt?

Ich schaute sie mir auf einem der Fotos genauer an. Sie war natürlich viel jünger als in echt, hatte rote, lange Haare und ganz viele Sommersprossen im Gesicht. Sie war schlank und überhaupt nicht so, wie man sich die Schwester einer Großmutter vorstellen würde. Auf manchen Bildern schaute sie an der Linse vorbei, als habe sie gar nicht bemerkt, dass jemand ein Foto von ihr macht, schaute verträumt zum Horizont oder zu den Kindern, die auf einigen Bildern mit ihr zu sehen waren. Manchmal lachte sie auch. Ich fand, sie war sehr schön, wenn sie lachte. Aber meistens war sie ernst, angespannt. Aber auch dann sah sie hübsch aus.

Obwohl Großvater so viele Bilder geknipst hatte, war er kein guter Fotograf. Telma, meine Mutter und meine Tante waren meistens ganz am Rand des Bildes oder sogar unscharf. Aber meine Mutter fand eins, da waren alle mit drauf und auch schön im Fokus. Die Mädchen lachten, Telma schien zufrieden, und im Hintergrund war der Berg Heiðarfjall zu sehen. Und wenn man ganz genau hinschaute, konnte man sogar die Gebäude von der amerikanischen Radarstation erkennen. Auf der Straße, die den Berg hochführte, wirbelte ein Lastwagen-Konvoi Staub auf.

»Ist das die Straße, die Großvater gebaut hat?«

»Ich glaube schon. Weißt du was, Kalmann, das Bild lassen wir vergrößern und einrahmen!« Meine Mutter hielt das Foto von sich gestreckt, als suche sie nach der perfekten Stelle an der Wand. Sie fand sie nicht und legte das Foto auf die Kommode.

Die Tage fielen vom Kalender wie Fische vom Förderband, filetiert und sortiert, verpackt und weg damit! Eigentlich hatten wir vorgehabt, Tante Telma am zweiten Advent zu besuchen, die Sterne standen gut, aber ein Wintersturm kam uns in den Weg, die Straße bei Tjörnes war zu, wir hätten es nur bis Húsavík geschafft, weiter nicht. Also gingen wir stattdessen in die Shoppingmall, aßen ein Eis und kauften einen hellblauen Koffer.

Meine Mutter verbrachte Stunde um Stunde am Telefon, damit mein Amerika-Besuch wie am Schnürchen klappen würde und es für mich keinen Grund zur Sorge gab.

Am Tag vor meiner Abreise fiel mir ein, dass ich meine Mutter nicht ganz allein in Akureyri zurücklassen konnte. Schließlich standen Weihnachten und Silvester vor der Tür, und wir hatten die Festtage bisher immer gemeinsam verbracht, immer, solche Familientraditionen sind wichtig und haben bestimmt einen Grund, das weiß jedes Kind. Also packte ich meine Sachen wieder aus, verteilte alles auf dem Zimmerboden, worauf meine Mutter fast ausflippte, die Sachen wieder zurück in den Koffer stopfte, ziemlich unordentlich diesmal, und dann setzte sie sich auf mein Bett und vergrub das Gesicht in den Händen. Ich stand nur dumm daneben und biss in meine Hand, wünschte, mein Vater hätte sich nie bei mir gemeldet, hätte nie diese E-Mail geschrieben, und meine Mutter sagte mit tonloser Stimme: »Kalli, bitte nicht.«

Sie so müde auf meinem Bett sitzen zu sehen, war kein schöner Anblick. Also ließ ich meine Arme hängen und zählte rückwärts. Es blieb mir nichts anderes übrig.

Später setzten wir uns an den Küchentisch und tranken Tee. War ja klar. Meine Mutter nahm meine beiden Hände in ihre, untersuchte die blauen Abdrücke, die meine Zähne auf dem Handrücken hinterlassen hatten, fragte mich, ob ich Angst vor der Reise hätte, was ich leider nicht abstreiten konnte. Sie wollte wissen, wo die Angst hocke, und nahm sie da weg, hielt sie in ihren Händen gefangen, stand vom Stuhl auf, ging zum Mülleimer, Deckel auf, Angst hinein, Deckel zu, peng.

»Kalli minn«, sagte sie. »Du bist mein Herz, verstehst du das?« Ich hatte zwar Fischsuppe in meinem Kopf, wie die Kinder früher sagten, aber so viel verstand ich längst. Ich bin ja nicht blöd. Meine Mutter liebte mich, Fischsuppe hin oder her. »Es wird dir guttun, deinen Vater kennenzulernen. Ein Kind sollte seinen Vater kennen. Und du bist längst kein Kind mehr …«, sie zögerte, »… und ich glaube, es würde mir auch guttun. Weißt du, eigentlich verbringen Mütter und Söhne nicht so viel Zeit miteinander wie du und ich.«

Damit ich mir auch wirklich keine Sorgen zu machen brauchte, gingen wir die ganze Reise noch einmal Schritt für Schritt durch, und als wir uns einen Tag und vierhundertneunundzwanzig Kilometer später auf dem Flughafen in Keflavík verabschiedeten, war wirklich alles genau so, wie wir es besprochen und geübt hatten. Wir setzten die Masken auf, checkten uns in der leeren Abflughalle ein, wir kauften ein paar Schokoriegel, die ich, wann immer ich wollte, würde essen dürfen, wir gingen langsam die Treppe hoch, wo uns eine junge Frau in Empfang nahm, die einen Badge trug, auf dem in großen Buchstaben ihr Name stand: Heiðrún Sól. Sie war schön angezogen und roch wie eine Süßigkeit, die ich noch nie probiert hatte. Auch ich bekam einen Badge. Darauf stand mein Name und alles, was von Wichtigkeit war, Telefonnummern und Adressen und so. Ich verabschiedete mich von meiner Mutter, die jetzt kein Wort mehr sagte, selbst als ich mich ein letztes Mal umdrehte. Da stand sie noch immer, beide Hände auf ihre Maske gepresst, als hielte sie einen Schrei darunter fest, und ihre Augen schwammen in Tränen, was mich überhaupt nicht überraschte, denn Mütter sind immer so dramatisch, das ist einfach so.

»Mama!«, rief ich. »Ich komme bald wieder, kein Grund zur Sorge!«, und jetzt lachte sie so heftig, dass ihr fast die Maske abfiel. Total peinlich! Sie suchte verzweifelt nach einem Taschentuch, und ich bog um die Ecke. Umkehren ging jetzt nicht mehr, Heiðrún Sól hätte das auch gar nicht zugelassen.

Bei der Sicherheitskontrolle musste ich an meine Mauser denken, und jetzt war ich froh, dass ich sie ins Meer geworfen hatte, denn sonst hätte es gepiepst. Es klappte alles wunderbar, und Heiðrún Sól, in die ich mich schon vor der Passkontrolle ein wenig verliebt hatte – es war aber bloß ein Ferienflirt –, war zufrieden mit mir. Nói würde vor Neid platzen, wenn er mich mit so einer Frau an meiner Seite sähe!

Dann begann die Warterei. Heiðrún Sól schaute immer wieder auf die Uhr und fragte mich, ob ich Hunger habe, und weil mir meine Mutter erzählt hatte, dass man auf einer Flugreise nie hungrig sei, aber trotzdem die ganze Zeit futtere, sagte ich ja. Endlich durfte ich ins Flugzeug steigen, und Heiðrún Sól hatte es plötzlich eilig, verabschiedete sich, wünschte mir viel Glück und eine gute Reise, verschwand auch sogleich, und ich musste mich hinsetzen und angurten. Außer einer Menge Kartons, die auf die mit Plastik überzogenen Sitzreihen gestapelt waren, war das Flugzeug fast menschenleer. Ich hatte drei Sitze für mich allein, und jede Rückenlehne hatte einen Bildschirm, wo man Filme schauen konnte. Darum verpasste ich fast den Abflug, erschrak ein wenig, als es plötzlich sehr laut wurde, die Lichter der Startbahn draußen an mir vorbeirasten und ich wie ein Formel-1-Rennfahrer in den Sitz gedrückt wurde. Ich machte für ein paar Sekunden die Augen zu und zählte rückwärts, von zehn bis null, und als ich wieder aus dem Fenster schaute, sah ich unter mir die Lichter von Keflavík. Ich flog zum ersten Mal in meinem Leben.

Fliegen ist holpriger, als man denkt. Im Himmel muss es genauso viele Schlaglöcher geben wie in den Straßen von Raufarhöfn.

Es dauerte nicht lange, bis die Lichter verschwunden und wir über offener See waren. Das Meer unter mir sah so schwarz und verlassen aus, dass ich gar nicht aus dem Fenster schauen mochte. Da guckte ich lieber einen Adam-Sandler-Film. Dreimal hintereinander. Und als ich wieder aus dem Fenster blickte, war es hell geworden, obwohl es noch immer Abend war. Zwar hatten wir viertausendsiebenhundert Kilometer zurückgelegt, waren quer über den Nordatlantik geflogen, doch es war noch immer dieselbe Tageszeit. Es kam mir vor, als hätten wir eine misslungene Zeitreise gemacht.

⌘

14
Vater

Die Maske des uniformierten Zollbeamten bedeckte fast sein ganzes Gesicht. Ich sah nur zwei Augen und dunkle Augenringe. Der Beamte betrachtete meinen Pass, dann starrte er mich an, als versuche er festzustellen, ob ich eine Gefahr für die Vereinigten Staaten darstelle. Wenn er gewusst hätte, was passieren würde, hätte er mich bestimmt nicht reingelassen.

»Welcome to the United States, Mr. Óðinsson«, sagte er und gab mir meine Dokumente zurück.

Zum ersten Mal auf dieser Reise war ich allein, niemand passte auf mich auf. Ich machte ein paar vorsichtige Schritte Richtung Exit, dann blieb ich stehen.

Wenn man allein ist und nicht weiß, in welche Richtung man gehen soll, muss man nämlich stehen bleiben. Das hat mir Großvater oft eingetrichtert, und einmal, als wir Jagd auf Polarfüchse machten, passierte es tatsächlich. Großvater sagte, er müsse mal pissen, ich solle einfach ein Stück weitergehen. Aber als ich mich nach ihm umdrehte, war er wie vom Erdboden verschluckt, und ich war mausallein auf der ganzen Slétta. Tja. Grund zur Sorge. Also blieb ich stehen, und nach einer Weile setzte ich mich hin und wartete. Wartete lange. Stunden. Es fing sogar an zu regnen. Ich machte dann eine Schießübung, feuerte mit der Büchse auf einen großen Stein, der etwa fünfzig Meter von mir entfernt war, peng, worauf Großvater erschrocken hinter ebendiesem Stein hervorlugte, sich verwirrt umschaute und sich den Schlaf und den Regen aus dem Gesicht wischte. Fluchte. Er muss während dem Pinkeln das Gleichgewicht verloren haben und umgefallen sein, daraufhin den Entschluss gefasst haben, an Ort und Stelle ein Nickerchen zu machen. Großvater war verärgert, nass und steif, machte keinen ausgeschlafenen Eindruck. Im Gegenteil. Sein Flachmann war leer, und die Fuchsjagd war beendet. Wir gingen heim und da gab es Streit, meine Mutter schimpfte mit uns beiden, aber Großvater verteidigte mich, sagte, ich habe mich vollkommen richtig verhalten, ich sei an Ort und Stelle stehen geblieben. Aber meine Mutter wies ihn darauf hin, dass ich, wenn ich weitergegangen wäre, für immer hätte verloren gehen können. Ich wäre nicht der Erste gewesen, der bei einer Wanderung auf der Melrakkaslétta erfroren, von den Elfen zu sich gerufen oder von einem Eisbären gefressen worden wäre.

Darum blieb ich jetzt stehen.

Wartete.

Nach einer Weile ging eine dicke Frau in Polizeiuniform an mir vorbei und sagte in total freundlichem Ton:

»Straight ahead young man!«

Also ging ich geradeaus. Wenn dir eine Frau in Polizeiuniform sagt, wo's langgeht, gehst du da lang. Das ist in jedem Land so. Ich machte aber ganz kleine Schritte. Noch mehr Leute überholten mich und warfen mir Blicke zu, ich schaute zu Boden.

Weiter vorne war eine automatische Schiebetür, wie es

sie in den Dating Shows gibt, wo sich die Paare zum ersten Mal sehen. Mein Herz pochte, obwohl ich wusste, wer sich dahinter befand.

»Kalmann!«

Ich sah ihn sofort, blieb aber stehen, und darum ging die Schiebetür vor meiner Nase wieder zu – und wieder auf, weil mich jemand überholte.

»Kalmann! Common, don't be shy!«, rief mein Vater, und ich fasste Mut.

Wie klein er war, zumindest kleiner als ich – ich hatte immer geglaubt, dass Väter größer sind als man selbst. Vielleicht war er schon im Begriff zu schrumpfen, denn er war deutlich älter als auf den Fotos, was aber normal ist. Je älter die Fotos, desto jünger die Menschen. Mein Vater hatte an den Schläfen und am Hinterkopf silbrige, kurz geschorene Haare, und sein Gesicht zierte derselbe Bart, den er auch auf dem Foto hatte, aber das Barthaar war weißer. Er steckte in Jeans und einer schwarzen Jacke, auf die US ARMY gedruckt war. Darunter spannte sich ein Hemd, das ihm eine oder sogar zwei Nummern zu klein schien.

Er lächelte mich väterlich an, schaute sich aber immer wieder verlegen um, weshalb ich mich fragte, ob er sich wirklich freute, mich zu sehen. Schließlich streckte er seine kurzen Arme nach mir aus, als wolle er mich umarmen, dabei wollte er mir bloß den Koffer abnehmen. Ich war erleichtert, mir rutschte sogar ein »Puh!« heraus.

»Let's go, buddy!«, sagte er, ging voran und ich hinter ihm her wie ein Entenküken. Jeder, der uns beobachtet hätte, hätte sofort gesehen, dass hier Vater und Sohn unterwegs waren.

Draußen sog ich die amerikanische Luft ein, die fast so kalt war wie die daheim. Der Parkplatz war riesig, und jetzt dämmerte mir allmählich, dass alles in Amerika riesig war, zum Beispiel der schwarze Pick-up-Truck meines Vaters; ein RAM eintausendfünfhundert. Ein Monster! Der Truck war fast so lang wie mein Boot Petra, und als ich auf den Beifahrersitz kletterte und mein Vater den Truck in Bewegung setzte, fühlte es sich wirklich so an, als säßen wir in einem schaukelnden Boot. Plötzlich begann es im ganzen Auto zu tuten, denn der RAM war auch eine fahrende Telefonzelle. Von überall kam die Stimme meiner Mutter, von hinten und vorne und oben und unten, viel zu laut.

Meine Mutter war hellwach, obwohl es bei ihr schon Nacht war. Mit ihrer Stimme und meinem Vater im Auto fühlte es sich fast so an wie die kleine Spritztour auf der Halbinsel Reykjanes, die wir vor Jahren einmal gemacht hatten. An den Hamburger und das Eis erinnerte ich mich gut, an die Geschenke, den Cowboyhut, den Sheriffstern und die Mauser. Fast war es, als säßen wir wieder alle im Auto wie eine richtige Familie, und meine Gefühle tummelten sich allesamt im Bauch, ich wäre fast explodiert, so aufgeregt war ich.

»Kalli minn, bist du noch da?« Meine Mutter merkte, dass es mir schwerfiel, dem Gespräch zu folgen, und darum brachen wir es nach einem kurzen Goodbye ab.

Mein Vater steuerte den RAM eintausendfünfhundert auf eine breite Straße, die zu beiden Seiten mit amerikanischen und mexikanischen, chinesischen und italienischen Restaurants geschmückt war. Ich staunte. Hier waren Köche der ganzen Welt versammelt.

»Du hast bestimmt Hunger«, vermutete mein Vater, denn er muss meinen Magen knurren gehört haben.

Ich nickte heftig und wählte amerikanisches Essen, McDonald's Take-away, denn bis nach Mill Creek war es noch eine weite Strecke. Ich saß gern mit meinem Vater im Auto, obwohl er die meiste Zeit schwieg. Er fuhr konzentriert, verschlang seinen Big Mac und trank mit kleinen Schlucken Kaffee aus seinem riesigen Thermobecher. Ich schaute ihn verstohlen an, guckte aber meistens aus dem Fenster, schließlich wollte ich ihn nicht anstarren. Als mir nach dem Essen die Augen zufielen, fing ich gerade noch einen Blick meines Vaters auf, er lächelte sogar, und darum schlief ich auf dem Sitz des RAM eintausendfünfhundert erleichtert ein, denn ich brauchte mich vor nichts zu fürchten. Mein Vater würde schon auf mich aufpassen. Es war ein schönes Gefühl, weich, im ganzen Körper summend, ein Gefühl, das ich noch gar nicht kannte.

Auch wenn amerikanische Autositze sehr bequem sind, kann man nicht lange in ihnen schlafen. Es sind schließlich keine Betten.

Als ich die Augen öffnete, waren wir noch immer unterwegs, ich konnte also nicht länger als eine Stunde geschlafen haben, aber draußen flog eine neue Landschaft vorbei. Die Straßen waren schmaler geworden, der Horizont hügeliger, die Bäume standen dichter. In diesem Land gab es Bäume, Bäume und noch mehr Bäume. Und so viele Autos! Dazwischen immer wieder Tankstellen, Häuser und Straßenkreuzungen, manchmal säumten riesige Äcker und lange Zäune den Weg. Es war fast dunkel geworden, nur die vereinzelten Schneehaufen unter den Straßenlampen leuchteten hell. Manchmal sah man auch Sterne, es würde bestimmt eine kalte Nacht werden.

»Welcome to West Virginia.«

Mein Vater freute sich, dass ich wach war, und wurde gesprächig, aber ich konnte mir unmöglich alles merken, hörte auch nicht immer zu, denn was draußen vor dem Autofenster vorbeiflog, interessierte mich auch. Ein paar Sachen wusste ich zum Glück schon, denn meine Mutter hatte mich gut vorbereitet. Ich kannte die Namen meiner älteren Halbschwestern, Piper und Allison, und ich wusste, dass ich zwei jüngere Halbbrüder hatte, die mein Vater mit seiner zweiten Frau gezeugt hatte. Die wohnten aber drüben in Salt Lake, ich würde sie nicht kennenlernen. Seine dritte Frau Sharon, mit der er jetzt zusammenlebte, hatte auch Kinder, die aber keine Kinder mehr waren. Piper und Allison würden vorbeikommen, schließlich hatten sie auch mal in Island gelebt, als mein Vater da stationiert gewesen war. Ihre Mutter, seine erste Frau, lebte zwar ganz in der Nähe, wie er mir gestand, aber ich würde sie wahrscheinlich nicht zu Gesicht bekommen. Mein Vater zählte noch ein paar Cousins und Cousinen auf, Onkel und Tanten, muss aber gemerkt haben, dass ich nicht mehr zuhörte, denn er lachte nur und klopfte mir auf die Schulter, was sich komisch anfühlte.

»It's gonna be alright«, sagte er, und irgendwie beruhigte mich das.

Noch bevor wir Mill Creek erreichten, war es auch in den Vereinigten Staaten offiziell Nacht geworden. Mein Vater ließ es sich aber nicht nehmen, immer wieder aus dem Fenster zu deuten, um mir von seinen Jagdgründen zu erzählen. Ich liebe das doch auch, fragte er mich, die Jagd, nicht wahr?

Ich nickte, musste ihm aber gestehen, dass ich keine Waffen dabeihatte. Das fand mein Vater lustig. Kurz darauf verlangsamte er die Fahrt, zeigte auf ein Geschäft am Straßenrand, wo die Buchstaben in Rot, Blau und Weiß in die Nacht leuchteten: GUNS.

»Da lässt sich bestimmt etwas finden.«

Die Häuser von Mill Creek säumten zu beiden Seiten den Straßenrand, mein Vater fuhr noch langsamer, zeigte auf jedes Haus, das leer stand, das man für einen Spottpreis hätte kaufen können, was er gar nicht gut fand. Aber ich fühlte mich fast wie in Raufarhöfn. Und doch sah alles ganz anders aus. In Raufarhöfn gibt es nämlich keine Masten an den Straßenrändern, die mit Kabeln verbunden sind. Ziemlich chaotisch eigentlich, die Kabel so kreuz und quer, als wäre der Nachthimmel in geometrische Flächen aufgeteilt worden, eine Landkarte für den Himmel.

Wir fuhren an zwei Restaurants und drei Kirchen vorbei, einer Tankstelle und einem Motel, bis die Häuser wieder weniger dicht standen und sich die Hügel zu beiden Seiten wie schwarze, schlafende Riesen mit dicken Bäuchen in den Nachthimmel erhoben. Mein Vater brachte den Truck mitten auf der Straße zum Stehen und schaute mich an.

»Are you ready, son?«

Das kleine zweistöckige Holzhaus sah zwar schon etwas verbraucht aus, hatte aber eine hübsche überdachte Veranda, wie es sie in Island nirgendwo gibt, weil die arktischen Winde sie mit sich reißen würden. Neben dem Haus standen ein sogenannter Trailer und ein Stall, was in

Amerika *Barn* heißt. Es war also eine Art Bauernhof ohne Tiere.

Ich hätte wissen müssen, was mich erwartete, denn vor dem Haus waren fünf Autos geparkt. Jedes dieser Autos war teurer als das Haus selbst, darum war ich eigentlich gar nicht sicher, ob meine amerikanische Familie reich oder arm war.

Mein Vater ging voran, ich hinterher. Er grinste mich über die Schulter an, öffnete die Tür und schob mich ins Innere.

Der Lärm war ohrenbetäubend.

»Surprise!« Sie machten einen Lärm wie fünfzig Leute, und es regnete Konfetti, überall war bunte Deko aufgehängt, wie bei einem Kindergeburtstag, alle lachten und strahlten mich an, klatschten in die Hände und streckten ihre Arme nach mir aus. Eine Frau, bestimmt war sie eine meiner Schwestern, stürzte sich richtiggehend auf mich, und eigentlich mag ich das nicht, aber wenn dich eine Amerikanerin umarmt, kannst du dich ihr nicht entziehen, das lässt die gar nicht zu. Wenn Amerikaner etwas wollen, dann nehmen sie es sich, die sind so erzogen. Als die Frau wieder von mir abließ, damit ich nach Luft schnappen konnte, wurde ich schon wieder umarmt, wenn auch nicht ganz so herzlich, nur flüchtig eigentlich, und zwar von meiner anderen Schwester.

Ich erinnere mich gut an die Feier in Raufarhöfn, als ich zum Ehrenbürger gekürt worden bin, aber diese Party in Mill Creek stellte alles in den Schatten. Amerikaner sind nämlich Weltmeister im Feiern. Raufarhöfn war nicht mal in der zweiten Liga.

Mein Vater muss gemerkt haben, dass ich kaum noch Luft bekam, denn er schob die Leute von mir weg und sagte: »Cut him some slack!«

Ich wusste nicht, was »slack« bedeutete, hoffte aber, dass es Kuchen war, denn ich hatte einen kleinen Tisch mit dem größten Kuchen der Welt entdeckt. Also fragte ich meinen Vater, ob er »cake« meine, und zeigte auf den Kuchen. Das ganze Haus zitterte vom Gelächter meiner amerikanischen Familie, und eine meiner Schwestern, es war Allison, die mich zuerst umarmt hatte, hatte sogar Tränen in den Augen. Sie weinte regelrecht und schämte sich nicht einmal dafür, heulte und lachte, als wäre es das Normalste auf der ganzen Welt.

Zu meiner Erleichterung wurde ich sofort zum Kuchen geführt, meine tränenüberströmte Schwester Allison nahm mich bei der Hand und erklärte mir, dass ich zuerst die Kerzen ausblasen müsse, das habe hier Tradition, das mache man immer so. Ich wurde noch verlegener, denn es mussten an die fünfzig Kerzen sein, mehr als fünfunddreißig allemal, und ich hatte ja auch gar nicht Geburtstag.

Schon wieder Gelächter und Geheule. Teufel! Langsam reichte es. Aber auch mein beleidigtes Gesicht rief Entzücken hervor. Also holten wir alle Geburtstage nach, die meine amerikanische Familie nicht mit mir gefeiert hatte, so zumindest wurde es mir erklärt. Ich weiß gar nicht, ob man das darf. Geburtstage verjähren nämlich sehr schnell.

Nachdem ich alle Geschenke ausgepackt hatte – am besten gefiel mir der nigelnagelneue schneeweiße Cowboyhut –, schloss ich mich auf der Toilette ein und kam erst wieder raus, als mein Vater mir versicherte, er würde diese verrückte Bande nach Hause schicken. Zwar gelang es ihm nicht, aber wenigstens ließen sie mich in Ruhe, unterhielten sich nur noch untereinander.

Meine Schwester Allison ließ sich mit einem Seufzer und einem leeren Pappbecher in der Hand neben mir auf die Couch fallen, versprach, mich zu beschützen, wie es sich für eine große Schwester gehöre.

»Piper ist total verrückt«, sagte sie und zeigte verstohlen in ihre Richtung. »Und der Typ neben ihr mit den behaarten Beinen ist ihr Mann Dan. Den siehst du nie mit langen Hosen.«

»We can hear you!«, rief Piper trocken und führte ihr Weinglas an die Lippen. Dan zwinkerte mir zu und wandte verlegen den Blick ab.

Ich beschloss, dass Allison meine Lieblingsschwester war. Piper sagte wenig und schien jetzt gelangweilt, trank bloß Wein und wäre wahrscheinlich längst wieder gegangen, wenn sich Dan nicht so angeregt mit meinem Vater über Politik unterhalten hätte.

»Die mit der Haarpracht und der Brille ist Sharon, die Frau unseres Vaters, schon seine dritte. My God! Aller guten Dinge sind drei, nicht wahr?« Allison lachte, und Piper schüttelte den Kopf. »Und der Kaugummi kauende Mann mit der Tarn-Baseballkappe auf dem Kopf und dem zz-Top-Bart ist Onkel Bucky. Er ist mit Vater in der Armee gewesen, lange her, aber die beiden sind noch immer unzertrennlich, wie Blutsbrüder.«

Es wurde immer lauter im Haus meines Vaters. Man unterhielt sich über den Präsidenten, der Amerika die besten vier Jahre geschenkt hatte, was himmeltraurig sei, a god damn shame, denn nun werde alles wieder zerstört. Der neue Präsident werde sich nämlich einen Dreck um Orte wie Mill Creek kümmern, bald könne man zusammenpacken.

Es war fast wie in Raufarhöfn, ich brauchte nur die Augen zuzumachen und schon fühlte ich mich nach Hause versetzt, und das machte ich auch, schlummerte dabei aber prompt auf der Couch ein. Vater half mir auf die Beine und führte mich nach draußen zum Trailer, der für die nächsten Wochen mein Zuhause sein würde. Jetzt fühlte ich mich wie im Film, denn der Trailer war richtig luxuriös, hatte sogar einen Fernseher und ein weiches Bett, das größer war als meins daheim, und auf dieses Bett ließ ich mich fallen und war augenblicklich weg. Wie tot. Peng.

⌘

15

Mill Creek

Abgesehen davon, dass ich vom FBI festgenommen wurde, gefiel es mir in den Vereinigten Staaten sehr gut. Ich mochte das Essen, ich mochte, dass der Fernseher die ganze Zeit lief und ich mich davorsetzen konnte, wann immer ich wollte. Sharon schaltete frühmorgens den Apparat in der Küche ein, noch bevor mein Vater seinen ersten Kaffee leer getrunken hatte. Er und Sharon warfen aber nur flüchtige Blicke darauf, hörten meistens bloß mit einem Ohr mit, während sie im Stehen frühstückten oder ein Sandwich machten oder den Tag organisierten oder sich einen Kuss gaben. Sharon schaute nur fern, wenn der Präsident über den Bildschirm flimmerte. Dann sagte sie: »I will marry this guy one day!«, aber nur, um meinen Vater zu necken. Der winkte dann brummend ab und meinte, dass sie ihn ruhig heiraten solle, sie mache sowieso nur Probleme!

Die beiden mochten sich sehr, nannten sich Baby und Honey. Und ich mochte sie auch, meinen Vater, der mich jeden Morgen mit Handschlag begrüßte und fragte, ob ich gut geschlafen habe und ob er etwas für mich tun könne, und Sharon, die zwar oft schlecht gelaunt war, aber eigentlich nur so tat, denn in Wirklichkeit war sie gut drauf. Sie schimpfte einfach gern, das machte sie anscheinend glücklich. Sie kümmerte sich um alles, war nie müde, ging als Letzte ins Bett und stand als Erste wieder auf. Ich musste ihr auch nie helfen, obwohl mir meine Mutter den Auftrag dazu gegeben hatte. Aber das ließ Sharon gar nicht zu. Ich sei ihr »guest of honor«, wie sie sagte.

Manchmal schickte sie mich aus dem Haus, denn sie unterhielt einen Youtube-Kanal, auf dem sie nur Gutes über den Präsidenten zu sagen hatte. Dazu brauchte sie absolute Ruhe, denn sie redete immer sehr lange, und später beantwortete sie die vielen Kommentare.

Leider waren meine Schwestern fast nie da, denn sie wohnten ziemlich weit weg und besuchten uns nur an den Wochenenden, übernachteten aber nie, weil ich im Trailer hauste. Allison sah ich dreimal, Piper zweimal. Aber das war nicht so schlimm, kein Grund zur Sorge, es gab genug zu tun in Mill Creek. Mein Vater arbeitete die meiste Zeit im Sägewerk, wo er große Maschinen fuhr, Gabelstapler, Lastwagen, Krane, und ich durfte mich manchmal zu ihm in die Führerkabine setzen. Ich lernte, wie man eine alte Sägemaschine bediente, worauf ich prompt angestellt wurde, wenn auch nicht offiziell. Das ging so: Man stand mit Helm, Gehörschutz und Schutzbrille bei der Sägemaschine, musste von Zeit zu Zeit einen grünen Knopf drücken und gut hinschauen, wie ein Baumstamm in Bretter zersägt wurde, Knopfdruck, warten, ein weiterer Baumstamm, Bretter und noch ein Stamm, und wenn etwas klemmte, musste man einen anderen Knopf drücken, einen knallroten, und Bill rufen. Wurden die Sägeblätter geschliffen, sprühten die Funken wie zu Silvester. Ich mochte den Geruch von zersägtem Holz und funkenden Sägeblättern sehr.

Manchmal setzte ich den weißen Cowboyhut auf und spazierte durchs weihnachtlich geschmückte Dorf. Wie in Raufarhöfn gab es viele ältere Leute, die mich hinter ihren Fenstern beobachteten oder in ihren Autos langsam an mir vorbeifuhren und mich musterten. Manchmal spazierte ich bis zur Tankstelle, um mir einen Schokoriegel zu kaufen. Ich hatte von meinem Vater Taschengeld bekommen, das war mit meiner Mutter so abgemacht. Meistens saß ein Mann auf einem weißen Plastikstuhl vor der Tankstelle, und ich war mir gar nicht sicher, ob er dort arbeitete oder einfach nur dasaß. Der Mann war ein richtiger Indianer, das sah man sofort, und er war der erste und einzige Indianer, den ich während meiner Zeit in den Vereinigten Staaten zu sehen bekam. Zwar hatte er weder eine Kriegsbemalung noch Federn auf dem Kopf, aber er hatte lange schwarze Haare und ein vernarbtes Indianergesicht. Er sagte nie Hallo und nickte mir auch nicht zu. Ich musste deshalb allen Mut aufbringen, um ihn zu fragen, ob er möglicherweise der letzte Mohikaner sei, da ich an Sæmundur denken musste, der einmal erzählt hatte, dass die Fischer in Raufarhöfn die letzten Mohikaner seien, vom Aussterben bedroht.

Der Indianer starrte mich lange an, so lange, bis ich nicht mehr mit einer Antwort rechnete und gehen wollte, den Schokoriegel hatte ich ja schon gekauft. Aber dann grinste er plötzlich und sagte:

»Den gibt's hier nicht. Tut mir leid.«

»Wo ist er denn?«, fragte ich ihn.

»In Hollywood«, informierte mich der Indianer.

»Oh«, sagte ich enttäuscht.

»Ich bin ein Shawnee. Aber ich kenne einen, der in dem

Film mitgespielt hat. Ein entfernter Cousin von mir. Wie heißt du eigentlich?«

»Kalmann.«

»Nice to meet you, Kalmann. I'm Bob.«

Von da an war Bob ganz nett, sagte immer »Hello Kalmann« und »Goodbye Kalmann«, aber als ich es einmal Sharon erzählte, tat sie, als hätte sie es nicht gehört.

Sonntags fuhren wir mit dem Truck zur Messe. Eigentlich hätten wir zu Fuß hingehen können, denn die Kirche war nur ein paar Hundert Meter von unserem Haus entfernt. Da standen sogar zwei Kirchen, direkt nebeneinander, aber das ist wohl in jedem amerikanischen Ort so.

In Mill Creek darf man während der Messe mitreden, man darf sogar laut werden, man muss Halleluja und Amen rufen, und wenn man es nicht laut genug macht, ist der Pastor nicht zufrieden und will es noch einmal hören! Ich musste dann immer lachen, und auch das war erlaubt.

Der Pastor konnte aber auch ernst sein, dann wurden die Leute still, denn es gab so viel Böses auf dieser Welt. Oft beteten wir für den Präsidenten, der von dunklen Mächten bedroht wurde. Es ging um nicht weniger als die Zukunft Amerikas.

»Amen!«

Nach der Messe durfte ich meinen Vater und Onkel Bucky zum Schießstand begleiten, und da feuerte ich zum ersten Mal in meinem Leben eine M16 ab. Der Rückstoß dieses Gewehrs ist gar nicht so heftig, wie man denken würde. Weil ich die Zielscheibe gut traf, schlug mein Vater vor, mich auf die Jagd mitzunehmen. Aber Onkel Bucky runzelte die Stirn und knurrte: »Bist du sicher?«

»Kalmann ist ein richtiger Jäger«, versicherte ihm mein Vater und klopfte mir auf die Schulter. »Nicht wahr, Sohn?«

Ich nickte.

»Großvater hat mir alles beigebracht«, sagte ich und schaute zu Boden, merkte aber, wie mich Onkel Bucky musterte. Das machte er immer, Leute beobachten und das Geschehen um sich herum, kaute Kaugummi, und sein Bart wackelte dabei. Er mischte sich nur selten in die Gespräche ein, und wenn er etwas sagte, bewegten sich seine Lippen kaum. Seine Zähne sah man nur, wenn er sich einen Kaugummi in den Mund schob oder eine Bierflasche öffnete, mit den Zähnen. Führte er die Flasche an die Lippen, streckte er die Zungenspitze heraus.

»Hasen und Eichhörnchen sind keine Hirsche«, sagte er und starrte mich an.

»In Island gibt es keine Hasen und keine Eichhörnchen«, informierte ich ihn. »Aber manchmal kommen Eisbären aus Grönland.«

Onkel Bucky wandte den Blick von mir ab und sah meinem Vater an, als würde er sich vergewissern wollen, ob er es auch mitbekommen hatte. Der verteidigte mich entschlossen, wie ein richtiger Vater eben: »Bucky, hast du jemals einen Eisbären mit einer Nazi-Mauser zur Strecke gebracht?«

»Das hätte ich zu gern gesehen!« Onkel Bucky grinste.

»Es war ein Weibchen«, murmelte ich.

»Und der Fisch, den ich gefangen habe, der war sooo groß!« Onkel Bucky breitete die Arme aus.

Ich musste an die Haie denken, die ich gefangen hatte. Sie waren größer als Onkel Bucky selbst.

Noch am selben Nachmittag ging ich mit den beiden auf die Jagd. Die Verhältnisse waren ideal, auf den Hügeln lag Schnee, und das erleichtert die Spurensuche. In Onkel Buckys rostigem Truck fuhren wir einen kleinen Fluss entlang, vorbei an einer alten Mühle, die aber nicht mehr in Betrieb war, fuhren immer tiefer in den blätterlosen Wald hinein, bis wir nicht mehr weiterkamen. Ende der Straße. Wir stiegen aus, stülpten uns Pelzmützen über, schulterten unsere Gewehre und schlugen uns flussaufwärts durchs Dickicht, stampften durch den Schnee und suchten den Boden nach Spuren ab. »Tracking« nennen sie das in Amerika. Wir fanden zwar viele Spuren, Hasen, Dachse, Biber, Vögel, auch Hirsche, aber Onkel Bucky meinte: »Too much noise.«

Dabei war es ganz still. Doch mein Vater erklärte mir, dass zu viele Spuren im Schnee verwirrend seien, wie Lärm eben.

»Nicht so schlimm«, sagte ich. »Man kommt nicht immer mit einer Beute nach Hause.«

»Siehst du?«, sagte mein Vater zu Onkel Bucky. »Der Junge weiß, wovon er spricht!«

Onkel Bucky zuckte mit den Schultern und spuckte in den Schnee.

»Sicher.«

Mein Vater stellte sich neben mich.

»Bucky, siehst du, wie er das Gewehr hält? Der Lauf zeigt nach unten, sein Finger ist nicht am Abzug. Kalmann ist ein Profi. Er hat's im Blut.«

»Aber kann er sich auch verteidigen?«

»Beruhig dich, Bucky! Wir sind hier nicht in Burgan.«

»Nein? Bist du sicher?« Bucky zeigte in den Himmel. »Siehst du die Wolken am Horizont denn nicht? Ich garantiere dir, der Sturm kommt.«

Ich schaute in den Himmel. Er war grau, wolkenbedeckt. Kein Sturm weit und breit.

»Schon gut«, seufzte mein Vater.

»Wir müssen auf alles vorbereitet sein«, fuhr Onkel Bucky fort. Und an mich gerichtet: »Kannst du dich überhaupt verteidigen?« Er machte eine schnelle Bewegung, zauberte eine Pistole hervor und starrte mich an. »Das ist eine Walther P99.« Onkel Bucky hielt die Pistole schräg vor sein Gesicht und zog den Schlitten ein wenig zurück, bis die Patrone in der Kammer sichtbar wurde. »Neun Millimeter, deutsche Qualität. James Bond mag sie auch.« Er zielte auf einen Baum, dann auf einen anderen. »Das Baby hat keine Sicherung, ist immer bereit für Rock'n'Roll.« Er nahm das Magazin heraus, zog den Schlitten so kräftig zurück, dass die Patrone in der Kammer ausgeworfen wurde und durch die Luft wirbelte. Mein Vater fing sie geschickt auf, und Onkel Bucky drehte die Pistole in seiner Hand, hielt sie mir hin. »Shoot me!«, forderte er mich auf.

Ich mag es nicht, wenn Pistolen auf Leute gerichtet werden. Niemand mag das. Aber weil mein Vater mich so aufmunternd anguckte, als gäbe es nichts Lustigeres auf der Welt, nahm ich die Pistole und zielte damit auf Onkel Bucky, musste aber meine aufsteigende Übelkeit überwinden, weil Róbert vor mir aufblitzte und das Eisbärenweibchen auch, aber die Pistole war ja nicht geladen, also kein Grund zur Sorge. Am Abzug ziehen würde ich trotzdem nicht, nur Peng sagen – Doch plötzlich hatte mir Onkel Bucky die Waffe aus der Hand geschlagen. So eine schnelle Bewegung hatte ich ihn noch nie machen sehen! Nun war ich es, der in die Mündung der Pistole guckte, und zwar ziemlich verdutzt.

Onkel Bucky grinste zufrieden.

»Noch mal!«, sagte er. »Aber langsamer.«

Diesmal entriss er mir die Pistole wie in Zeitlupe. Mit der Linken schlug er seitlich an den Lauf, mit der Rechten packte er den Griff, der mir aus der Hand glitt, obwohl ich ihn festhielt, denn er drehte den Lauf der Pistole weiter in meine Richtung, etwa so, wie man den Schenkel eines gebratenen Hähnchens abmurkst, bis er sich vom Rumpf löst. Darum blieb mir nichts anderes übrig, als die Pistole loszulassen, sonst hätte mir Onkel Bucky glatt die Hand ausgerenkt, es tat auch weh. Wieder guckte ich in die Mündung der Walther.

»Jetzt du«, forderte mich Onkel Bucky auf und richtete die Pistole auf meine Brust. »Hände hoch!«

Ich packte den Lauf der Pistole.

»Nein, die andere Hand«, mischte sich mein Vater ein. »Du bist Rechtshänder. Versuch nicht, die Pistole zu halten, schlag sie weg. Du willst die Kugel nicht abbekommen, das ist das Wichtigste.«

Also machte ich es noch mal und schlug mit der flachen Hand auf den Pistolenlauf, und zwar so schnell ich konnte. Zack!

»Good!«, sagte Onkel Bucky. »Again.«

Wir machten das etwa fünfzig Mal. Dann musste ich versuchen, mit der anderen Hand den Griff der Pistole zu packen, nachdem ich den Lauf weggeschlagen hatte, oder, besser noch, gleichzeitig; zwei fliegende Hände in einer einzigen, explosionsartigen Bewegung. So als würde man versuchen, eine Mücke in der Luft zu erschlagen. Onkel Bucky war aber nicht zufrieden und sagte, ich müsse mehr Kraft aufwenden, ich dürfe auf keinen Fall zögern.

»Again!«

Schließlich gelang es mir ganz gut, und Onkel Bucky sagte: »Close enough«, aber wir hatten bestimmt eine ganze Stunde verplempert, unsere Füße waren kalt geworden, weshalb wir beschlossen, die Hirsche leben zu lassen und zurück zum Truck zu gehen. Feierabend.

Nach Weihnachten gingen wir noch einmal auf die Jagd, und da erlegte ich sogar einen Rehbock, war natürlich irre stolz, denn mir gelang ein glatter Blattschuss. Der Bock befand sich etwa hundert Meter von uns entfernt auf der anderen Seite einer Schneise, die der Fluss über die Jahrhunderte in die Landschaft gegraben hatte. Wir hatten gar nicht lange in unserem Versteck warten müssen, denn es war eine unter Jägern wohlbekannte Stelle am Wasser, wo die Tiere manchmal trinken gingen. Wir hatten den Rehbock beobachtet, wie er ganz vorsichtig durchs Dickicht kam, und ich atmete aus und drückte ab. Peng. Seine Beine knickten ein und er rutschte leblos den Hang bis fast ans Ufer runter. Bei der Flussquerung stolperte ich und bekam nasse Füße, aber ich ließ mir nichts anmerken, denn mein Vater war so zufrieden über meinen präzisen Schuss und lobte mich die ganze Zeit.

Onkel Bucky kniete sich neben das Tier, streichelte ihm über den Kopf und sprach ein Gebet, bedankte sich bei Gott dem Allmächtigen und auch beim Rehbock selbst, sprach zu ihm, als könne das Tier uns verstehen. Und wie er die Worte leise, aber eindringlich sagte, kullerten ihm plötzlich die Tränen übers Gesicht, und mein Vater legte ihm die Hand auf die Schulter und brummte: »It's gonna be alright, buddy. Everything's gonna be alright.«

⌘

16

Q

Amerikaner sind auch Weltmeister im Weihnachten Feiern. Sie schmücken ihre Häuser mit so vielen farbigen Lichtern, leuchtenden Rentieren und an den Schornsteinen festgemachten Weihnachtsmännern, dass man manchmal ziemlich erschrickt. Unter den mächtigen Weihnachtsbäumen in den üppig geschmückten Stuben liegen so viele Geschenke, dass einem die Kinnlade herunterfällt. Aber die Leute in Mill Creek mögen es nicht, wenn man ihnen zum Fenster hineinschaut. Auch ich bekam so viele Sachen geschenkt, dass ich mich fragte, wie ich den ganzen Kram nach Hause schaffen sollte. Sharon meinte, ich solle mir keine Sorgen machen und nicht schon wieder an die Rückkehr denken. Aber ich dachte nun mal an zu Hause, immer öfter sogar, und nachdem ich meine vielen Weihnachtsgeschenke aufgemacht hatte, vermisste ich meine Mutter sehr. Wir telefonierten lange, und sie erzählte mir, wie sie zum allerersten Mal in ihrem Leben Heiligabend ganz allein gewesen sei, was sie zu ihrem Erstaunen sehr genossen habe. Aber vermisst habe sie mich auch, das schon.

Ich musste an Großvater denken, an unser allerletztes Weihnachtsfest vor einem Jahr, als wir ihn im Heim besuchten und ich ihm helfen musste, das Geschenk auszupacken, das ich für ihn eingepackt hatte. Es war ein Polarfuchs aus

Holz, den ich in einer Spezialwerkstatt geschreinert hatte. Großvater hielt den Fuchs den ganzen Abend in den Händen umklammert und wollte ihn auch nicht hergeben, als es Zeit fürs Bett war. Das erzählte mir eine Pflegerin beim nächsten Besuch.

Ich vermisste die Gespräche mit Nói und ärgerte mich, meinen Laptop nicht mitgenommen zu haben. Ich vermisste sogar meine Ex-Freundin Perla. Niemand freute sich so sehr über Geschenke wie sie. Wurde etwas ausgepackt, war sie immer so aufgeregt, dass sie in die Hände klatschte und trotz ihres Gewichts auf der Couch rumhüpfte, sodass sich alle lachend in Sicherheit brachten. Ich hätte ihr gern ein Weihnachtsgeschenk geschickt, aber dafür war es jetzt zu spät, es wäre erst zu Ostern in Akureyri angekommen.

Am Silvestermorgen musste ich meinem Vater und Onkel Bucky helfen, Feuerwerk vorzubereiten, drüben im Barn; die verschiedenen Pulver mischen und die Behälter zukleben und so. So was hatte ich noch nie gemacht. Manchmal klopften Leute ans Holztor, um unsere Feuerwerkskörper zu kaufen, Böller und Raketen, die eigentlich keine richtigen Raketen waren, bloß fliegende Böller, die laut explodierten und richtige Druckwellen verursachten. Mein Vater und Onkel Bucky tranken Bier und unterhielten sich über Waffen und wie sie eine kleine Milizarmee ausrüsten würden. Eine Neun-Millimeter-Glock gehörte da zur Standardausrüstung, da waren sich Onkel Bucky und mein Vater sofort einig. Aber beim Gewehr gingen ihre Meinungen auseinander, weshalb schließlich ich entscheiden musste, ob wir für unsere Truppe ein Ruger-Gewehr nehmen würden, der Favorit meines Vaters, oder eine

Mossberg-Repetierflinte, wie sie Onkel Bucky geeignet fand. Damit könne man auch Bären erlegen, richtige Bären, sagte er und starrte mich an. Zudem sei die Flinte mit dem optionalen Pistolengriff und dem kurzen Lauf ideal für Krawalle. Ich entschied mich trotzdem für das Jagdgewehr meines Vaters, und zur Belohnung zog er mir den Cowboyhut übers Gesicht. Ich sah schwarz und musste prusten, obwohl ich an Weglaufen dachte.

Als wir am Abend unsere selbst gemachten Feuerwerkskörper in den Nachthimmel jagten, hielt ich mir die Ohren zu, und es machte mich traurig, nicht in Raufarhöfn zu sein, wo sich das sprühende Licht der Raketen so schön auf dem Wasser spiegelt. Früher wurden zu Silvester noch die Patronen der Seenotsignalpistolen verballert, weil die ein Ablaufdatum haben. Wie alles andere auch. Ich durfte dann immer die Patronen aus Petras Deckshäuschen in die Luft schießen, denn sie einfach wegzuwerfen, wäre schade gewesen.

Die selbstgemachten Bomben meines Vaters waren vor allem eins: laut. An jenem Abend tranken alle sehr viel Bier und wurden unternehmungslustig. Das Gespräch drehte sich um einen Ausflug nach Washington, D. C., den wir alle machen würden. Sharon fand, dass die Kommunisten und Corona-Nazis dem rechtmäßigen Präsidenten das Amt gestohlen hätten.

»Wir schreiben Geschichte!«, freute sich mein Vater, und Onkel Bucky, der in einer Hand die Bierflasche und in der anderen einen Böller hielt, sagte, dass ich mich nicht zu fürchten brauche, in Washington gäbe es keine Eisbären, bloß Schweine und Kakerlaken und Echsen. Dann warf er seinen Böller in hohem Bogen über die Schulter ins Feuer, brüllte: »Fire in the hole!«, und breitete die Arme aus wie ein Rockstar auf der Bühne. Bumm. Während wir schreiend von den Gartenstühlen fielen und versuchten, den glühenden Holzstücken auszuweichen, stand Onkel Bucky seelenruhig da, als genieße er den Glutregen, als sei er ebendiesem Feuer entsprungen. Tatsächlich blieb er bis auf ein paar angesengte Barthaare unversehrt. Er hatte eine dicke Haut. Mein Vater goss ihm lachend eine Flasche Bier über den Kopf, und Onkel Buckys Augen funkelten teuflisch im roten Licht der Glut.

Eigentlich bekam ich an jenem Abend ein Gefühl, das ich noch gar nicht gut kannte. Es hockte zwischen den unteren Rippen und drückte auf den Bauch, wo die Freude gewesen wäre. Doch dass wir nach Washington, D. C., fahren würden, war beschlossene Sache, da gab es keine Widerrede, und das war dann der Anfang vom Ende meines US-Aufenthalts, ein letzter Familienausflug, ein verrückter Höhepunkt meiner Amerikareise.

Nachdem alle ihren Kater ausgeschlafen und wir die Überbleibsel der Silvesterparty weggeräumt hatten, begannen die Vorbereitungen. Wir wuschen und polierten den Truck, bis er glänzte, als sei er nigelnagelneu, wir dekorierten ihn mit Magnetschildern und Fahnen, die wir nebst zusätzlicher Munition im Waffenladen gekauft hatten. Wir probierten verschiedene Outfits an und malten Sprüche und Buchstaben auf selbst gebastelte Schilder, die wir über unseren Köpfen schwenken würden, damit sich der Präsident freuen würde. Ich bekam den Auftrag, einen einzigen, großen Buchstaben auf ein Schild zu malen: Q – der

Anfangsbuchstabe meines Vaters Quentin. Ich schlug vor, alle unsere Anfangsbuchstaben auf Schilder zu malen, also auch K für Kalmann, S für Sharon und B für Bucky meinetwegen, aber mein Vater meinte, dass wir gar nicht so viele Hände hätten, um diese ganzen Schilder hochhalten zu können, ich solle es bei einem Q belassen.

Wir gingen in die Kirche und beteten für den Präsidenten.

Wir übten auf dem Schießstand.

Wir reinigten und pflegten alle Waffen.

Als es endlich losging, bereitete Sharon frühmorgens ein großzügiges Picknick vor, Onkel Bucky lud eine Kiste Bier in den Truck, dann fuhren wir Richtung Washington. Es war ein kalter Morgen, der sechste Januar, also der dreizehnte und offiziell letzte Weihnachtstag, und darum fragte ich meinen Vater, ob es in Washington, D. C., Feuerwerk geben würde wie in Island. Onkel Bucky sagte, als wäre er der Sprecher meines Vaters: »Darauf kannst du wetten!«

Als wir an der Tankstelle vorbeifuhren, sah ich Bob mitten auf dem Parkplatz stehen und sich auf einem Besen abstützen. Er schaute uns stirnrunzelnd hinterher, aber als ich ihm zuwinkte, wandte er sich ab.

Wir waren nicht die Einzigen, die nach Washington, D. C., gekommen waren. So viele Leute, so viele Fähnchen, Banner und Schilder.

Mein Vater und Onkel Bucky trugen identische Baseballkappen in Tarnfarben, Sharon einen pinken Cowboyhut, und ich hatte meinen weißen auf. Ich hatte außerdem einen kleinen Rucksack dabei, in dem eine isländische Fahne steckte. Es war Sharons Idee gewesen. So würde sie immer genau wissen, wo ich mich befand. In meinem Rucksack waren zudem mein Pass, Schokolade und eine Flasche Cola verstaut. Die Schokolade hatte ich aber schon verputzt, bevor ich den Präsidenten überhaupt zu Gesicht bekam. In den Händen hielt ich mein Q-Schild und bekam dafür viel Lob, ganz besonders von denjenigen, die denselben Buchstaben auf ihren Pullovern und Lederjacken trugen.

Die Leute waren gut gelaunt und freuten sich über die vielen Begegnungen. Amerikaner sind sogar dann gut drauf, wenn sie wütend sind, sind gesprächig und für jeden Spaß zu haben, hilfsbereit und spendierfreudig. Snacks und Getränke wurden verteilt, da und dort hörte man Musik aus kleinen Lautsprechern, Gartenstühle überall. Sharon tanzte mit wildfremden Leuten einen echten Country-Tanz, in dem alle gleichzeitig kleine Schritte nach vorne, nach hinten und zur Seite machen, sich drehen und in die Hände klatschen. Das sah sehr kompliziert aus, mir wurde fast schwindlig vom Zuschauen.

Später machte Sharon mit ihrem Handy ein Live-Video für ihre Fans auf Youtube, und dabei filmte sie auch mich: »Our guest of honor all the way from Iceland!« Ich winkte verlegen in die Kamera. Dann kam der Präsident.

Die Bühne war weit von uns entfernt, aber glücklicherweise hatte jemand einen riesigen Bildschirm aufgestellt, auf dem man den Präsidenten gut sehen konnte. Sharon schlug sich beide Hände vors Gesicht, kreischte und rief: »He's so beautiful!«

Mein Vater wischte sich klammheimlich eine Träne aus dem rechten Auge, und Onkel Bucky lächelte, hörte mit dem Kaugummikauen auf und zeigte sogar seine Zähne.

Sie waren braun. Hier schämte sich niemand, weder wegen brauner Zähne noch wegen komischer Cowboy-Tänze. Ich glaube, auch der Präsident war gerührt, denn er schaute sich lange um. Aber dann wurde er wütend, richtig wütend, denn man hatte ihm sein Amt gestohlen, und Amerika war im Begriff, vor die Hunde zu gehen, und darum forderte er alle auf, mit ihm zum Kapitol zu marschieren und zurückzufordern, was ihnen gehöre. Und viele machten sich auch sofort auf den Weg, ließen ihre Gartenstühle einfach stehen, wollten gar nicht auf ihn warten. Onkel Bucky und mein Vater wurden ganz zappelig und stritten sich mit Sharon, die auf den Konvoi des Präsidenten warten wollte, aber Onkel Bucky meinte, der komme sowieso nicht, der sei schließlich noch immer der *fucking* Präsident.

Der Lärm um uns hatte zugenommen, und darum brüllte Onkel Bucky so laut, dass seine Schlagader hinter seinem Bart hervorlugte. Wir machten uns also auf den langen Weg, zwei Kilometer entlang der Pennsylvania Avenue. Ich bekam Seitenstechen, und mein blödes Q-Schild wurde immer schwerer, obwohl ich es gar nicht mehr hochhielt. Als es mir schließlich aus den Händen glitt, ließ ich es liegen. Wir wurden von hupenden Trucks, Fahrradfahrern und Inlineskatern überholt. Eine Menge Leute marschierten mit uns, einige verkleidet oder maskiert, stumme Militärveteranen aus wahrscheinlich allen amerikanischen Kriegen, es gab sogar uniformierte Südstaatler. Einige trugen Schutzausrüstung, Militärhelme, Fahrradhelme, Gasmasken, Piratenhüte, ausgeflippte Sonnenbrillen, und es gab einen Rollstuhlfahrer, der ein bisschen wie Großvater aussah. Aber er war es nicht.

Je näher wir dem großen Gebäude kamen, dessen Kuppeldach ich von Weitem sehen konnte, desto wütender wurden die Leute. Jemand errichtete sogar einen Galgen wie im Wilden Westen. Jetzt wurde Sharon nervös und rief immer wieder nach ihrem Baby, also nach meinem Vater, der sich aber nicht aufhalten ließ.

»Baby, jetzt warte doch mal!«, rief sie und versuchte, ihn im Getümmel nicht zu verlieren.

Ich klammerte mich an Sharon, prallte aber gegen einen breiten Rücken, ein Muskelpaket in Lederjacke, es gab kein Vorbeikommen. Mein Vater reckte den Kopf und drehte sich zu uns um.

»Honey, dieses Haus gehört uns!«

Das Muskelpaket nickte.

»Aber was ist mit Kalmann?« Sharons Stimme überschlug sich, während Onkel Bucky jubelte.

»Sie gehen wirklich rein! Fuck, yeah!« Er preschte voran. Ich hatte ihn noch nie so glücklich gesehen, nicht mal zu Silvester, als er den selbst gemachten Böller ins Feuer geworfen und die Arme ausgebreitet hatte. Sein langer Bart schwang hin und her, er hüpfte und jauchzte, dann verschwand er in der Meute, die eine große Treppe hochrannte, Sicherheitskräfte niederprügelte, über Barrikaden und Mauern kletterte. Er war in der Masse nicht mehr auszumachen, war verschwunden, und ich würde Onkel Bucky nie wieder zu Gesicht bekommen.

Jemand schlug mir den Cowboyhut vom Kopf, versehentlich wahrscheinlich, denn viele schwenkten noch immer ihre Fähnchen und Banner über den Köpfen. Mein schöner weißer Cowboyhut! Er landete auf dem schmutzigen Rasen, und ich hechtete mit ausgestreckten Armen hinterher, wurde aber so heftig von der Seite angerempelt, dass ich der Länge nach hinfiel.

Beine. Lauter Beine. Wie ein dunkler Märchenwald. Und mein Hut verfing sich darin, wurde wie von Zauberhand weggetragen, verschwand im Dickicht. Ich sah zu, dass ich auf die Füße kam, denn ich wollte nicht wie mein Hut platt getrampelt und irgendwo liegen gelassen werden. Zum Glück zog mich ein netter Wikinger auf die Beine. Er trug einen Plastikhelm mit Hörnern und lachte, klopfte Erde und Gras von meinem kleinen Rucksack und fragte mich, ob alles in Ordnung sei.

»Ich habe meinen Hut verloren!«, rief ich verzweifelt.

»Vergiss den Hut!«, sagte der Wikinger, schaute sich aber trotzdem nach allen Seiten um. »Wie sieht er denn aus?«

»Er ist weiß! Ein Cowboyhut.«

»Vergiss den Hut!«, wiederholte er.

Jetzt erst wurde mir bewusst, dass ich nicht nur meinen Hut, sondern auch Sharon verloren hatte. Und meinen Vater. Also fragte ich den mit den Hörnern, ob er sie vielleicht gesehen hatte, meine Leute, was er leider verneinte.

»Die gehen bestimmt da rein!«, vermutete er und zeigte auf das Gebäude. »Alle gehen jetzt rein, weißt du? Alle sind eingeladen! Dieses Haus gehört uns.«

Wahrscheinlich hatte er recht. Wahrscheinlich hätte ich meine Leute da drinnen finden können, wo der ganze korrupte Dreck steckte, der mörderische, elitäre Abschaum, wie mir der mit den Hörnern erklärte.

»Ist wirklich alles in Ordnung mit dir?«

Ich nickte, obwohl das Gegenteil der Fall war, denn ich

hatte meine Familie und meinen Hut verloren. Der nette Wikinger wandte sich ab und verschwand mit Kriegsgebrüll in der Menge.

Tja. Da war ich also. Allein inmitten Tausender Leute. Ich hätte stehen bleiben sollen, ich weiß. Mein Fehler. Denn wer verloren geht, muss an Ort und Stelle warten, bis er gefunden wird. Aber ich wurde von den Massen mitgerissen wie Treibholz, sodass ich gar nicht anders konnte, als immer weiter auf das Gebäude zuzustolpern, bis die Menge zu einem abrupten Halt kam. Weiter vorn stieg beißender Rauch hoch, und das Gebrüll der Leute wurde ohrenbetäubend. Ich hörte eine dumpfe Detonation, spürte die Druckwelle in meiner Brust. Bumm. Ich wurde hin und her gerissen, manche Leute drängten rückwärts, während andere noch immer vorwärts preschten. Die gute Laune war mit der Detonation gänzlich verpufft. Es gelang mir, mich seitlich aus der Menge zu drängen. Ich machte Fäuste und ruderte mit den Armen, schob Leute zur Seite, bis ich mich wieder frei bewegen konnte. Dann erst blieb ich nach Atem ringend stehen und schaute mich um, rief nach Sharon, meinem Vater und Onkel Bucky, Teufel, ich rief sogar nach meiner Mutter, denn es kam mir vor, als würde sie mich am ehesten hier finden. Auch den Boden suchte ich ab, und tatsächlich fand ich einen Cowboyhut, aber er war braun und platt und nicht meiner, darum ließ ich ihn liegen. Ich sah einen Polizisten und fasste Mut, wollte ihn bitten, meine Leute für mich ausfindig zu machen, doch dann bemerkte ich, dass er weinte. Er schluchzte hemmungslos, ging mit hängendem Kopf durch die Menschenmenge, scheinbar ziellos, und weinte dicke Tränen. Ich glaube, er war der traurigste Mensch, den ich in meinem ganzen Leben gesehen habe, trauriger als Róbert McKenzie, trauriger als dessen Tochter Dagbjört, nachdem ich Róberts Hand gefunden hatte. Der Polizist schniefte und weinte, setzte einen Fuß vor den anderen und nahm weder mich noch das Geschehen um sich herum wahr. Ich schaute zu, wie er angerempelt und geschubst wurde, was ihn aber überhaupt nicht zu kümmern schien. Bald verlor ich ihn aus den Augen, und damit verlor ich alle Hoffnung, von Sharon oder meinem Vater gefunden zu werden, machte kehrt und latschte davon, ging da lang, wo am wenigsten Leute waren.

An einer Straßenecke verfolgten Schaulustige das ganze Chaos aus der Distanz.

»Happy?«, rief mir eine junge Frau zu und richtete ihr Smartphone auf mich. Wahrscheinlich nahm sie mich auf Video auf. Ihre Freunde grölten: »Rassist! Feigling! Bist du behindert? Oh shit, der ist wirklich behindert! Aus welcher Anstalt bist du ausgebrochen?«

Ich wollte noch über die Straße, schaffte es aber nicht, wurde immer langsamer, meine Beine, das Blut in ihnen, es wurde dicker, der Lärm dumpfer.

»Oops!«, frohlockte jemand, aber ich hörte das fast nicht mehr. »You're in trouble! Run, Forrest, run!«

Ich rannte nicht. Ich blieb einfach mitten auf der Straße stehen, denn meine Beine waren jetzt aus Zement, und in meinem Kopf rauschte es wie in einem Betonmischer. Den schwarzen Cherokee-Jeep, der sich mir mit blinkenden Lichtern im Schritttempo genähert hatte, nahm ich wie aus weiter Ferne war, merkte nicht einmal, dass sein Gehupe mir galt. Ich schaute mir selbst dabei zu, wie ich mit den

Fäusten auf die Autohaube trommelte, so fest, dass mein ganzer Körper wie ein Nokia-Handy zu surren begann. Die Autotüren wurden aufgestoßen, FBI-Agenten stiegen aus, die Buchstaben auf ihren Westen leuchteten gelb, einer der Männer war Mr. García, er drehte mir die Arme auf den Rücken und knallte mir den Kopf auf die warme Motorhaube des Cherokee-Jeeps, und dann riss der Film, es wurde endlich dunkel, Licht aus.

⌘

17
Verhör

Ich hielt inne, verstummte, fühlte mich plötzlich sehr erschöpft, und mein Mund war so trocken wie Dörrfisch. Die FBI-Agentin Dakota Leen legte den Kugelschreiber auf ihr Notizbuch und massierte sich den Nacken, schaute mich dabei an, schaute durch mich hindurch, war weit weg, und darum fragte ich sie, ob sie mich nun offiziell verhaften müsse, nach all dem, was ich ihr erzählt hatte. Sie schüttelte den Kopf und sagte, dass ich, wenn es nach ihr gegangen wäre, gar nicht hätte in die FBI-Zentrale gebracht werden sollen. Sie richtete sich etwas auf, schien aber noch immer unentschlossen, bis zu dem Moment, als Mr. García den Kopf in den Verhörraum steckte.

»Leen. Outside!«

Sie presste die Lippen zusammen und warf mir einen vielsagenden Blick zu, erhob sich gemächlich und trat auf den Flur hinaus, ließ die Tür aber offen stehen.

»Ich brauche Sie da draußen, und zwar sofort!«, hörte ich Mr. García sagen.

»Sicher, aber –« Dakota Leen räusperte sich. »Es gibt noch ein paar Sachen, die ich abklären muss.«

»Wann sind Sie mit dem Downser endlich fertig?«

»Er ist kein Downser, Sir.«

»Hat er Informationen?«

»Jede Menge. Schon weitergeleitet.«

»Gut. Buchen Sie ihn jetzt und rüsten Sie sich aus! Volle Montur. Wir kümmern uns später um ihn.«

Als sich Dakota Leen wieder auf ihren Stuhl setzte, machte sie ein Gesicht, als jagten sich in ihrem Kopf tausend Gedanken. Schließlich holte sie Luft und sagte:

»Dann wollen wir mal. Namen und Adressen. Dauert nicht mehr lange.« Sie wandte sich dem Laptop zu und begann zu tippen, bevor ich überhaupt etwas gesagt hatte. »Kannst du den Namen deines Vaters buchstabieren?«

»Q«, sagte ich.

»Q?« Sie horchte auf.

»Q für Quentin«, erklärte ich, worauf Dakota Leen seufzte. Wirklich buchstabieren konnte ich ihr die amerikanischen Namen nicht. Nur den Namen meiner Mutter und den meines Großvaters schrieb ich auf ein Blatt Papier, das die FBI-Agentin aus ihrem Notizbuch gerissen hatte. Sie tippte die Namen Buchstabe für Buchstabe ins System ein. Dann erstarrte sie plötzlich und schaute mich entgeistert an, wieder den Bildschirm und wieder mich. »Odinn Arnarson? Dieser hier?« Sie drehte den Laptop und zeigte mir ein Bild, auf dem Großvater zu sehen war.

»Ja, das ist er!«, rief ich erfreut. »Aber viel, viel jünger.«

»Geboren neunzehnfünfunddreißig?«

»Und gestorben letzten Herbst«, ergänzte ich, nun nicht mehr erfreut.

Dakota Leen drehte den Laptop wieder zu sich und tippte die Jahreszahl ein. Sie schien amüsiert und verwirrt zugleich.

»Kalmann, dein Großvater!« Sie hielt sich eine Hand vor

den Mund und schaute wieder auf den Bildschirm. »Dein Großvater ist eine ganz schöne Nummer. Wir haben ihn im System!«

»Was für ein System?«, wollte ich wissen.

»Nun ja, es ist eigentlich eine Liste. Eine schwarze Liste«, erklärte sie mir und verzog den Mund.

»Was ist eine schwarze Liste?« Ich fragte es leise, denn ich hatte so ein Gefühl. Möglicherweise würde mir ihre Antwort nicht gefallen.

Auch sie zögerte, wiegte den Kopf hin und her, bis sie die richtigen Worte gefunden hatte.

»Auf einer schwarzen Liste stehen Leute, die, sagen wir mal, eine Dummheit gemacht haben und verhaftet werden müssten, wenn sie amerikanischen Boden betreten würden.«

»Verhaftet? Was hat Großvater denn gemacht?«

Dakota Leen presste die Lippen zusammen.

»Nun ja, du hast doch selbst gesagt, dass er ein Kommunist war oder dass sie bei euch glaubten, er hätte eine kommunistische Partei gründen wollen. Habe ich das richtig verstanden?« Ich sagte nichts, nickte nicht mal und darum fuhr sie fort: »Tja, er war tatsächlich Kommunist, aber was noch schlimmer ist –«, sie zögerte wieder. »Weißt du, was ein Spion ist?«

Ich nickte.

»James Bond ist ein Spion.«

»Das ist er, ja, aber –« Sie warf einen Blick zur Tür. »Dein Großvater ist kein James Bond. Gemäß Informationen der CIA hat er für die Sowjets spioniert, geheime Informationen beschafft – oder es zumindest versucht.«

»Die Sowjets?«

»Russen, Kommunisten, für den Feind, verstehst du? Und darum steht er auf dieser schwarzen Liste, obwohl das jetzt schon sehr lange her ist.«

»Aber er ist doch gestorben!«

»Genau. Und das habe ich jetzt im System vermerkt, *presumed dead*. Darum spielt es eigentlich keine Rolle mehr. Wobei –« Dakota Leen schaute mich traurig an. »Ich muss dich leider auch auf eine Liste setzen. Sie ist zum Glück nicht ganz so schwarz, aber du bist jetzt bei uns im System.«

»Und dann musst du mich buchen? Also einsperren?«

Wieder dachte sie eine ganze Weile nach und strich sich dabei über den Handrücken. Ich hätte gern gewusst, wie sich das anfühlte, von ihr gestreichelt zu werden, versuchte es mir vorzustellen, aber sie riss mich aus meinen Gedanken.

»Hör zu, Kalmann. Ich schicke dich nach Hause. Noch heute. So bist du morgen wieder bei deiner Mutter, wo du auch hingehörst.«

»Aber, Mr. García –«

Dakota Leen winkte ab und rief die isländische Botschaft an, worauf ich plötzlich sehr müde wurde und das Gesicht in meinen Händen vergrub. Jetzt erst schwappte die ganze Erkenntnis über mich wie eine Monsterwelle auf hoher See. Großvater war ein Staatsfeind gewesen, und meinen Vater würde ich nie wieder zu Gesicht bekommen. Es war offiziell der schlimmste Tag meines Lebens.

Nachdem sich Dakota Leen vergewissert hatte, dass uns Mr. García nicht vor der Tür auflauerte, führte sie mich aus dem Zimmer und durch die langen Korridore des riesigen

Gebäudes, das mir wie ein Labyrinth vorkam. Jetzt war der Teufel los, uniformierte FBI-Agenten mit kugelsicheren Schutzwesten überholten uns oder kamen uns entgegen, riefen sich Worte zu, Befehle, Hinweise, Parolen. Dakota Leen und ich bewegten uns wie in Zeitlupe durch dieses Chaos, als gehörten wir nicht dazu. Sie legte ihre Hand auf meinen Rücken und schob mich sanft vorwärts. Ich spürte die Wärme, die durch meine Kleider bis auf meine Haut strahlte. Noch heute brauche ich nur daran zu denken und spüre sie sofort, die Hand der FBI-Agentin auf meinem Rücken.

Sie brachte mich in einen Aufenthaltsraum, und da gab es einen Snackautomaten. Weil ich kein Geld dabeihatte, gab mir Dakota Leen welches, und während ich die Dollarscheine in den Geldschlitz des Automaten zu schieben versuchte, drehte sie sich ein letztes Mal zu mir um. Sie war bleich geworden und lächelte traurig. Vielleicht fürchtete sie sich davor, sich der wütenden Menge da draußen entgegenzustellen. Ich jedenfalls hätte nicht mit ihr tauschen wollen. Aber ich hatte keine Zeit, ihr viel Glück zu wünschen oder mich von ihr zu verabschieden. Ich kämpfte mit dem Automaten, der meine Scheine immer wieder ausspuckte, und als es endlich klappte, musste ich sekundenschnell die Nummer eintippen. Zum Glück vertippte ich mich nicht, der Schokoriegel purzelte in den Auffangbehälter, und ich drehte mich erleichtert zur Tür um, aber Dakota Leen war nicht mehr da.

⌘

18

Mutter

In Keflavík bekam ich ein Teststäbchen durch die Nase in meine Fischsuppe gedrückt. Erst da wurde ich wieder richtig wach. Alle werden wach, wenn ihnen ein kitzelndes Stäbchen in die Nase gesteckt wird. Das ist einfach so.

Wie war ich überhaupt nach Island gekommen? Ich erinnere mich dumpf an die gestresste Frau der isländischen Botschaft, die mich zum Flughafen gefahren und in ein Flugzeug gesetzt hatte. Wahrscheinlich war ich mitten in der Nacht zurückgeflogen, es gab auch ein paar Passagiere, aber alle Menschen waren maskiert, suchten Abstand; Masken und Augenpaare wie viel zu kleine Fenster, ausdruckslose, weit entfernte Bullaugen, und vor dem Flugzeug nichts als die Schwärze des Winters.

In der Empfangshalle wartete meine Mutter auf mich. Trotz der Maske sah ich sofort, dass sie traurig war, vielleicht auch wütend, denn sie hatte rote Augen und ihre Haare waren unordentlich. Sie drückte mich an sich, kurz und fest, dann zog sie mich nach draußen, wollte gar nicht wissen, wie es bei meinem Vater gewesen war oder ob ich eine gute Reise gehabt hatte, sondern fuhr mich schweigend und ohne auch nur einmal anzuhalten nach Reykjavík, wo wir uns für fünf Tage in einem Hotel einquartieren mussten. Quarantäne. Eingesperrt auf kleinstem Raum, Tür zu, peng.

Die ersten Tage in Quarantäne waren die schönsten meines Lebens! Wir schauten Filme, meistens auf dem Laptop, mal zusammen, mal jeder für sich, und wir aßen richtiges Hotelessen oder bestellten Take-away, Pizza und Hamburger für mich, Sushi für meine Mutter, die nicht arbeiten musste, einfach immer da war und nie wegging. Ich hatte alle Zeit der Welt, ihr zu erzählen, was mir in Mill Creek und Washington, D.C., zugestoßen war. Schon am nächsten Morgen, als wir nach langem, herrlichem Schlaf nebeneinander aufgewacht waren, wollte sie wissen, was passiert war, da drüben bei meinem Vater, und weil ich ihr alles erzählte, war sie bald ziemlich wütend auf ihren Samenspender. Sie hätte ihn verprügelt, wenn er hier aufgetaucht wäre. Das behauptete sie zumindest. Aber sie war nicht nur wütend auf ihn, sondern auf alle Amerikaner. Und sie war wütend auf sich selbst. Sie könnte sich ohrfeigen, sagte sie, die E-Mail nicht in den Spam-Ordner verschoben zu haben, denn mein Vater sei nichts weiter als das: Spam.

Als er schließlich anrief, um zu erfahren, ob ich gut nach Island gekommen war, fertigte meine Mutter ihn mit nur fünf knappen Worten ab: Ich sei gut gelandet, bless.

Dann schimpfte sie noch eine ganze Weile mit ihm, obwohl sie längst aufgelegt und ihr Mobiltelefon aufs Bett geschmissen hatte. Er konnte sie also gar nicht hören. Ich schon! Ich hatte gar nicht gewusst, dass meine Mutter so viele Schimpfwörter kannte, sie nannte ihn sogar eine Saugglocke. Das ist ein Werkzeug, womit man ein verstopftes Klo frei machen kann, ein ganz nützliches Ding also, aber niemand möchte eine Saugglocke sein und Kopf voran in eine verstopfte Kloschüssel gesteckt werden.

Nachdem meiner Mutter die Schimpfwörter ausgegangen waren, musste ich ihr noch einmal alles, wirklich alles erzählen, bis ins kleinste Detail. Sie hörte mir gebannt zu, gab dabei komische Seufzer von sich, stöhnte, schüttelte den Kopf, zerzauste sich die Haare oder drückte sich ein Kissen aufs Gesicht und schrie. Eigentlich ganz lustig. Ich musste immer wieder lachen, und letztendlich lachte auch meine Mutter, weil man nie so lange wütend sein kann, wie man eigentlich möchte.

In den Abendnachrichten wurden Bilder aus Washington, D. C., gezeigt, und ich stand nah beim Fernseher und kommentierte sie wie ein richtiger Reporter. Wir versuchten, meinen Vater oder Sharon im Getümmel auszumachen, blieben jedoch erfolglos. Dafür sah ich jemanden, der mir sehr bekannt vorkam, allzu bekannt, und darum wurde ich zu Stein, denn wenn man sich so unverhofft selbst im Fernsehen gegenübersteht, ist das ganz schön unheimlich.

Meine Mutter gab einen hellen Schrei von sich, den man ganz bestimmt im Nebenzimmer hören konnte, total peinlich. Der Schrei verhallte zum Glück augenblicklich, als wäre auch meine Mutter darüber erschrocken, aber ihr Mund stand immer noch offen.

Es war eine verwackelte Handyaufnahme. Da stand ich, Kalmann Óðinsson, ein wenig unscharf, kaum erkennbar eigentlich, aber die Islandfahne in meinem Rucksack war der Beweis, dass es sich nur um mich handeln konnte. Ich stand an einer Straßenecke, umzingelt von einer Schar junger Leute, die mich mit Beleidigungen eindeckten.

»Es sieht ganz danach aus, dass am Sturm aufs Kapitol auch einer von uns beteiligt gewesen ist«, kommentierte der

Nachrichtensprecher trocken. »Oder zumindest jemand mit einer isländischen Fahne, denn die Identität des –«

Meine Mutter hatte sich aus ihrer Starre gelöst und schaltete den Fernseher aus, klick.

Dann sagten wir etwa eine Minute lang nichts. Meine Mutter starrte auf den schwarzen Bildschirm und ich starrte sie an. Das Nokia begann zu surren, und meine Mutter zuckte zusammen.

»Nicht!«, zischte sie. »Die Medien!«

Anrufer unbekannt. Ich ließ das Handy surren, bis es damit aufhörte, dann erst schnappte meine Mutter nach Luft. Aber jetzt tutete mein Laptop, und meine Mutter klappte zusammen, ging auf dem Teppich des Hotelzimmers in die Hocke und verbarg ihr Gesicht in den Händen.

»Es ist Nói!«, rief ich erleichtert, denn Nói war mein bester Freund, also gab es keinen Grund zur Sorge.

»Nói?«, fragte meine Mutter. Sie schaute mich erstaunt an, ihre Hände wie Scheuklappen am Gesicht.

»Mein bester Freund!«

Ich steckte die Kopfhörer in die Ohren, verkabelte mich mit dem Laptop, damit meine Mutter ungestört auf dem Boden sitzen bleiben konnte.

»You made the evening news, baby! Top Zuschauerquoten!«

Ich verstand nicht immer alles, was Nói meinte, aber ich vermutete, dass er zufrieden mit mir war.

»Verdammte Medien«, sagte ich.

Nói lachte. Dann wurde er ernst.

»Wieso bist du eigentlich nie online? Erzähl mal! Wie geht's dir da drüben?«

»Ich bin schon wieder zurück.«

»Say what now?«

»Ich bin jetzt ein Staatsfeind, stehe auf so einer Liste, und darum hat mich Dakota Leen nach Hause geschickt. Sie ist eine FBI-Agentin und ziemlich hübsch.«

»Kalmann, slow down! Der Reihe nach. Bist du schon wieder im Nordland?«

»Nein. Ich bin in Reykjavík. Fünf Tage in Quarantäne. Mit Mama.«

»Um die Ecke? Staatsfeind? Geile FBI-Agentin? Mama? Kalmann, ich mach ne Schraube!«

Ich stöhnte. Mir blieb nichts anderes übrig, als auch Nói die ganze Geschichte zu erzählen. Aber ich hatte ja sowieso nichts Besseres zu tun, und meine Mutter hatte sich flach auf den Zimmerteppich gelegt, die Arme ausgebreitet, und starrte an die Decke, als spiele sie tot. Und zum ersten Mal hörte mir Nói aufmerksam zu, ohne gleichzeitig in ein Multiplayerspiel vertieft zu sein. Aber er stellte fest, dass wir nur zwei Komma sieben Kilometer voneinander entfernt waren. Ich schlug vor, ihn nach der Quarantäne zu besuchen, aber er winkte ab. Er wisse nie, wann er zu Hause sei. Er müsse immer wieder zu den Quacksalbern, in die Reha, in die Physio, und sowieso ersaufe er in Arbeit, er müsse Deadlines einhalten, er könne nicht einfach so mir nichts, dir nichts Gäste empfangen.

»Homeoffice is a bitch«, sagte er.

»Ach so«, sagte ich enttäuscht und erzählte ihm noch ein wenig von dem Sturm in D.C., den verrückten Leuten, denen ich da begegnet war. Von der FBI-Agentin Dakota Leen erzählte ich ihm natürlich auch, er wollte bis ins Detail wissen, wie sie aussah, und nachdem ich sie ihm beschrieben hatte, schätzte er sie als eine solide Acht ein, vielleicht eine Neun in Uniform.

»Und sie ist intelligent!«, ergänzte ich, schließlich hatte sie Großvater auf einer schwarzen Liste für russische Spione gefunden.

»Double-you-tee-eff, Kalmann! Ein russischer Spion? Dein Großvater? Bro!«

»Korrektomundo! Darum war er auch ein Staatsfeind.«

Meine Mutter war aufgestanden, hatte sich vor mir aufgebaut, die Hände in die Seiten gestemmt und musterte mich kritisch. Ihre Nasenflügel bewegten sich im Rhythmus ihres Atems.

»Staatsfeind?«, knurrte sie.

»Ha!« Nói lachte wieder. »Dein Großvater war ein russischer Spion. In Raufarhöfn. For real?«

»Ja doch«, flüsterte ich und wich dem Blick meiner Mutter aus.

»Fucking hell. Jetzt ergibt das alles Sinn! Dein Großvater spionierte für die Russen die Amis aus! Deshalb konnte er Russisch, und wahrscheinlich wollte er dir eine geheime Information anvertrauen. Top secret!«

Meine Mutter gab mir mit einer unwirschen Handbewegung zu verstehen, dass ich das Gespräch abbrechen solle, und zwar sofort, aber Nói flippte fast aus.

»*Der Berg*, weißt du noch?«

»Heiðarfjall«, murmelte ich.

»Gora letit! Oh! Fuck me!« Nói lehnte sich im Stuhl zurück und schlug sich die Hand an die Stirn. Ich sah es zwar nicht, aber es machte klatsch. »Sie hören mit!«

»Wer?«

»Das FBI! Hast du Anom?«

»Was ist das?«

»Ein verschlüsselter Chatroom.«

»Nein.«

»Telegram?«

»Ich habe bloß ein Nokia.«

»Bro!«, sagte Nói noch, dann verschwand er von der Bildfläche, war einfach weg.

Ich war verwirrt. Wurde ich belauscht? Vom FBI überwacht und beschattet? Hatte Dakota Leen mitgehört, als wir uns über sie unterhalten hatten?

Ich klappte den Laptop langsam zu. Meine Stirn brannte, meine Handflächen waren feucht.

»Kalmann!« Meine Mutter setzte zu einer Frage an, die sie überhaupt nicht auszusprechen brauchte, denn ich wusste gleich, was sie von mir wissen wollte. Ich hatte völlig vergessen ihr zu erzählen, dass Großvater wegen Spionage auf einer schwarzen FBI-Liste stand. »War mein Vater ein russischer Spion? Oder war das ein schräger Witz, Kalmann Óðinsson?«

Ich zuckte mit den Schultern und fühlte mich, als hätte ich eine Dummheit gemacht.

Der Gesichtsausdruck meiner Mutter veränderte sich plötzlich. Sie setzte sich neben mich aufs Bett und legte den Laptop auf den Nachttisch. Plötzlich wirkte sie sehr müde. »Schon gut, Kalli minn.« Sie rieb mir über den Rücken. »Du hast mir ja nicht alles auf einmal erzählen können, ich versteh schon, kein Problem. Aber klär mich mal auf: Was hast du über Großvater erfahren? Wort für Wort.«

Natürlich erzählte ich ihr den ganzen Rest, es war ja kein Geheimnis. Und erst jetzt wurde mir bewusst, dass diese Information eigentlich die wichtigste war und dass ich damit hätte anfangen sollen, denn nun hatte plötzlich alles einen Sinn.

»Die vielen Fotos!«, hauchte meine Mutter. »Die Ausflüge nach Langanes, die Radarstation der Amerikaner –« Sie schaute mich ganz intensiv an. »Die Radarstation!«

»Heiðarfjall«, ergänzte ich.

»H-2.« Meine Mutter hob die Hände, hielt sie halb in der Luft. »Er hat uns dazu missbraucht, die Amis auf dem Berg zu fotografieren, mich und meine Schwester!« Plötzlich machte sie noch größere Augen. Sie griff wieder nach dem Laptop, klappte ihn auf und öffnete Google. »H-2«, murmelte sie erneut und tippte es ein. Dazu »Heiðarfjall«.

»Wieso ist er nie mit *mir* da hingegangen?«, wollte ich wissen. Ich war nun fast ein wenig beleidigt. Offenbar taugte ich nicht zur Spionage.

»Die Station ist schon lange nicht mehr in Betrieb«, sagte meine Mutter. Der Kalte Krieg sei zu Ende gegangen, als ich noch ganz klein gewesen war. »Warte, hier stehts. Bingo! H-2 ist die Abkürzung für die Radarstation auf dem Heiðarfjall.« Sie hatte den ersten Link geöffnet und überflog nun die Zeilen, klickte auf den nächsten und übernächsten Link und wirkte plötzlich amüsiert. »Ha! Im Januar neunzehneinundsechzig hat ein Sturm die Radarkuppel weggeblasen!« Es war aber der nächste Link, der sie wirklich aufhorchen und wieder ernst werden ließ. Zuerst überflog sie den Text, dann las sie ihn mir laut vor: »Sondermüll und Schadstoffe auf dem Berg Heiðarfjall auf

Langanes. Die Trümmer der amerikanischen Radarstation haben während über vierzig Jahren den Untergrund verschmutzt. Es gibt Hinweise, dass umweltschädlicher Abfall mit gewöhnlichem Müll auf dem Berg deponiert worden ist. Chemische Rückstände sind im Grundwasser der anliegenden Bauernhöfe nachgewiesen worden. Das Wasser ist verschmutzt.«

»Wohnt da nicht Tante Telma?«, fragte ich.

»Doch!«, antwortete meine Mutter.

»Vielleicht hat Großvater wegen dem Müll Spionage-Fotos gemacht.«

»Kaum. Das mit dem Müll hat die Russen bestimmt nicht interessiert.«

Meine Mutter starrte noch eine Weile auf den Bildschirm, dann zückte sie ihr Handy und rief Tante Guðrún an, unterhielt sich zwei Stunden lang mit ihr. Zuerst hörte ich zu, doch ich musste die ganze Zeit an Großvater denken, wie er ganz beiläufig Fotos von seinen Kindern schoss, als die Militärlastwagen der Amerikaner weiter hinten durch die Landschaft brausten. Wie er draußen auf dem Meer auf Petras Deck stand, Pfeife rauchte und durch den Feldstecher guckte, sich Notizen machte. Dann wurde mir langweilig und ich schaltete den Fernseher an.

Meine Mutter hatte aufgehört zu telefonieren.

»Wenn wir wieder daheim sind, schauen wir uns die Fotos und Dokumente noch mal genauer an!«

Ich fand die Idee prima, und das sagte ich ihr auch, worauf sie lachte und mich ein wenig an sich drückte. Mein US-Abenteuer hatte trotz allem etwas Gutes; ich hatte erfahren, dass Großvater ein Spion war. Rückblickend hätte ich meiner Mutter sagen sollen, dass Großvater von einem fliegenden Berg gesprochen hatte. Und dass wir jetzt überwacht wurden. Ich hätte ihr sagen sollen, dass Großvater wegen seiner Spionage-Vergangenheit umgebracht worden war, auch wenn sie mir nicht geglaubt hätte.

Das ist bei mir einfach so: Wenn ich allen sage, dass da ein Eisbär ist, glaubt man mir erst, wenn er sich auf die Hinterbeine stellt und brüllt.

Die letzten zwei Tage unserer Hotel-Quarantäne waren dann doch ziemlich langweilig. Das Zimmer wurde immer kleiner, die Filme länger, das Essen, das man uns vor die Tür stellte, fader. Nie gab es Cocoa Puffs. Meine Mutter nahm lange Duschen, las ein Buch nach dem anderen, und sie seufzte viel. Sie telefonierte oft und schrieb lange E-Mails, zerbrach sich dabei immer den Kopf, weil sie keine Schreibfehler machen wollte. Ich hatte noch nie so viel Zeit in einem einzigen Raum mit ihr verbracht. Fast kam ich mir selbst wie ein Spion vor. Ich beobachtete sie. Sie hatte drei verschiedene Gesichtssalben; zwei für den Abend, eine für den Morgen. Wenn sie in einem Buch las, war ihr Gesicht völlig ausdruckslos, aber manchmal legte sie das Buch weg, um ihre Zehen zu bewegen und über das Gelesene nachzudenken. Sie konnte viel länger schlafen als ich, manchmal bis zehn Uhr, obwohl ich längst aufgewacht war – als hätte sie jahrelang zu wenig geschlafen. In der Nacht musste sie nie aufs Klo.

Ich glaube, jetzt, wo Großvater gestorben war, war sie mein Lieblingsmensch, auch wenn sie meine Mutter war und mich manchmal fast in den Wahnsinn trieb. Mütter müssen ihren Kindern auf die Nerven gehen, das ist einfach so, das ist ein Naturgesetz. Sonst würden die Kinder für immer bei ihren Müttern bleiben wollen. Und wie sie mich nerven konnte! Immer wieder musste ich ihr von Amerika erzählen, als wäre ich ihr Entertainer oder so. Sie hingegen erzählte mir kaum etwas, schon gar nicht von früher, und wenn ich sie über ihre Zeit in Keflavík oder über meine Kindheit ausfragte, reagierte sie gereizt. Sie wusste keine Witze und konnte nicht gut zeichnen. Die Hotelange-stellten hatten uns Papier und Farbstifte vor die Tür gelegt, das war so eine Aktion des Roten Kreuzes, aber meine Mutter gab es sehr schnell auf, weil sie fand, sie habe zu wenig Talent. Also machten wir aus den Blättern Papier-flieger und warfen sie aus dem Fenster, aber auch das endete im Desaster, denn die Flieger trudelten unkontrolliert zu Boden, und ein älterer Mann, der draußen spazieren war, beschwerte sich beim Roten Kreuz, behauptete, dass wir Müll aus dem Zimmerfenster geworfen hätten, und drohte damit, die Polizei zu verständigen.

Meine Mutter war während dieser blöden Pandemie ein Nachrichten-Junkie geworden. Sie hörte zu jeder Stunde die Radionachrichten, obwohl meistens dasselbe gesagt wurde, und abends schaute sie die Fernsehnachrichten auf dem Staatssender, um neunzehn Uhr und um zweiundzwanzig Uhr. Fast jeden Tag um elf Uhr morgens schaute sie sich die Pressekonferenz des Covid-neunzehn-Dreigespanns an, das uns über die aktuelle Lage informierte, die auch meistens dieselbe blieb. Nämlich angespannt. Die Journalisten stell-ten jeden Tag dieselben Fragen, und das Covid-neunzehn-Dreigespann hatte jeden Tag dieselben Antworten. Darum waren schlussendlich alle ganz entspannt.

Einmal schnappte sich meine Mutter den Laptop, obwohl ich mir gerade eine Episode von *Versuchung im Paradies* anguckte, die ich aber schon gesehen hatte, doch meine Beschwerde stieß auf taube Ohren, denn sie wollte noch mehr über den Berg Heiðarfjall in Erfahrung bringen, und das interessierte mich auch.

»Misty Mountain!«, rief sie, nachdem sie eine Weile recherchiert hatte. »So nannten die Amis den Berg. Misty Mountain. Wie passend.«

»Misty Mountain?«

»Sie haben ihn uns mitsamt der deinstallierten Radarstation am ersten September neunzehnsiebzig zurückgegeben. Nett, findest du nicht?« Meine Mutter saß mit gekreuzten Beinen im Bett, den Laptop im Schoß, ich machte es mir auf dem Bauch neben ihr bequem und schaltete den Fernseher an, aber ohne Ton. »Alles, was die Amis nicht mitgenommen haben, durften wir behalten, die Baracken, Antennen, den ganzen unnützen Kram. Dummerweise ließen sie auch ihren Müll zurück.« Meine Mutter überflog den Text murmelnd, dann wurde sie wieder laut: »PCB!«

»Was ist das?«, fragte ich.

»Keine Ahnung, ein Schadstoff, der jetzt im Grundwasser ist.« Sie googelte. »PCB. Polychlorierte Biphenyle sind giftige und krebsauslösende organische Chlorverbindungen. O ja. Seit zweitausendeins weltweit verboten. Jetzt in der Atmosphäre, den Gewässern und im Boden allgegenwärtig nachweisbar. Kommt von Batterien und Transformatoren. Und Quecksilber. Fokk!« Sie klappte den Laptop ziemlich unsanft zu. »Ich kann das nicht lesen«, rief sie. »So was macht mich einfach rasend!«

»Mama!« Ich hatte Angst, dass sich unsere Zimmernachbarn, die wir schon seit Tagen husten hörten, wieder beschweren würden.

»Ist doch wahr! Diese Arroganz der fokking Amis!«

»Du klingst wie Großvater!«, entfuhr es mir, und meine Mutter war für etwa zwei Sekunden ganz still, starrte mich entgeistert an, dann prustete sie los, lachte laut und übertrieben, ließ sich zuerst auf den Rücken fallen, strampelte mit den Beinen, sodass mein Laptop fast vom Bett kippte. Sie warf sich auf mich und zerzauste mein Haar. »Dieses fokking Zimmer«, rief sie. »Dieses fokking Bett! Viel zu weich! Diese fokking Kitschbilder an den Wänden! Dieses fokking Möchtegern-nobel-Badezimmer!«

»Mama!« Ich bekam fast keine Luft.

»Diese fokking Pandemie, dieses fokking Virus, diese Welt, sie macht mich raaasend!«

Jetzt hielt ich es nicht mehr aus, wand mich unter meiner Mutter hervor und schlug ihr versehentlich ins Gesicht. Ziemlich fest sogar. Mehr als einmal wahrscheinlich.

Meine Mutter wurde augenblicklich still, starrte mich entgeistert an, dann verbarg sie ihr Gesicht in den Händen. Ich versuchte, sie unter den Armen zu kitzeln, damit sie vielleicht wieder lachen würde, aber sie wich zurück, sprang vom Bett und schloss sich im Badezimmer ein.

Ich blieb auf dem Bett sitzen.

Dachte an nichts.

Wartete auf den Filmriss. Aber ich hörte sie schluchzen. Meine Mutter weinte im Badezimmer, und es war meine Schuld, und darum verpasste ich mir eine Ohrfeige, und weil ich überhaupt nichts spürte, noch eine und noch eine, und plötzlich stand meine Mutter vor mir. Sie hatte eine knallrote Wange, ihr Nase blutete und ein Auge war ganz rot. Sie starrte mich an, als hätte sie den Verstand verloren. Wie in einem Horrorfilm.

»Kalmann«, sagte sie mit verzweifelter Bestimmtheit in ihrer Stimme. »Du kannst nichts dafür. Es war ein dummes Versehen.« Sie wollte zurück ins Badezimmer, drehte sich aber noch einmal um. »Es tut mir leid, dass ich so ausgeflippt bin, aber Menschen können grässlich sein, egoistisch und gierig, verschmutzen die Welt, und wenn man ihnen vorschreibt, eine Maske zu tragen und die Hände zu waschen, machen sie ein Geschrei, als geschähe ihnen das größte Unrecht. Aber du bist nicht so. Du hast kapiert, um was es geht, und ich bin stolz auf dich, ich bin stolz darauf, was aus dir geworden ist! Du kannst nichts dafür, hörst du?«

Mehr brauchte sie nicht zu sagen. Sie war stolz auf mich, das war einfach so, sie liebte mich eben, sie war schließlich meine Mutter, und darum machte ich jetzt den Ton des Fernsehers lauter, und meine Mutter schloss sich wieder im Badezimmer ein, und als wir am nächsten Tag ein letztes Mal getestet wurden und uns, nachdem wir die negativen Testresultate erhalten hatten, an der Rezeption abmeldeten, hatte meine Mutter noch immer gelbe und violette und rote Flecken im Gesicht, die man aber dank der Maske nicht gut sehen konnte, und darum fragte niemand, ob sie irgendwo die Treppe hinuntergefallen war.

⌘

19

Lárus

Das Erste, was man macht, wenn man aus der Quarantäne entlassen wird: das Gesicht in den Himmel recken und Luft einsaugen, selbst wenn der Himmel grau und die Luft von den Abgasen der Autos verschmutzt ist. Man ist dann einfach froh, dass man nicht mehr eingesperrt ist. Dass man frei ist.

Wir stiegen in den Renault meiner Mutter und fuhren Richtung Norden, ließen die Hauptstadt hinter uns und mit ihr Nói, der irgendwo in einem dieser langweiligen Außenquartiere lebte, und wir erfreuten uns an den verschneiten Bergen, die mit dunklen Wolken hinterlegt waren, sodass es aussah, als würden die weißen Felsen von innen leuchten. Der Horizont über dem Meer glühte ganz schwach, das Licht war nur noch ein Gedanke, dem man nachhängt. Noch nie war mir Island so schön vorgekommen. Meine Mutter war derselben Meinung, auch wenn es draußen klirrend kalt war. Das erkannte man am hart gepressten Schnee auf der Ringstraße und an den wie festgefrorenen Pferden auf den Feldern, die trotz des buschigen Fells ihre Hinterteile gegen den Nordwind hielten und sich nicht zu bewegen wagten. Und dieser Wind blies uns entgegen, versuchte uns davon abzuhalten, die Stadt zu verlassen, aber der Renault meiner Mutter kämpfte sich tüchtig voran, obwohl es Automarken gibt, die sich für arktische Verhältnisse besser eignen, zum Beispiel amerikanische und russische.

Als wir am Abend in Akureyri ankamen, machte sich meine Mutter schon kurz darauf für eine Nachtschicht im Krankenhaus bereit, duschte und trank einen halben Liter Filterkaffee. Ihr blieb aber noch etwas Zeit, und so holten wir Großvaters Fotos hervor.

Nun war es offensichtlich, dass er ein Spion gewesen war. Erstaunlich eigentlich, dass es uns nicht schon früher aufgefallen war. Aber wieso war Großvater noch immer im Besitz dieser Fotos gewesen? Hätte er sie denn nicht nach Russland schicken, die Kommunisten oder wenigstens die isländische Regierung über die Verschmutzung informieren sollen, darüber, was die Amerikaner da oben auf dem Berg trieben?

»Vielleicht wollte er trotz allem kein Spion sein«, überlegte meine Mutter. »Oder er bekam es mit der Angst zu tun.«

»Vielleicht hat er die Fotos behalten wollen, weil du und Tante Guðrún auf ihnen zu sehen seid«, vermutete ich, und meine Mutter beschloss, dass meine Vermutung die beste war, und belohnte mich mit einem Lächeln. Dann legte sie die Fotos beiseite, stellte sich vor den Spiegel und schminkte sich, damit die Blutergüsse nicht mehr zu sehen waren. Ich schaute ihr eine Weile zu und sagte dann, dass ich mich nach Raufarhöfn sehnte.

»Fünf Tage eingesperrt mit mir haben dir wohl gereicht«, sagte meine Mutter trocken und packte ihr Schminkzeug weg. Sie glaubte sogar, dass es mir bestimmt guttun würde, in Raufarhöfn wieder Boden unter den Füßen zu bekommen, den Anker auszuwerfen, die Handbremse zu ziehen, wie sie es zu erklären versuchte. Sie zückte ihr Handy, fragte auf Facebook, ob jemand von Akureyri nach Raufarhöfn fuhr, und noch bevor sie den Wintermantel und die Schuhe anhatte, meldete sich Ingimar, der mindestens einmal pro Woche mit seinem kleinen Molkerei-Lastwagen über die Melrakkaslétta bretterte. Meine Mutter seufzte und starrte eine Weile auf ihr Handy, als hoffe sie, dass sich sonst noch wer melden würde. Aber Ingimar blieb der Einzige.

Wir verabredeten uns auf neun Uhr in der Früh. Meine Mutter winkte mir zum Abschied zu und sagte, sie werde morgen noch schlafen, ich solle leise sein, viel Spaß in Raufarhöfn, und weg war sie, nach fünf Tagen Quarantäne, vierundzwanzig Stunden am Tag im selben Zimmer – sie war völlig verrückt, die Zeit, in der es Großvater nicht mehr gab.

Draußen war es dunkel, aber ich fühlte mich noch überhaupt nicht müde und rief Nói an, denn ich wollte wissen, ob er den Namen Misty Mountain schon einmal gehört hatte. Hatte er, natürlich, nämlich in *Herr der Ringe*! Es handle sich um ein gefährliches Gebirge mit Goblins und Bergtrollen, die Gesteinsblöcke auf Reisende warfen und Lawinen lostraten, nicht zu verwechseln mit dem Berg Lonely Mountain aus *Der Hobbit* mit dem feuerspeienden Drachen Smaug, der den gesamten Goldschatz der Zwerge horte. Nói schimpfte über die schreckliche *Hobbit*-Verfilmung, die nicht annähernd so episch sei wie die *Herr-der-Ringe*-Verfilmung, sah aber ein, dass es Wichtigeres zu besprechen gab als Fantasy, nämlich die Radarstation H-2 und das ganze Gift, die Abkürzungen, die mir leider nicht mehr einfallen wollten. Nói war trotzdem zufrieden.

»Da haben wir's! Das Motiv!«

»Das Motiv?«

»Warum dein Großvater beseitigt worden ist! Er hat die Amis dabei bespitzelt, wie sie den Berg vergifteten, und darum musste er beseitigt werden. Case closed.«

»Aber wieso denn erst jetzt?«

»Tja.« Nói drehte sich auf dem Stuhl schwungvoll um die eigene Achse. »Das ist die Eine-Million-Dollar-Frage.«

»Aber –« Für einmal ergaben Nóis Überlegungen keinen Sinn, zumindest nicht in meiner Birne. »Viele Leute wissen, dass der Berg verschmutzt ist. Es ist kein Geheimnis. Meine Mutter hat einfach gegoogelt.«

»Du hast recht, Sherlock«, seufzte Nói. »Guter Punkt. Ist ja nichts Neues. Amerikaner hinterlassen nichts als Zerstörung. Vietnam, Irak, Afghanistan –«

»Ich bin übrigens wieder in Akureyri.«

»Was, du bist in den Norden abgehauen? Wieso hast du mich nicht besucht?«

»Ich weiß ja gar nicht, wo du wohnst. Und meine Mutter musste zur Arbeit. Und du doch auch!«

»Stimmt. Ich habe genug um die Ohren.«

»Morgen fahre ich nach Raufarhöfn.«

»Ans Ende der Welt.«

»Nein, das Ende der Welt ist weiter weg.«

»Kalmann, ich sag's dir. Wenn es noch irgendwas über den Mord an deinem Großvater herauszufinden gibt, dann in Raufarhöfn.«

»Oder in Húsavík.« Ich sagte es, ohne zu überlegen.

Nói machte eine Zuckung und schlug sich theatralisch die Hand auf die Brust, als erlitt er einen Herzinfarkt.

»Das Pflegeheim? Verdammt, wieso ist mir das nicht schon früher eingefallen!«

»Ich weiß es nicht.«

»Kalli, die Überwachungskameras!«

Er beugte sich etwas vor und bearbeitete die Tastatur seines Computers, während sich auch in meinem Kopf die Logik ausbreitete; vielleicht hatte eine Überwachungskamera den Mörder meines Großvaters eingefangen.

»Fucking shit!« Nói schlug mit den Fäusten auf die Tastatur. »Da komm ich nie und nimmer rein!«

Die Zimmertür hinter Nói öffnete sich und seine Mutter steckte den Kopf herein.

»Nói!«, sagte sie bestimmt. »Du –«

»Ich weiß, ich weiß!«, unterbrach er sie. »Ich bin gechillt wie Pinguin-Hoden, du kannst wieder gehen, Mama.«

Seine Mutter verharrte noch einen Augenblick, sagte mir Hallo, dann machte sie die Tür wieder zu.

»Kannst du dich in das Pflegeheim hacken?«, fragte ich Nói.

»Keine Chance. Aber du könntest doch einfach hingehen und mit der Security reden. Die kennen dich doch!«

»Die haben keinen Wachmann.«

Nói seufzte ungeduldig.

»Dann geh einfach hin und frag die Schwestern!«

»Pflegefachleute«, sagte ich, und Nói murmelte: »Whatever.«

Ich wartete am Hafen, stand unter einer Straßenlampe und ignorierte die nassen Schneeflocken, die gelegentlich auf meinem Gesicht landeten. Es war noch immer schwarze Nacht. Hoffentlich wurden die Kleider, die meine Mutter frühmorgens in eine Ikea-Tasche gestopft hatte, nicht nass.

Bald kam Ingimar angebraust, die Scheiben waren noch beschlagen, aber er erspähte mich trotzdem und hielt neben mir an, half mir mit der Tasche.

Eigentlich mag ich es, in einem Lastwagen zu sitzen, denn man sitzt viel höher als in einem Auto. Es kommt einem vor, als fliege man über die Straße, ja, als sei man der König und alle Autos sind Untertanen. Aber ich hatte auch ein wenig Angst und gurtete mich so schnell ich konnte an, denn Ingimar fährt immer so, als hasse er jede Minute, die er im Lastwagen verbringt, vor allem dann, wenn die Straßen verschneit sind und das Schneetreiben in der Dunkelheit die Sinne verwirrt. Besonders berüchtigt ist Ingimar für seine Überholmanöver, er überholt jede Schneckenpost, auch in unübersichtlichen Kurven. Glücklicherweise hatte der Verkehr seit der Pandemie stark abgenommen, die Straße war frei, und darum fuhren wir schweigend durch die kalte Nacht, als wären wir die einzigen Menschen auf der ganzen Welt, als hätten wir uns nichts mehr zu sagen, weil wir schon seit Ewigkeiten durch diese Dunkelheit gefahren waren.

Erst nach dem neuen Tunnel holten wir ein Auto ein, das ziemlich langsam und fast mitten auf der Straße fuhr.

»Verfluchte Pandemie-Touristen«, knurrte Ingimar. »Jetzt drückt mal aufs Gas, ihr Schlafmützen!«

Ich brachte mich in Stellung. Ich kannte das schon. Wenn

sich Ingimar über ein langsames Auto aufregte, wollte er wissen, wer am Steuer saß. Es war eine Art Ratespiel.

»Touristen, nicht wahr? Bestimmt Chinesen. Ein junges Paar, Studenten oder so. Haben die praktische Prüfung im Fahrsimulator gemacht.«

Ich musste mein Gesicht ans Fenster pressen, um von oben herab sehen zu können, wer hinter dem Steuer saß. Wegen der Dunkelheit durfte ich den Moment nicht verpassen, in dem die Scheinwerfer des Lastwagens das Autoinnere beleuchteten.

»Nein, keine Chinesen«, rief ich. »Braune Leute, volles Auto.«

»Aha, Pakistani!«, rief Ingimar. »Ein ganzer Clan, was! Hätte ich mir denken können. Woher haben die bloß die Kohle, in Island Ferien zu machen?«

Ich wusste es nicht, musste aber an Großvater denken, der einmal gesagt hatte, dass in den ärmsten Ländern die reichsten Leute wohnten.

Eigentlich war es ein ganz lustiges Spiel. Ingimar sagte zum Beispiel, da sitze ein Greis am Steuer, ganz bestimmt, nicht wahr, Kalmann? Sag mir, dass da ein Gamlingi sitzt! Und ich rief: »Korrektomundo!«, und mein Ruf beschlug zugleich die Scheibe. »Ein sehr alter Mann, und daneben eine alte Frau. Wahrscheinlich seine.«

»Bingo!«, rief er dann. Oder er vermutete: »Da tuckert ein Fuchsjäger durch die Gegend, der rostige Subaru fällt ja gleich auseinander. Siehst du was, Kalmann?«

»Er hat eine Mütze auf und schaut aus dem Fenster. Die Schrotflinte hat er im Schoß!«

»Bingo!« Oder er vermutete, dass da entweder jemand

völlig behindert sei oder eine Frau am Steuer sitze, denn auf den Geraden beschleunige sie, und in den Kurven bleibe sie fast stehen. »Das ist doch eine Frau, oder? Kalmann? Es kann sich doch nur um eine Frau handeln.«

»Nein«, sagte ich. »Touristen. Zwei junge Männer.«

»Echt? Hätte ich mir denken können. Teufel!«

Heute gab es abgesehen von der pakistanischen Familie niemanden zu überholen, darum war die Fahrt entspannt. Zuerst fuhren wir nach Grenivík, und während Ingimar beim Hotel und im Laden Milchprodukte ablieferte, blieb ich geduldig im Lastwagen sitzen. Danach machten wir einen Stopp am Touristenzentrum Goðafoss, obwohl man da seit der Pandemie fast keine Milchprodukte mehr brauchte. Meistens ersetzte Ingimar lediglich den abgelaufenen Skyr. Schließlich kamen wir in Húsavík an. Hier hatte er viele Kunden, die er beliefern musste, das Pflegeheim, den Lebensmittelladen, Hotels, Restaurants und die Tankstelle. Darum bat ich ihn, mich beim Pflegeheim abzusetzen. Er gab mir eine halbe Stunde, keine Minute länger.

Ich rannte.

»Kalmann!«, rief mir eine Pflegerin entgegen, kaum hatte ich das Heim betreten. Hatte sie mich erwartet? Glaubte sie, ich käme Großvater besuchen?

Ich blieb stehen, als wäre ich gegen eine Wand gelaufen – nicht wegen der Frau, sondern wegen des vertrauten Geruchs. Er überwältigte mich, verschlug mir den Atem, sodass ich fast nach hinten kippte. In diesem Geruch steckte die Erinnerung an Großvater. Großvater selbst steckte darin.

Die Pflegerin marschierte schnurstracks auf mich zu und rief wieder meinen Namen. Sie freute sich so, mich zu sehen. Viele Leute freuen sich, wenn sie mich sehen. Daran habe ich mich längst gewöhnt. Als sie vor mir stehen blieb, sagte sie mit trauriger Stimme, dass es ihr sehr leidtue wegen Großvater, und ich solle mir bitte eine Maske aufsetzen.

Den Bruchteil einer Sekunde hatte ich mich gefragt, ob Großvater noch immer in seinem Zimmer hockte und zum Fenster hinausstarrte. Der vertraute Geruch des Pflegeheims und die freudige Begrüßung hatten mich verwirrt. Vielleicht war Großvaters Tod nur ein dummer Traum oder eine Wahnvorstellung gewesen. Aber wenn es selbst die Pflegerin sagte, war er wirklich tot. Natürlich. Wir hatten ihn begraben. Und ich war dabei gewesen. Seltsamerweise war ich erleichtert, nicht unter Wahnvorstellungen zu leiden.

Niemand würde wirklich wollen, dass Tote plötzlich nicht mehr tot sind und auferstehen. Es wäre dann so, als würde man sich von jemandem verabschieden, zum Beispiel vor dem Laden, nur, um zu merken, dass man den gleichen Weg hat. Die nächsten Schritte sind dann total peinlich, weil man sich eben erst verabschiedet hat.

»Kommst du *uns* besuchen? Wie nett von dir!« Sie legte die Hand auf ihre Brust, um ihre Freude auszudrücken.

»In einer halben Stunde muss ich wieder gehen«, warnte ich sie, denn ich hatte mich mit Ingimar bei der Tankstelle verabredet. »Keine Minute länger!«

»Wunderbar. Reichlich Zeit, um ein Stück Kuchen zu essen, nicht wahr? Komm, ich bring dich in die Kaffeestube.«

Wir gingen durch die Flure, die ich so gut kannte, die

Pflegerin voraus, ich hinterher. Als wir um eine Ecke bogen, starrte mich plötzlich Kolbeinn an, gelblich, hohlwangig. Er saß ziemlich krumm auf seinem Rollator, die Maske war ihm weit unter die Nase gerutscht, hing lose an seinen Ohren. Er war wie geschrumpft.

»Hallo, Kolbeinn«, sagte ich, aber er erkannte mich nicht, starrte mich nur an.

»Der Arme wird auch nicht mehr jünger«, sagte die Pflegerin über ihre Schulter, was ich seltsam fand, denn niemand wird jünger, das ist die Natur, die macht da keine Ausnahmen.

In der Kaffeestube saßen noch zwei weitere Pflegerinnen, und ich bekam ein Stück Marmorkuchen. Die Maske durfte ich jetzt wieder abnehmen.

»Was bringt dich denn zu uns?«, wurde ich von einer der anderen Pflegerinnen gefragt, und darum erzählte ich von Ingimar und seinem Lastwagen, den Milchprodukten –

»Was ich gemeint habe«, unterbrach man mich vorsichtig, »*wieso* besuchst du uns?«

»Ich möchte herausfinden, wer meinen Großvater –«, ich zögerte, biss in den Kuchen und kaute. Dann erst beendete ich den Satz, aber mit vollem Mund, »– als Letzter besucht hat.«

»Bist du wirklich deswegen gekommen?«

»Korrektomundo. Ich möchte die Aufnahmen der Überwachungskameras sehen.«

Die Pflegerinnen tauschten Blicke aus. Die eine, die mich empfangen hatte, zuckte schließlich mit den Schultern.

»Ich denke, da musst du mit Lárus reden.«

»Ist er der Wachmann?«, fragte ich.

»So ähnlich.«

Die Frauen kicherten.

»Er ist unser Hausmeister. Komm, ich bring dich zu ihm. Der hockt bestimmt in seiner Besenkammer. Dann kannst du ihn gleich selbst fragen.«

Lárus saß tatsächlich in einem dunklen, fensterlosen Raum. Viel mehr Platz als für einen Schreibtisch und einen Bürostuhl blieb da nicht. Wenn Lárus die Tür hinter sich zumachte, konnte er sich mit dem Kopf dagegenlehnen.

Auf dem Schreibtisch standen ein Computer und eine alte Nachttischlampe, dazu allerlei Kram. Die Wand links war vollgespickt mit Werkzeugen, die Wand rechts war hinter einem vollgestopften Aktenregal versteckt. An die Wand über dem Computer waren Fotos gepinnt, auf denen vor allem Lárus zu sehen war, grinsend, braun gebrannt und tätowiert, was man gut sehen konnte, weil er meistens halb nackt war. Er war der jüngste und coolste Hausmeister, der mir bis jetzt begegnet war.

Die Pflegerin ließ mich mit ihm allein, ohne die Tür zuzumachen, was mich beruhigte.

Lárus blieb sitzen, drehte sich um und schaute schläfrig zu mir hoch. Die Maske hing ihm lose an einem Ohr. Ich hatte ihn schon einige Male im Pflegeheim gesehen. Er hingegen wusste nicht sofort, wer ich war, und darum musste ich es ihm erklären.

»Ach so, der mit dem Eisbären tanzt! Dich hat man hier ja schon lange nicht mehr gesehen!« Er grinste mich an. Etwas stimmte mit seinen Zähnen nicht. Eigentlich hätte ich gern erfahren, wieso er Hausmeister war, denn er sah überhaupt nicht aus wie einer, wie Halldór in Raufarhöfn zum Beispiel. Lárus war etwa so alt wie ich, das schätzte ich zumindest, auch wenn er in dieser dunklen Kammer etwas verbraucht aussah, ein wenig so, als wäre er auf einer wilden Beerdigungsparty gewesen und hätte den schlimmsten Kater seines Lebens, dunkle Augenringe, lichtes Haar und Bartstoppeln. Weil er nur ein T-Shirt anhatte – in der Kammer war es ziemlich warm – konnte ich die Tattoos an seinen Armen betrachten. Es waren in sich verschlungene Linien, mal dicker, mal dünner, wie Schlangen ohne Köpfe.

»Was kann ich für dich tun, Freund?«, fragte er mich, und jetzt sah ich, dass zwei seiner Zähne vergoldet waren. Vielleicht war er ein Rapper.

Ich erklärte ihm, dass ich herausfinden wollte, wer meinen Großvater kurz vor seinem Tod besucht hatte, was auf den Überwachungskameras bestimmt zu sehen sei. Ich zeigte auf seinen Computer.

»Und wieso willst du das wissen?«, fragte mich Lárus stirnrunzelnd.

»Weil mein Großvater möglicherweise umgebracht worden ist«, antwortete ich. »Hier, im Heim.«

Lárus zog die Augenbrauen hoch und starrte mich an. Jetzt war er wach. Ich rührte mich nicht. Dann, ganz plötzlich, sodass ich fast erschrak, wandte er sich seinem Computer zu, schnalzte mit der Zunge und sagte: »Na, dann wollen wir mal sehen, wer ihn beseitigt hat. In welchem Zimmer hat er denn gewohnt, dein Großvater? Und sag jetzt nicht in 37 A!«

»Nein, Zimmer neun«, sagte ich. »Im Náttfari-Korridor.«

Lárus klickte auf der Maus herum, bis er die Kamera gefunden hatte, die dem Zimmer am nächsten war. Jetzt erst sah ich, dass ihm ein Finger fehlte, der Kleine an der rechten Hand.

»Da habe ich nur eine Kamera«, brummte er. »Die Zimmertür ist nicht zu sehen. Schau –«, er drehte den Bildschirm des Computers ein wenig in meine Richtung, »die Tür zum Zimmer befindet sich hinter der Kamera, man sieht also nicht, wenn jemand das Zimmer verlässt oder betritt. Man sieht nur, wer durch den Flur geht.«

»Oh«, sagte ich enttäuscht.

»Wann ist er denn gestorben?«

»Am dritten Oktober.«

»Um welche Zeit?«

Ich dachte angestrengt nach.

»Sie haben um vierzehn Uhr vierzig bei uns angerufen.«

Lárus musterte mich.

»Bist du eigentlich auf dem Spektrum oder so was?«

Ich zuckte mit den Schultern.

»Ich glaube nicht«, sagte ich.

»Spielt auch keine Rolle, haben sowieso alle einen Schaden.« Er wandte sich wieder dem Computer zu. »Wenn ihr den Anruf um vierzehn Uhr vierzig bekommen habt, hat man vielleicht um vierzehn Uhr zwanzig gemerkt, dass er sich ausgestempelt hat. Die Schichtleiterin wird stracks geholt, die stellt den Tod fest und ruft den Arzt, und bis der den Tod bestätigt hat, ist schnell mal eine Viertelstunde um. Und dann sollten eben die Angehörigen informiert werden, so schnell wie möglich.«

Lárus tippte Datum und ungefähre Uhrzeit ein, dann

ließ er die Aufnahme der Überwachungskamera im Schnelltempo ablaufen. Um vierzehn Uhr sieben latschte eine Putzfrau mit ihrem Wägelchen durchs Bild, und knappe zwei Minuten später kam sie zurück – ohne Wägelchen. Sie hatte es offensichtlich eilig. Lárus spulte zurück und drückte auf die Pausetaste.

»Piotra. Ne Polin. Da hat sie den Tod deines Großvaters festgestellt. Vierzehn Uhr neun. So schnell, wie die hier watschelt, hat sie einen Toten gesehen, garantiert. Aber dich interessiert, wer deinen Großvater besucht hat, bevor er gestorben ist, nicht wahr?«

»Korrektomundo«, sagte ich.

»Korrektomundo!«, echote Lárus amüsiert. »Ist das nicht aus *Pulp Fiction*?«

»Keine Ahnung«, sagte ich und musste an Nói denken.

Lárus ließ den Film der Videoüberwachung rückwärts laufen, zuerst in normalem Tempo, aber weil nicht viel passierte, wieder schneller. Es würde wohl gar nicht so einfach sein festzustellen, wer Großvaters Zimmer als Letzter betreten hatte. Da war Kolbeinn, der ganz langsam in seinem Rollator rückwärts durch den Korridor wackelte, was ziemlich lustig aussah, ich musste sogar lachen, und während der ganzen Zeit wurde er von Pflege- und Putzpersonal ebenfalls rückwärts überholt. Einmal stoppte Lárus die Aufnahme und zeigte auf eine Person.

»Guck mal an, da bin ja ich! Mit der neuen Bosch. Geiler Bohrhammer. Aber ich habe deinen Großvater nicht umgebracht, nicht mal besucht, Hand aufs Herz.«

»Ok.« Ich glaubte ihm.

»Ich habe den Gemeinschaftsraum renoviert. Dank der

Pandemie sind Anlässe und Besucher ja eigentlich nicht zugelassen.« Er warf mir einen Blick zu. »Na ja, es gibt wohl den einen oder anderen Ausnahmefall.«

Tatsächlich gab es noch andere Besucher, die an jenem Tag durch den Náttfari-Korridor gingen. So ein Pflegeheim war schließlich kein Quarantäne-Hotel. Es gab eine Mutter mit ihrer kleinen Tochter und einen alten Mann mit Baseballkappe, die allesamt nicht zum Inventar gehörten, wie Lárus sagte. Kurz danach spazierte eine alte Frau mit komischem Hut, die wie alle anderen auch eine Maske anhatte, ganz gemütlich durch den Flur.

»Stopp!«, rief ich.

»Wow, erschreck mich nicht!« Lárus drückte auf die Pausetaste.

»Zurück!«

Er gehorchte.

»Kennst du die Alte?«

»Ich glaube schon«, sagte ich. »Das ist die Schwester meiner Großmutter. Sie hat so einen komischen roten Filzhut mit Möwenfedern.«

Wir stellten fest, dass sie um dreizehn Uhr null zwei gekommen und um dreizehn Uhr vierundzwanzig gegangen war.

»Denkst du, sie hat deinen Großvater umgebracht?«, fragte mich Lárus.

»Ich weiß es nicht«, gab ich zu, und jetzt hätte ich mir gewünscht, dass Nói hier gewesen wäre, denn ihm wäre bestimmt ein logisches Motiv eingefallen.

»Wie heißt sie eigentlich, deine Großtante? Hab sie schon ein paarmal hier gesehen.«

»Telma.«

»Hast du denn nicht gewusst, dass sie deinen Großvater kurz vor seinem Tod noch besucht hat? Die gehört doch zur Familie!«

Ich überlegte.

»Ich habe sie erst bei der Beerdigung kennengelernt.«

»Eigenartige Familie«, stellte Lárus fest, lehnte sich auf seinem Bürostuhl etwas zurück und fuhr sich mit seinen neun Fingern durch die Haare. »Durchaus verdächtig. Aber mehr können wir hier leider nicht feststellen. Wir können nicht mal sagen, ob Telma deinen Großvater oder jemand anderen besucht hat. Vielleicht ist er einfach nur gestorben, weil er eben alt war, denkst du nicht auch?«

Ich zuckte mit den Schultern, denn ich dachte noch immer nach. Aber je mehr ich dachte, desto weniger wusste ich, und darum fragte ich Lárus, wie er seinen kleinen Finger verloren hatte. Er schaute sich den Stummel an, als trauere er seinem Finger noch immer nach.

»Tja«, sagte er. »Damit musste ich eine alte Rechnung begleichen. Und die anderen Finger sind wohl eine Art Versicherung.« Er bewegte sie, als teste er ihre Geschmeidigkeit.

»Ach so«, sagte ich und erinnerte mich plötzlich an Ingimar. Die halbe Stunde war ganz bestimmt schon um, also rannte ich grußlos aus der Besenkammer, verabschiedete mich weder von Lárus noch von den Pflegerinnen, rannte die ganze Strecke bis zur Tankstelle, vergaß sogar, die Maske abzunehmen, und weil Ingimar schon in seinem Lastwagen saß und vorwurfsvoll den Motor aufheulen ließ, musste ich leider auf einen Hamburger in der Tankstelle verzichten. Darum knurrte mein Magen von Húsavík über Kópasker bis nach Raufarhöfn.

Wir kamen erst gegen Nachmittag an, und weil es schon fast wieder düster geworden war, fühlte es sich an, als wären wir den ganzen langen Tag unterwegs gewesen. Ich hatte noch immer nichts zu Mittag gegessen.

⌘

20

Klakabar

Man vergisst schnell, wie kurz die Wintertage in Nordisland eigentlich sind. Flüchtig wie gute Laune. Es hing nur noch ganz wenig Licht über der Melrakkaslétta, ein letztes Glimmen der Glut, was ein wenig aussah, als befände sich irgendwo hinter dem Horizont eine riesige Stadt. Aber ich wusste genau, dass da keine Stadt war, höchstens ein paar einsame Bauernhöfe.

Ingimar fuhr mich bis vor mein kleines Haus, half mir mit der Tasche und nickte mir zum Abschied zu. Ich stand noch ein wenig auf dem platt gedrückten Schnee und schaute dem wummernden Lastwagen hinterher, bis sich auch die Abgase verflüchtigt hatten. Dann sog ich die salzige Raufarhöfn-Luft tief in meine Lungen ein und fühlte mich sofort wacher. Mein Häuschen stand dunkel da. Ob es mir Vorwürfe machte, dass ich so lange weg gewesen war? Nebenan brannte Licht und als ich hinüberguckte, bemerkte ich Elínborg, die hinter dem Fenster stand und ihren Vorhang hochhielt, ihn aber fallen ließ, als ich ihr zuwinkte.

Ich ging rein, machte Licht und drehte alle drei Heizkörper auf, schaltete den Fernseher an und ließ mich mit einer Tüte Käse-Popcorn, die ich im Küchenschrank gefunden hatte, auf die Couch fallen.

Dr. Phil hatte mal wieder eine ganz üble Nummer im Studio. Sie hieß Bailey, war ein hübsches Mädchen und lebte in der Illusion, eine Freundin zu haben, obwohl sich die beiden noch nie getroffen hatten. Sie war ein Stalker, aber weiblich. Dr. Phil erklärte dem Publikum, wieso Bailey so gestört war: Kindheitstrauma. Vergewaltigung. Wiederholt. Und jetzt wollte er von Bailey hören, die sich währenddessen auf dem Hocker kleiner gemacht hatte, dass sie sich nur einbilde, mit dieser Frau befreundet zu sein. Bailey aber beharrte auf der Gültigkeit der Freundschaft, worauf Dr. Phil eine lange Denkpause machte. Das können nur Leute, die es mögen, von allen erwartungsvoll angeschaut zu werden.

Ich dachte an Nói, der mein bester Freund war, den ich aber noch nie persönlich getroffen oder auch nur richtig gesehen hatte.

Bailey hielt Dr. Phils Denkpause nicht mehr aus und wandte sich ans Publikum:

»Ihr könnt ruhig lachen!«, rief sie, obwohl niemand lachte. »Ich bin eure Lachnummer!«

Dr. Phil brach das Gespräch umgehend ab, schickte Bailey weg, denn ihm gefiele nicht, wie sie sich als Opfer darstelle, und Bailey stolperte verwirrt von der Bühne, während sie sich die Tränen aus dem Gesicht wischte. Jetzt klatschten die Leute tatsächlich, manche lachten sogar und schüttelten die Köpfe.

Ich war verwirrt. Stellte den Fernseher stumm und klappte meinen Laptop auf, um Nói anzurufen, denn ich war mir plötzlich nicht mehr sicher, ob es ihn überhaupt gab.

Es gab ihn. Aber er wollte nicht über Dr. Phil reden, bemerkte bloß, dass er einer der reichsten Menschen der Welt sei, wahrscheinlich der reichste Seelenklempner überhaupt.

»Warst du schon in Húsavík?«, fragte er mich.

»Ja«, sagte ich stolz. »Ich habe die Aufnahmen der Überwachungskamera gesehen!«

»For real? Gute Arbeit, Detective! Das hätte ich dir nicht zugetraut.«

»War gar nicht schwierig«, winkte ich ab. »Lárus hat mir alles gezeigt.«

»Dich mögen einfach alle. Hast du auf den Aufnahmen was gesehen?«

»Nicht viel. Die Kamera ist nicht auf die Zimmertür gerichtet gewesen. Aber Telma war zu sehen.«

»Telma?«

»Meine Großtante.« Ich fragte mich, ob ich Nói überhaupt von Telma erzählen sollte. Bestimmt würde er sie des Mordes verdächtigen. »Sie hat ihn kurz vor seinem Tod besucht.«

»Hm.« Nói schwieg, dachte nach. »Die meisten Morde geschehen innerhalb der Familie«, sagte er. »Familienbeziehungen sind komplexer als ein Eminem-Song.«

»Ach so«, sagte ich.

»Hätte sie einen Grund gehabt, ihn umzubringen? Ein Motiv?«

Ich verneinte und erzählte ihm, dass ich sie erst bei der Beerdigung kennengelernt hatte und dass sie eigentlich ganz nett war, also nicht imstande, jemanden umzubringen.

»Die hatten vielleicht eine Affäre!«

»Wie meinst du das?«

»Sie und dein Großvater. Die haben's vielleicht früher miteinander getrieben.«

»Wieso denn?«, fragte ich. »Großvater hat es doch mit meiner Großmutter getrieben, sonst gäbe es meine Mutter und meine Tante Guðrún ja nicht.«

»Mensch, Kalli, Spielverderber!« Nói erklärte mir, dass es nichts Geileres gebe, als zwei Schwestern gleichzeitig zu vögeln, was ich nicht gewusst habe. Ich fragte ihn, ob er denn schon mal das Vergnügen gehabt habe, aber er winkte ab.

»Nur online«, sagte er.

Jetzt musste ich an meine Ex-Freundin Perla denken und wie wir manchmal zusammen im Bett gelegen und uns umarmt haben, bis mir der Arm eingeschlafen war, auf den sie ihren Kopf gebettet hatte.

Meistens mag ich es nicht, wenn man auf mir liegt. Die Vorstellung, nicht bloß mit Perla, sondern auch noch mit ihrer Schwester das enge Bett teilen zu müssen, löste eine kleine Panikattacke in mir aus. Aber ich behielt sie für mich, zählte nur ganz leise von zehn rückwärts, und als ich bei null angekommen war, klappte ich Nói zu.

Draußen schlug mir feuchte Luft entgegen, das Meer war laut, ein beständiges Donnern und Rauschen. Manchmal braucht man bloß die Augen zuzumachen, um das Meer in all seiner Größe zu sehen. Ich hatte meinen Cowboyhut aufgesetzt, mir den Sheriffstern an die Brust gesteckt und spazierte rüber zum Hotel.

In der Lobby traf mich fast der Schlag, verwirrt schaute

ich mich um: War ich versehentlich ins falsche Gebäude gelatscht? Ich ging wieder raus, um es mir von außen nochmals anzusehen, aber es passte alles: der abgeblätterte Verputz, die braunen Fensterrahmen, der Hotelname auf dem weißen Blechschild. Also ging ich wieder rein.

Die Lobby sah völlig anders aus. Die ganze Fischereideko, die Fischernetze, die Bojen-Leuchten, die getrockneten Seesterne und alten Heringsfässer; alles weg, sowohl in der Lobby als auch im Restaurant. Die Möbel waren neu, die Stühle waren gepolstert, sahen aber wegen der kerzengeraden Rückenlehnen trotzdem unbequem aus. Die Lampen waren abgesägte Rohre, rostig und lang, sie warfen ein warmes, wenn auch düsteres Licht auf die Tische. Der rote Teppich war entfernt worden, unter meinen Füßen war jetzt harter, spiegelblanker Gussbeton. An den Wänden hingen Bilder, die bunt zu leuchten schienen, auf denen aber nichts zu erkennen war. Moderne Kunst. Zum Glück war die Bar noch immer so, wie ich sie in Erinnerung hatte. Sie hatte bloß einen neuen Namen bekommen, der mit weißen Buchstaben an die schwarze Wand gekreidet worden war: Klakabar. Mein Barhocker stand an seinem Platz, und er war frei. Puh!

»Hallo, Kalmann!«

Ich schaute mich um. Hafdís von der Gemeindeverwaltung saß mit einer fremden Frau an einem Vierertisch im hinter Teil des Restaurants und winkte mir zu, zwei Gläser Weißwein und eine Schale Erdnüsse vor sich.

»Hallo!« Ich winkte zurück.

»Willst du dich nicht zu uns setzen?«

»Nein. Ich habe Hunger.«

»Natürlich! Kalmann muss essen, wenn er Hunger hat.«

Weiter drüben an der Bar saß Siggi und betrachtete mich mit einem schelmischen Lächeln. Er schaut immer so, wenn er allein an der Bar sitzt und Bier trinkt. Seine Augen bekommen dann einen zufriedenen Glanz, als zeichne sich ein einziger schöner Gedanke in seinem Gesicht ab. Er hob sein Bier und prostete mir zu. Wir waren die einzigen Leute im Restaurant. Óttar kam aus der Küche und donnerte: »Kalli Kaliber! Lange nicht gesehen. Wo hast du denn gesteckt?«

»In Amerika«, gestand ich rundheraus.

»Hast du deinen Vater besucht?«

»Korrektomundo.«

»Ging das denn gut, ich meine, die Reise? Ich dachte, die Amis hätten zugemacht?«

Ich fragte mich, ob Óttar wieder begonnen hatte, im Sporthaus Gewichte zu drücken. Er sah gesünder aus als sonst, und seine Stimme war kräftiger.

»War kein Problem.«

Óttar schaute mich stirnrunzelnd an und stemmte die Arme in die Seite.

»Na, man erzählt sich etwas anderes. Aber schön, dass du wieder da bist!« Er klopfte zweimal mit der flachen Hand auf die Bar. »Gefällt dir der Name? Klakabar! Und das neue Design?«

»Es geht so. Eigentlich nicht.«

Nun prustete Siggi nebenan, der aufmerksam mitgehört hatte.

»Ich hab's dir doch eintausendmal gesagt! Der moderne Firlefanz passt hier überhaupt nicht hin!«

»Das hättest du Hörður sagen sollen!«, gab Óttar zurück. »War nicht meine Idee. Aber er wird schon wissen, was heute Mode ist.« Und an mich gerichtet: »Das denkst du bestimmt auch, Kalli, dass ein Makeover überfällig war, oder? Bist ja noch jung.«

»Ich möchte bloß was essen«, informierte ich ihn.

Siggi kicherte in sein Bierglas. Óttar seufzte.

»Das Übliche?«

»Hamburger mit Fritten«, bestätigte ich. »Und Cocktailsauce.«

»Immer alles schön beim Alten. Bloß keine Veränderungen, schon klar!«

Ich nickte, und Óttar verschwand in der Küche. Etwas fiel zu Boden und schepperte laut. Man hörte Óttar fluchen.

»Kalli minn!« Hafdís hatte sich von hinten angeschlichen und strich mir mit der flachen Hand über den Rücken. »Setz dich doch einen Moment zu uns, ja? Das Essen kommt ja nicht sofort.« Ich gehorchte und folgte Hafdís durchs ganze Restaurant. Sie wies mir einen freien Stuhl am Tisch zu. »Jetzt lernst du endlich mal unseren dorfeigenen Sheriff kennen«, erklärte sie der Fremden. »Der Ehrenbürger von Raufarhöfn, der uns aus den Fängen eines Eisbären gerettet hat!«

Die fremde Frau schaute mich freundlich lächelnd an. Bestimmt hatte sie das alles schon einmal gehört.

Sie hatte schwarze, zerzauste Haare, sah aus, als wäre sie eben erst aus dem Bett gestiegen. Wahrscheinlich war sie um die fünfzig, vielleicht auch sechzig, also wie Hafdís, aber das kann man bei Frauen in diesem Alter unmöglich sagen – sollte man auch nicht, wie mir Nói einmal erklärt hatte: »Wenn dich eine Alte darum bittet, ihr Alter zu schätzen, darfst du auf keinen Fall antworten, denn deine Schätzung ist immer falsch!«

»Jórunn heiße ich«, sagte die fremde Frau und hielt sich ihre rechte Hand aufs Herz.

Hafdís erläuterte: »Jórunn kommt aus Reykjavík, hat sich hier für eine Weile im Hotel einquartiert. Sie ist eine richtige Künstlerin. Gefallen dir die Bilder?« Hafdís machte eine ausladende Armbewegung.

Mein Blick verharrte an der Bar. Wie lange würde es wohl noch dauern, bis mein Hamburger fertig zubereitet war?

»Ich weiß es nicht.«

»Kalmann, was ich dir noch sagen wollte.« Hafdís beugte sich etwas vor und schaute mich verschwörerisch an. »Ein Reporter hat mich wegen dem mysteriösen Isländer angerufen, der beim Sturm auf das Kapitol dabei gewesen sein soll. Er wollte deine Handynummer. Wieso denn, wollte ich von ihm wissen. Sagt der, weil er einen Tipp bekommen habe, es handle sich bei dem Isländer um den Sheriff aus Raufarhöfn!«

»Die können unverschämt sein«, sagte Jórunn, und ihre Augen wurden schmal.

»Weißt du, was ich zu ihm gesagt habe?« Hafdís lehnte sich schräg in ihren Stuhl, hängte einen Arm lässig über die Lehne und sah sehr zufrieden aus. »Ob er sie eigentlich noch alle habe! Ob er auch schon von diesem Virus gehört und mitgekriegt habe, dass die Amis seit ein paar Monaten dichtgemacht hätten!«

Jórunn lachte an die Decke, ein einziges »Ha!«, und Hafdís schaute mich mit funkelnden Augen an.

»Du bist mit allen Wassern gewaschen!«, sagte Jórunn zu Hafdís, was diese lächelnd zur Kenntnis nahm.

»Ich sagte ihm, dass ich Kalmann Óðinsson eben auf der Straße begegnet sei.«

»Aber das stimmt doch gar nicht!«, warf ich ein. »Ich war wirklich in den Vereinigten Staaten von Amerika!«

»Kalmann, manchmal darf man lügen, denkst du nicht auch?«

Ich gab ihr recht und musste an Birna denken.

»Aber jetzt erzähl mal, Kalmann. Wie geht's dir denn so? Gab's Probleme? Bist du glimpflich davongekommen? Haben dich die Amerikaner wieder gehen lassen?«

Es waren viele Fragen, und so viel Zeit, sie alle zu beantworten, blieb mir gar nicht. Also erzählte ich den Frauen nur knapp, dass alles gut gegangen sei, ich sei zurück und gehe nicht mehr fort, also kein Grund zur Sorge. Hafdís schien zufrieden mit meinen Antworten und rieb mir wieder über den Rücken, sagte, ich sei einfach ein ganz Feiner und Mutiger. Immer wenn sie mich hier in Raufarhöfn sehe, fühle sie sich gleich ein wenig sicherer. Dann erzählte sie Jórunn, dass mein Großvater erst kürzlich gestorben sei und ich mich ganz gut halte, obwohl er und ich unzertrennlich gewesen waren. Und das tat jetzt beiden Frauen leid, und weil mir das unangenehm war, sagte ich, dass Großvater übrigens ein russischer Spion gewesen sei.

Hafdís lachte erstaunt.

»Ein Spion? Für die Russen? Kalmann, das nehme ich dir sofort ab!«

»Es stimmt auch«, murmelte ich.

»Es würde mich nicht im Geringsten überraschen.«

Jórunn, die Künstlerin, hatte nicht gelacht. Sie wollte von mir wissen, was es denn zu spionieren gegeben habe.

»Er hat die amerikanische Radarstation auf dem Heiðarfjall beobachten müssen«, klärte ich alle auf.

»Bestimmt wegen dem giftigen Müll«, vermutete Hafdís.

»Giftiger Müll?« Jórunn zog die Augenbrauen hoch.

Hafdís nickte heftig.

»Der liegt da noch immer rum! Damit haben sie in Þórshöfn schon seit Jahren zu tun.«

»Wo ist dieser Berg?«, fragte Jórunn.

»Auf Langanes«, antwortete ich.

»Kalmann hat recht. Wahrscheinlich haben die Amerikaner die Flüssigkeit, die für die Entwicklung der Radar-Filme gebraucht wurde, einfach in eine Grube geschüttet. Und das verschmutzt jetzt noch immer das Grundwasser.«

»Leben da draußen noch Leute?«

»Tante Telma!«, sagte ich.

»Und die Brimnes-Brüder«, ergänzte Hafdís. »Die wollten eine Lachszucht betreiben, da, am Fuße des Berges. Dank ihnen hat man ja erst gemerkt, dass das Wasser verschmutzt ist.«

Nun donnerte eine Stimme von der Bar zu uns rüber. Siggi mischte sich lauthals in das Gespräch ein, als könne er sich nun nicht mehr zurückhalten.

»Das wusste man schon, als die Amis noch auf dem Berg waren!«

Hafdís und Jórunn drehten die Köpfe. Siggi fuhr fort: »Mein Onkel hat früher Transporte für die Navy gefahren, nachdem die Radarstation von der Air Force an sie übergeben worden war. Treibstoff und Waren und so. Wisst ihr?«

»Nein«, sagte Hafdís und zwinkerte mir zu.

»Oh doch! Und die haben ihm gesagt, er solle sich von der Abfalldeponie fernhalten. Finger weg! Das sagten sie ihm.« Siggi packte sein Bier, rutschte elegant vom Barhocker und spazierte federnd durchs Restaurant. »Noch frei?« Er setzte sich zu uns, obwohl Hafdís, die jetzt kerzengerade dasaß, auf seine Frage gar keine Antwort gegeben hatte. Aber schon hockte er an unserem Tisch, die Ellbogen aufgestützt, das Bierglas vor sich, als sei er schon die ganze Zeit hier gewesen.

Hafdís beschwerte sich nicht.

»Ich dachte, die Amerikaner wurden deswegen verklagt«, sagte sie.

Siggi schaute sie gespielt müde an.

»Denkst du wirklich, dass man die größte Militärmacht der Welt einfach so verklagen kann? Die sind nicht auf den Kopf gefallen. Wir Deppen haben nämlich anno dazumal einen Vertrag unterschrieben!«

»Wen meinst du mit *wir*?«, fragte Jórunn. Sie fixierte Siggi mit ihren kleinen Augen.

»Na, *wir*, das isländische Volk! Unser Außenminister. Stellvertretend. Der hat den Zettel unterzeichnet, dieser hochehrwürdige Fachidiot!«

»Was stand denn auf dem Zettel?«

Siggi räusperte sich theatralisch.

»Die Regierung der Republik Island blabla verzichtet hiermit im Namen aller isländischen Staatsidioten auf alle Ansprüche gegen die Verheiligten Staaten von Amerika wegen Personen- oder Sachschäden blabla, auf immer und ewig, amen!«

Hafdís schnalzte mit der Zunge.

»So einen Vertrag könnte man heute bestimmt juristisch anfechten.«

»Immerhin haben wir den Mut aufgebracht, die amerikanische Regierung zu fragen, was da oben eigentlich entsorgt worden ist.«

»Und?«

»Top secret! No comment.«

Hafdís schüttelte den Kopf und griff nach ihrem Weinglas.

»Ungeheuer.«

»Und die Lachszucht?«, wollte Jórunn wissen.

»Die hat unsere eigene Lebensmittelbehörde zugemacht. Aber jetzt halt dich fest, denn gleich kommt das große Kotzen!« Siggi gönnte sich einen kräftigen Schluck aus seinem Bierglas, sodass nur noch ein kleiner Rest übrig blieb. »Unser Umweltministerium hat die Gewässer selbst untersucht und ist zum glorreichen Schluss gekommen, dass sie nicht so arg verschmutzt sind. Im Gegenteil. Jede andere Mülldeponie in Island sei schlimmer. Das Dumme sei einfach, dass die Deponie der Amis nicht wie bei uns üblich direkt am Meer sei, sondern auf einem Berg.«

»Ooooh!« Hafdís stellte ihr Weinglas ab und massierte sich die Schläfen, als habe sie plötzlich Kopfschmerzen bekommen. »Wir sind keinen Dreck besser!«

Siggi winkte ab.

»Das Meer schluckt alles.«

Jórunn war verwirrt.

»Ist das Wasser nun verschmutzt oder nicht?«

»Tja!« Siggi zog die Schultern hoch und breitete die Arme aus. »Das kommt natürlich ein wenig darauf an, welcher Untersuchung man Glauben schenken will. Die Universität Island hat nämlich auch eine gemacht und sehr wohl eine Verschmutzung festgestellt.«

»Kalli Kaliber!«

Ich sprang auf die Füße. Óttar stellte meinen Teller mit Hamburger, Fritten und Cocktailsauce auf die Bar. »Soll ich das Essen rüberbringen?«

»Nein!« Ich rannte los.

Hafdís rief mir lachend hinterher: »Guten Appetit!«

Óttar fischte mit bloßen Händen ein paar Eiswürfel aus dem Kübel und ließ sie klirrend in ein Glas purzeln, fragte, ob ich bei den Amis nichts zu essen bekommen habe. Er goss Cola in das Glas, randvoll, aber da ich ihm nicht gleich antworten konnte, weil ich eben in den Hamburger gebissen hatte, schüttelte ich nur den Kopf.

»Óttar!« Siggi schwenkte sein leeres Bierglas in der Luft. Er saß noch immer bei den Frauen. »Füll mal auf! Und den zwei Damen noch mal dasselbe.« Siggi war, was man spendierfreudig nennt. »Misty Mountain!«, hörte ich ihn noch donnern. »Eher *Windy* Mountain. Auf zweihundertsechzig Metern hast du arktische Verhältnisse. Denen hat's nicht nur den ganzen Radarkram weggeblasen, sondern sogar die Autos vom Berg gefegt!«

Die beiden Frauen schienen nun das Interesse an Siggis Geschichten verloren zu haben, tranken ihren spendierten Wein schnell leer und verließen das Hotelrestaurant noch bevor ich meinen Teller leer geputzt hatte. Sie ließen Siggi allein am Tisch zurück, der die Schale mit den Erdnüssen sauber machte und in Gedanken versunken immer mal wieder den Kopf schüttelte.

»Misty Mountain«, hörte ich ihn noch sagen. »Misty andskotans Mountain.«

⌘

21

Halldór

Ein Klirren weckte mich. Ich lag noch immer auf der Couch, muss, nachdem ich in der Klakabar einen Hamburger gegessen hatte, vor dem Fernseher eingeschlafen sein.

Wieder klirrte es. Es kam von draußen. Das Wetter hatte umgeschlagen, es war wärmer geworden, die Eiszapfen an den Dächern tropften und fielen zu Boden.

Mit einem Seufzer ließ ich mich zurück auf die Couch sinken. Im Fernsehen lief eine Seifenoper, die ich nicht mochte, die ich mir aber trotzdem anschaute, weil zwei Schwestern in denselben Mann verliebt waren, was aber zu Streit führte, wie ich es vermutet hatte. Erst am Nachmittag zog ich mich richtig an und ging ins Freie. Die Straßen waren halsbrecherisch. Ich musste mit kleinen Schritten durchs Dorf spazieren, setzte vorsichtig einen Fuß vor den anderen, um nicht auf dem Hintern zu landen, und weil ich mir den Cowboyhut aufgesetzt und den Sheriffstern an die Brust gesteckt hatte, musste ich doppelt aufpassen, denn ein Sheriff sollte sich nicht blamieren.

Das Thermometer bei der stillgelegten Tankstelle zeigte sechs Grad, was erklärte, wieso die vereisten Straßen so rutschig geworden waren. Jetzt bewährten sich die Spikereifen der Autos. Eben war die Sonne untergegangen, ich hatte sie erneut verpasst, seit Tagen nicht zu Gesicht bekommen.

Auf dem Weg zum Laden begegnete ich keinem einzigen Spaziergänger, was mich nicht erstaunte, denn niemand hat Lust, sich ein Bein, ein Handgelenk oder den Schädel zu brechen. Spazieren ist gefährlich. Kata brauste in ihrem alten Mitsubishi an mir vorbei und nickte mir zu. Sie hatte ihr Hündchen Al Capone auf dem Schoß, und auch der bemerkte mich und bellte zum Gruß, was ich aber nicht hören konnte, denn das Autofenster war zu. Bragi stand in einem langen Morgenrock neben seinem Haus und hielt eine dampfende Tasse Kaffee in der Hand. Sein noch feuchtes Haar hatte er nach hinten gekämmt. Als er mich bemerkte, prostete er mir zu.

»Wieder zurück!«, stellte er fest und schaute mir eine ganze Weile hinterher.

Kata kam mir in ihrem alten Mitsubishi wieder entgegen, aber diesmal beachtete sie mich nicht, und Al Capone schaute mich nur mit seinen Hundeaugen an.

Vor dem Dorfladen standen drei Autos: Elínborgs Nissan Pixo, Halldórs roter Pick-up und der rostige Toyota Tercel vom Bauernhof Hólmaendar. Ich wusste also sofort, wer drinnen einkaufen war. Der Pixo brummte friedlich, denn Elínborg stellt den Motor nie ab, wenn sie einkaufen geht.

Drinnen stand wie immer Yrsa an der Kasse und tippte Preise ein. Drei junge Touristen, deren Auto ich draußen nicht gesehen hatte – sie mussten also zu Fuß unterwegs sein –, hatten Lebensmittel auf das kurze Band gelegt und warteten geduldig, bis Yrsa fertig war mit Tippen. Das

Kassenband bewegte sich keinen Zentimeter, hatte noch nie funktioniert, was nicht schlimm war, denn es war so kurz, dass Yrsa nur den Arm nach den Sachen auszustrecken brauchte. Sie rümpfte immerzu die Nase, war also gestresst. Niemand hat es gern, wenn alle zur selben Zeit einkaufen gehen. Deshalb kann ich auch nicht verstehen, wieso die Leute in Reykjavík leben wollen, wo man den ganzen Tag nichts anderes macht als Schlange stehen oder im Stau feststecken.

Elínborg unterhielt sich bei den Dosen mit Þóra. Die Hólmaendar-Schafbäuerin mochte ich gern, auch wenn man sie nur selten zu Gesicht bekam. Ihren Mann mochte ich noch lieber, Magnús Magnússon, von ihm hatte ich früher das Pferdefleisch für die Haifischköder bekommen. Þóra begrüßte mich erfreut, worauf sich Elínborg zu mir umdrehte und ein Gesicht machte, als habe sie mich beim Klauen erwischt. Halldór zog seinen roten Kopf aus dem Gefrierschrank und schaute mich fragend an, als hätte ich etwas Wichtiges gesagt. Dabei hatte ich noch nicht mal den Mund aufgemacht.

»Da ist er ja, unser amerikanischer Fernsehstar!«, rief Elínborg.

Jetzt schauten auch die drei Touristen an der Kasse zu mir, nicht zuletzt, weil Yrsa mit dem Eintippen der Preise aufgehört hatte und wie erstarrt eine Packung Spaghetti hochhielt. Die meisten Frauen können zwei Dinge gleichzeitig tun. Yrsa nicht.

Die Touristen waren drei junge Männer, allesamt braun gebrannt und schwarzhaarig. Spanier vielleicht. Ich war überrascht, dass trotz der blöden Pandemie schon wieder

Fremde in Raufarhöfn anzutreffen waren, aber Óttar hatte mal gesagt, dass es immer Touristen geben werde, ganz egal, was auf dieser Welt passiere. Selbst wenn ein Vulkan ausbreche, kämen sie angerannt. Gerade seien die Orte im Trend, wo es keine Covid-Restriktionen gab oder wo die Bevölkerungsdichte gering war und man sich deshalb frei bewegen konnte, Orte wie Raufarhöfn eben.

»War das nicht gefährlich da in Washington?«, wollte Þóra wissen.

»Doch«, sagte ich. »Sehr gefährlich.«

»Warst du auch drinnen im – ?«

»Nein, ich habe draußen gewartet, bis mich das FBI nach Hause geschickt hat.«

»So sieht's aus, wenn die Faschisten an der Macht sind«, knurrte Elínborg. »Hast du ihn wenigstens gesehen?«

»Meinen Vater?«

»Nein, den Präsidenten, natürlich!«

»Ach so, den, ja, habe ich.«

Yrsa klappte die Kinnlade herunter.

»Beeindruckend!«, sagte sie und hielt die Packung Spaghetti weiter in die Luft.

»Unser Kalmann ist wahrscheinlich der Erste aus Raufarhöfn, der einen amerikanischen Präsidenten live gesehen hat!«, vermutete Þóra.

»Agent Orange!«, rief Halldór. Mehr nicht.

»Die Amerikaner werden ihn früh genug vermissen«, gab Elínborg zurück.

»Banditen, allesamt, ganz egal, welcher Partei sie angehören«, sagte Halldór. Er fixierte mich über die Regale hinweg. »Wieso fährst du eigentlich nicht mehr aufs Meer?«

»Jetzt lass ihn doch mal erzählen!«, rief Elínborg, aber ich hatte keine Lust, schon wieder über mein US-Abenteuer zu reden, und Halldór hatte mich schließlich was gefragt, also sagte ich, dass ich keine Zeit habe, weil ich einen Mord aufklären müsse.

»Ganz der Kalmann!«, rief Þóra erfreut.

»War es wieder der Eisbär?«, fragte Elínborg und lachte kurz und trocken.

»Keine Chance.«

»Wer wurde denn jetzt ermordet?«

»Großvater«, sagte ich und schob sicherheitshalber ein »Wahrscheinlich« nach.

»Ermordet?«

»Er war ein Kommi und ein Spion«, erklärte ich.

»Natürlich«, rief Elínborg. »Ein richtiger James Bond, unser Óðinn.«

»Nein, eben kein James Bond«, murmelte ich.

Halldór gesellte sich zu uns. In seinem Einkaufskorb waren Blaubeer-Skyr, SS-Würste und gefrorener Blumenkohl.

»Nur weil einer ein Kommunist ist, wird er nicht gleich umgebracht«, sagte er. »Andersrum aber schon. Ist bei denen ein einfaches Ticket ins Arbeitslager.«

»Am Ende bringen sich diese Verbrecher alle selbst um«, warf Elínborg ein.

»Hitler, ja«, wusste Halldór. »Der gab sich die Kugel. Lenin und Stalin starben ganz normal an Schlaganfällen.«

»Sorry, can we pay?«, fragte jetzt einer der Touristen, und Yrsa schaute ihn naserümpfend an, überlegte sich die Frage und tippte schließlich den Preis der Spaghetti ein.

Wieder meldete sich der Tourist zu Wort: »You already did the spaghetti.« Zwar sagte er es auf Englisch, aber es klang wie Italienisch.

»What?«

»Die Packung in deiner Hand!«, kam ich den Touristen zu Hilfe. »Du hast die *Spaghetti* schon eingetippt!«

Yrsa begann von vorne. Mit allen Sachen. Die Touristen warfen mir verstohlene Blicke zu.

»Aber wieso glaubst du, dass der alte Óðinn umgebracht worden ist?«, fragte Elínborg, die wie immer die Fragen stellte, die niemand gern beantwortet.

»Ich weiß es auch nicht«, brummte ich und verstummte, denn das mit der Autopsie, die man nicht gemacht hatte, war irgendwie schwierig zu erklären.

»Nun, ja«, sagte Elínborg nachdenklich. »Dein Großvater hätte seinerzeit keinen Beliebtheitswettbewerb gewonnen.«

»Gibt's das hier?«, fragte ich erstaunt.

»Das sagt man nur so«, klärte mich Þóra auf, aber ich überlegte mir trotzdem, wer in Raufarhöfn einen Beliebtheitswettbewerb gewinnen würde, wenn es einen gäbe. Wahrscheinlich Hafdís. Oder ich.

Halldór sagte: »Wenn irgendwer den alten Óðinn hätte umbringen wollen, dann Róbert, aber den gibt's ja nicht mehr.«

»Vergiss nicht Stebbi senior!«, sagte Þóra und winkte lachend ab, als hätte sie ihn gar nicht erwähnen wollen.

»Der lässt sich schon lange nicht mehr blicken«, sagte Elínborg, obschon das alle wussten – alle, außer den Touristen natürlich. Die klaubten jetzt Münzen aus ihren Geldbeuteln und betrachteten jedes Stück, als würden sie sich die Kostbarkeiten noch ein allerletztes Mal anschauen wollen, bevor sie sie hergeben mussten. Yrsa machte eine hohle Hand, den Ellbogen aufs Kassenband gestützt.

»Wieso hätte Róbert meinen Großvater umbringen wollen?«, fragte ich. Ich wusste, dass sich die beiden nie gemocht hatten, aber deswegen bringt man sich ja nicht um. Oder?

Halldór schaute mich stirnrunzelnd an.

»Die Geschichte mit dem Golfplatz war schon gravierend. Óðinn hatte früher sein Trocknungshäuschen da hinten, aber da warst du noch ein Hosenscheißer, davon hast du gar nichts mitgekriegt.«

»War denn das Trocknungshäuschen auf dem Golfplatz?«

»Nein, daneben. Róbert veranlasste, dass es versetzt wurde.«

Jetzt mischte sich Þóra ein: »Ging es da nicht um die Zufahrtsstraße? Die musste doch verbreitert werden, damit Róberts Freunde mit ihren teuren Autos hinfahren konnten.«

»Quatsch!« Halldór begann die Diskussion zu langweilen, es war ihm anzusehen. »Sie musste verbreitert werden, damit der Schneepflug durchkommt.«

»Wer spielt denn im Winter Golf?«

Halldór sagte, dass er die Gesetze nicht mache. Jede Straße habe eine Mindestbreite, das sei einfach so. Jedenfalls seien sie sich in die Haare geraten, darauf komme es an.

»Haare ginge ja noch«, rief Elínborg. »Róbert trug eine Bisswunde davon. Der musste ja gleich zum Arzt, um sich gegen Tollwut impfen zu lassen, stellt euch das mal vor!«

»Musst du mir nicht erzählen«, knirschte Halldór. »Ich hab ihn ja hingefahren.«

»Das ganze Dorf müsste sich mal auf Tollwut impfen lassen«, sagte Þóra, nur so im Spaß, aber Elínborg fand das überhaupt nicht lustig und begann plötzlich, von Covid zu reden, keine Ahnung, wieso, jedenfalls fand sie es eine schreckliche Idee, alle Leute impfen zu lassen, die Folgen würden verheerend sein, und in diesem Zusammenhang sagte sie auch etwas über Kommunismus, aber niemand reagierte darauf.

»Nicht genug«, sagte Yrsa laut und deutlich, als sie das Münzgeld der Italiener abgezählt hatte. Sie gab es ihnen zurück.

Die Touristen zückten verzweifelt eine Banknote und machten komische Gesichter, als sie von Yrsa eine ganze Handvoll Rückgeld bekamen. Jetzt hätten sie genug gehabt, um die Lebensmittel zu bezahlen. Aber das hatten sie nun schon erledigt.

Elínborg und Þóra standen noch immer bei den Dosen, als ich den Laden mit leeren Händen verließ. Ich brauchte ja nichts, hatte genügend Cocoa Puffs und Milchkekse zu Hause. Die drei Touristen machten sich Richtung Hotel Arctica davon, hielten ihre Einkaufstaschen weit von sich gestreckt, um auf der vereisten Straße besser die Balance halten zu können. Es war inzwischen fast dunkel geworden.

»Kalli!« Halldór öffnete die Tür seines roten Pick-up-Trucks und winkte mich zu sich. »Komm, ich fahr dich nach Hause!«

Ich kletterte neben ihn auf den Beifahrersitz, Halldórs Einkaufstasche zwischen meinen Füßen, hätte eigentlich etwas sagen wollen, aber mir fiel nichts ein.

»Pass auf, dass du nicht auf meine Eier trittst!«

Halldór wendete den Truck auf dem rutschigen Parkplatz, die Spikes hinterließen Kratzspuren auf dem Eis. Ich glaube, niemand kann so gut Auto fahren wie er, es ist schließlich sein Beruf. Manchmal muss er den Krankenwagen nach Húsavík oder Þórshöfn fahren, sogar dann, wenn die Straße zu ist.

»War ja ein richtiges Verhör!«, sagte er.

»Elínborg ist einfach so«, sagte ich. »Sie will immer alles wissen, aber wenn man ihr etwas erzählt, hat sie es schon gewusst.«

Halldór schüttelte den Kopf und sagte nichts. Er war einer, der keine unnötigen Worte verlor, aber leider auch nicht gut zuhören konnte. Früher, als ich noch ein Kind war, hatte ich Angst vor ihm.

Ich fragte trotzdem.

»Kennst du jemanden, der Großvater hätte umbringen wollen? Ich meine, jemanden, der noch lebt?«

Halldór musterte mich nachdenklich.

»Na ja, dein Großvater hatte nicht sehr viele Freunde im Ort. Und dieser Stebbi senior war wirklich eine Nummer. Hat sich in den Neunzigern von Linda scheiden lassen und seine gesamte Quote nach Dalvík verkauft. Zwei Dutzend Arbeitsplätze, puff, weg. Ist zu seiner fünfundzwanzig Jahre jüngeren Freundin nach Selfoss gezogen. Aber seine Villa da vorne hat er behalten. Sommerresidenz. Hat aber nie wieder gewagt, sich in Raufarhöfn blicken zu lassen.«

»Gehört ihm die Villa noch immer?«, unterbrach ich Halldór.

»Ja, darum steht sie ja leer. Er lässt sie einfach zerfallen, und wir müssen mit der Ruine leben. Nichts als Geister in diesem Dorf.«

»Vielleicht hat *er* Großvater umgebracht, damit er endlich wieder nach Raufarhöfn kommen kann«, überlegte ich.

Halldór lachte müde.

»Es wäre das erste Mal, dass einer über Leichen ginge, um in Raufarhöfn leben zu können!«

»Aber Großvater spionierte doch für die Russen! Vielleicht wurde er deshalb umgebracht.«

»Spionage?« Halldór dachte nach. »Quatsch. Das mit dem Kommunismus war nichts Ernstes. Ganz früher, da gab es noch richtige Kommunisten in Island. Und knallharte Nazis. Aber aus den Kommunisten wurden Sozialisten, und aus den Sozialisten wurden Sofa-Kommunisten, verwöhnte Hippies, nichts weiter. Unausstehlich naiv, wenn auch völlig harmlos.« Halldór winkte ab und erzählte von Neskaupstaður, das früher ein Sozialisten-Nest gewesen sei und darum den Spitznamen »Klein Moskau« verpasst bekommen habe. Dort habe man dafür gesorgt, dass die Genossenschaft und das Fischereiunternehmen im Dorf blieben, ganz nach dem Motto »Arbeit für alle!«. Sogar für solche wie mich. Man habe ein Krankenhaus und eine Schule gebaut, aber als die Spekulationen mit den Fischereiquoten erlaubt wurden und die Schwerindustrie Arbeitsplätze versprach –«

Halldór brach mitten im Satz ab. Er musste gemerkt haben, dass ich nicht mehr zuhörte, ich verstand sowieso nur die Hälfte. Überhaupt hatte er noch nie so viel mit mir geredet, und das verwirrte mich. Wahrscheinlich war er so gesprächig, weil er sich im Inneren eines Autos wie daheim fühlte, wie Sæmundur in seinem Container.

Er brachte den Pick-up mitten auf der Straße zum Stehen. Eigentlich darf man das nicht, das ist das Gesetz, aber da es keinen Verkehr gab, störte es niemanden.

Halldór schaute mich an.

»Rede doch mal mit Lúlli Lenin!«

»Wer?«

»Er verlässt seine vier Wände schon seit Jahren nicht mehr. Wahrscheinlich kennst du ihn gar nicht.«

Obwohl wir schon fast bei meinem Häuschen angekommen waren, wendete Halldór den Pick-up und fuhr die Hauptstraße zurück, wieder vorbei am Laden, der Tankstelle, der Schule, bog rechts in eine Einfahrt ab und blieb zwischen zwei Häusern stehen. Vor uns kauerte im Abendschatten des Hanges zwischen verschneiten Gesteinsblöcken ein kleines schäbiges Haus mit abblätternder roter Farbe.

»Da wohnt doch niemand!«, sagte ich erstaunt.

Halldór grinste zufrieden.

»Und ob da einer wohnt!«

»Aber es brennt gar kein Licht! Niemand zu Hause.«

»Doch, doch, da brennt Licht. Schau mal genauer hin, das Fenster rechts.«

Tatsächlich bemerkte ich einen schwachen Schimmer, der wahrscheinlich von einem Nachttischlämpchen kam, kaum zu erkennen eigentlich, weil sich die Straßenlampe und das letzte Tageslicht überm Horizont im Fenster spiegelte und alle Scheiben des Hauses alt und schummrig aussehen ließ. Plötzlich bemerkte ich einen Schatten, der sich hinter dem Fenster bewegte, langsam zwar, aber es war eindeutig eine Bewegung.

»Da hat sich was bewegt!«, rief ich unterdrückt.

Halldór duckte sich.

»Teufel!«, entfuhr es ihm. »Der Alte hat uns bemerkt.«

»Wer?«

»Na, Lúlli Lenin natürlich. Der letzte Kommi hier im Dorf! Er und dein Großvater waren waschechte Genossen, ungefähr bis zu dem Zeitpunkt, als Lúllis Frau Ásrún starb. Kurz danach erlitt er einen Schlaganfall. Der Alte hat sich nie mehr richtig erholt.«

Wir blieben reglos sitzen und starrten weiter auf das Fenster, aber es rührte sich nichts.

»Wie kann er denn überleben, wenn er nie das Haus verlässt?«

»Yrsa bringt ihm alle paar Tage was zu essen, er braucht ja nicht viel. Leberpastete. Haferbrei und Kaffee.«

Ich dachte an Großvater, der kurz vor seinem Tod auch nicht mehr viel essen wollte.

Halldór schaute mich an.

»Klopf doch mal an die Tür, Kalmann! Wenn es einen gibt, der dir von deinem Großvater erzählen kann, dann ist es Lúlli Lenin.«

»Okay«, sagte ich und verschob das Vorhaben auf einen anderen Tag.

»Na, geh schon!«

»Wie, jetzt?«

»Natürlich!« Halldór schaute wieder zu dem Fenster

und kniff die Augen zusammen. »Er beobachtet uns, er wartet auf dich. Frag ihn, wann er Zeit hat. Ich bleibe hier im Auto.«

Der nasse Schnee vor dem dunklen Haus schmatzte unter meinen Schuhsohlen, niemand hatte ihn weggeschaufelt, weshalb es den Anschein hatte, das Haus sei nicht bewohnt. Ich klopfte an die Tür, ließ ein paar Sekunden verstreichen, aber nichts geschah. Halldór gab mir zu verstehen, dass ich fester klopfen solle. Also *pochte* ich an die Tür. Mein Herz pochte mit, und eigentlich hätte ich wieder zurück in den Pick-up gewollt, aber just in dem Moment ging die Tür einen Spalt auf, und dieser Spalt war noch schwärzer als der Abendhimmel über mir. Und doch war ich ganz sicher, dass da jemand war. Ich hörte ihn atmen.

»Was willst du?« Es war eine hohe Stimme, eine krächzende Stimme. Sie gehörte einem alten Mann, der den Mund nicht gern aufmacht.

»Góðan daginn«, sagte ich. »Ich bin –«

»Kalmann, na endlich!«, unterbrach mich der Alte und öffnete die Tür etwas mehr, sodass wir uns zwar gegenüberstanden, er aber nur zur Hälfte zu sehen war.

Weil die entfernte Straßenlampe die einzige Lichtquelle war, schimmerte das Gesicht des Greises so grau wie altes Eis auf der Straße. Er hatte einen grauen buschigen Bart, sein Mund war darunter verborgen. Dafür waren auf seinem Schädel keine Haare mehr, nur dunkle Flecken, wie Krater auf dem Mond.

»Du kennst mich?«, fragte ich ihn erstaunt.

»Natürlich kenne ich Óðinns behinderten Enkel. Du

spazierst ja schon seit Jahren kreuz und quer durchs Dorf mit deinem albernen Hut, immer unterwegs, kommst nie wo an, und einmal bist du hinter meinem Haus den Hang hochgeklettert und hast meine Kartoffeln zertrampelt!«

Der Alte krächzte die Worte, ohne dass ich eine Bewegung unter seinem Bart hätte ausmachen können. Er hätte Bauchredner werden sollen, mit sprechender Puppe und allem, wie früher im Fernsehen.

»Oh.«

»Ja, das habe ich auch gesagt: ›Oh. Jetzt latscht er mir sogar über die Kartoffeln!‹«

»Tut mir leid.«

Der Alte winkte mürrisch ab.

»Ist jetzt schon ne Weile her. Wächst sowieso nichts. Wieso kommst du erst jetzt?«

Ich wusste es nicht. Und das sagte ich auch.

»Na, jetzt bist du ja da. Und wer wartet im Auto?«

»Halldór«, sagte ich.

»Halldór.« Der Alte war auch darüber nicht glücklich. »Zu faul, um den Schnee bis zu meinem Haus zu räumen!«

Ich verstand nun besser, warum Halldór nicht aus dem Auto hatte steigen wollen.

»Du willst bestimmt wissen, was dein Großvater und ich getrieben haben, damals, nicht wahr?«

Ich nickte, hätte auch etwas sagen wollen, aber dann bemerkte ich ein schwarzes Rinnsal, das aus Lúlli Lenins Nase auf seinen Bart tropfte. Es sah aus wie Blut, aber klebriger, schwärzer, als fließe ihm Dunkelheit aus der Nase.

»Deine Nase!«, sagte ich und zeigte mit dem Finger auf sein Gesicht.

»Hm«, brummte der Alte, zückte ein Taschentuch, das schwarze Flecken hatte, und wischte sich damit den Bart ab.

Ich wagte eine Frage: »Wieso bist du nicht zu Großvaters Beerdigung gekommen?«

Lúlli Lenin steckte das Taschentuch weg. Etwas Metallenes schlug gegen die Tür. Tock.

»Ich werde den Ochsen noch früh genug zu Gesicht bekommen, keine Sorge. Bald kommt er mich holen.«

»Wer kommt dich holen?«

»Und wenn du nicht aufpasst, holt er dich auch!«

Mir wurde plötzlich sehr kalt.

»Meinst du Großvater?«

»Natürlich nicht. Denkst du etwa, Óðinn sei einfach so gestorben?«

»Eigentlich nicht. Nói glaubt, dass er umgebracht worden ist.«

»Recht hat er, dieser Nói.« Der Alte seufzte müde. »Hör mal, Junge. Ich erzähl dir alles, aber nicht jetzt. Wegen dir verpasse ich noch die Radionachrichten. Komm morgen früh um zwanzig nach zehn, nach den Wetterprognosen. Und bring eine Schneeschaufel mit. Dann kannst du meinen Weg schaufeln, wenn um elf die Todesnachrichten verlesen werden.«

Als Lúlli Lenin einen Schritt zurücktrat, sah ich den Lauf einer Schrotflinte. Die Tür fiel vor meiner Nase ins Schloss und wurde wieder von der Straßenlampe beleuchtet, als habe sich eine Erdspalte vor meinen Augen zugetan.

»Und?«

Ich hatte Halldór noch nie so gut gelaunt erlebt, und darum fühlte ich mich nicht mehr so bange. Er legte den Rückwärtsgang ein und fuhr mit ziemlichem Tempo wieder Richtung Hauptstraße, als wären wir in einem Fluchtwagen!

»Was hat der Alte denn gesagt?«

»Dass du zu faul bist, den Schnee bis zu seinem Haus zu räumen«, erzählte ich und dass ich darum den Auftrag bekommen hätte, den Schnee morgen wegzuschaufeln.

»Ha!« Halldór lachte. »Der Alte verlässt sein Haus doch gar nicht mehr! Wieso soll ich den Schnee –«

Plötzlich wurde es blendend hell, und ein Auto kam nur Zentimeter neben uns zum Stehen. Es war auf der Hauptstraße angefahren gekommen und wäre uns fast in die Seite geprallt, hätte es keine Vollbremsung gemacht. Das Kratzen der Spikes auf der vereisten Straße war deutlich zu hören. Halldór legte hastig den ersten Gang ein, drückte aufs Gaspedal und nahm den Fuß so augenblicklich von der Kupplung, dass die Räder auf dem Eis fauchten, unterlegt vom Heulen des Motors. Wir schlitterten zurück in die Einfahrt.

»Teufel, Sakrament!«, schimpfte Halldór und stampfte auf die Bremse, damit wir nicht Lúlli Lenins Haus rammten. »Du hast mich abgelenkt!« Er schaute gebannt in den Rückspiegel und wartete.

Das andere Auto blieb einfach auf der Straße stehen, es hupte nicht mal. Es war ein weißer Jeep, ein Mietauto, wie ich aus meiner Erfahrung mit Ingimar sagen konnte, aber weil es schon Nacht war, konnte ich nicht erkennen, ob es eventuell den drei italienischen Touristen gehörte, die ich im Laden gesehen hatte.

»Na, fahr schon weiter!«, rief Halldór, als ob es die Italiener im Mietwagen hören könnten. »Ist ja nichts passiert!«

Nach ein paar weiteren unangenehmen Sekunden setzte sich der weiße Jeep endlich in Bewegung, brummte ganz langsam hinter uns vorbei und verschwand in der bodenlosen Dunkelheit der Winternacht, die roten Rücklichter wie die glühenden Augen eines Monsters.

Mir schauerte. Ein beklemmendes Gefühl überkam mich, als hätte ich einer Gefahr gegenübergestanden, wie damals, als der Eisbär seinen kehligen Ruf über die Melrakkaslétta ertönen ließ.

»Verdammte Touristen. Vor denen ist man nirgendwo sicher, selbst während einer Pandemie!«

Halldór fuhr brummelnd zurück auf die Hauptstraße, aber diesmal vorsichtiger. Der Schrecken saß wohl auch bei ihm ziemlich tief. Ich fragte mich, ob er vielleicht doch nicht der beste Autofahrer der Welt war – aber bestimmt der beste Autofahrer in Raufarhöfn.

Als wir uns langsam von der Beinahe-Unfallstelle entfernten, musste ich wieder an den Alten denken.

»Lúlli Lenin glaubt auch, dass Großvater umgebracht worden ist.«

»Dieser Knallkopf«, sagte Halldór, wohl froh darüber, nicht an das weiße Mietauto denken zu müssen.

»Seine Nase hat geblutet, aber es war kein Blut.«

»Schnupftabak! Das war bei ihm schon früher so. Tropft ihm aus der Nase. Ekelhaft.«

»Schnupftabak«, echote ich und war erleichtert und erschöpft, als mich Halldór vor meinem Häuschen aussteigen ließ.

»Und jetzt mach mal keine Dummheiten!«, sagte er noch, bevor er wieder davonfuhr.

»Kein Grund zur Sorge«, murmelte ich und sah zu, dass ich nach drinnen kam. Zum ersten Mal in meinem ganzen Leben dachte ich daran, die Tür zu verriegeln.

⌘

22

Lúlli Lenin

Ich schlief schlecht. Fühlte mich wie ein weißes Schnee-huhn im Frühling, wenn der Schnee weggeschmolzen ist. Während der Nacht musste ich mehrmals pinkeln ge-hen, wahrscheinlich hatte ich zu viel Cola getrunken. Ich war auch viel zu spät schlafen gegangen, weil ich am Abend noch lange mit Nói geplaudert hatte. Der hatte das Internet fleißig nach dem alten Kommunisten durchstöbert, aber le-diglich herausgefunden, dass Lúlli Lenin eigentlich Lúðvík Birgisson heißt, seit über dreißig Jahren verwitwet ist und nur wenige Jahre jünger als mein Großvater war. Nói war überzeugt, dass sie allesamt Spione gewesen waren, meine Großtante Telma inbegriffen, vielleicht sogar Leute für die Russen beseitigt hatten. Er nannte sie den Melrakka-slétta-KGB, und er vermutete, Róbert McKenzie habe auch etwas mit der ganzen Sache zu tun gehabt. Ich solle Lúlli Lenin unbedingt zu dessen Verschwinden befragen. Ich nickte nur, ohne Nói zu sagen, dass Róbert McKen-zies Verschwinden rein gar nichts mit der Sache zu tun hatte.

Dann wandte er seine Aufmerksamkeit wieder dem Kür-zel H-2 zu, der amerikanischen Radarstation auf dem Berg Heiðarfjall, und er machte sogar den Bericht der Univer-sität Reykjavík über die ganze Verschmutzung ausfindig, aber er hätte auch Chinesisch mit mir reden können, denn ich verstand nichts.

Bei einer Schale Cocoa Puffs ließ ich mir den gestrigen Tag noch einmal durch den Kopf gehen, vergaß dabei fast zu essen. Ein komisches Gefühl plagte mich, als wäre ich der Lösung des Rätsels ganz nahe, obwohl ich gar nicht genau wusste, was das Rätsel eigentlich war.

Um zehn Uhr, als es schon fast hell geworden war, schulterte ich eine Schneeschaufel und marschierte los, und weil ich fünf Minuten zu früh bei Lúlli Lenins verlassen geglaubtem Haus angekommen war, begann ich, die Einfahrt frei zu schaufeln, wurde aber schnell müde, denn der Schnee war nass und schwer, in sich zusammengefallen, weshalb ich vor der Tür wartete, bis es auf die Sekunde genau zwanzig Minuten nach zehn war.

Ich presste mein Ohr an die Tür, hielt den Atem an und lauschte. Die Stimme eines Radiosprechers war dumpf zu vernehmen. Ich konnte sogar verstehen, was gesagt wurde, aber weil es weder um Wetterprognosen noch um Todesfälle ging, die Lúlli Lenin so gern hörte, pochte ich an die Tür. Niemand öffnete, und nun war es schon zweiundzwanzig Minuten nach zehn, also probierte ich vorsichtig die Klinke und war überrascht, dass sich die Tür ganz einfach aufstoßen ließ.

Die gestrige Schwärze im Hausinnern hatte sich in die Schubladen und Schränke verkrochen, düster war es aber noch immer. Die Stimme des Radiosprechers dröhnte durch den Flur, es ging um einen Komponisten, der vor exakt einhundert Jahren gestorben war.

»Hallo!«, rief ich. »Bist du zu Hause, Lúlli Lenin? Hallo!«

Keine Antwort. Der Komponist war unverhofft verstorben, weil er möglicherweise vergiftet worden war, was man damals aber noch nicht hätte feststellen können. Ich fand einen Lichtschalter und knipste das Licht an, sah mich im Flur um, ließ den Blick über den schwarzfleckigen braunen Teppich schweifen, über die dunkle Kommode, die vergilbten Zeitschriften, den alten Telefonapparat an der Wand, die Garderobe, die verstaubten Kleiderbügel, den Pelzmantel, die verblichenen Bilder. Der rötliche Glasschirm der Deckenlampe tunkte alles in einen matten, warmen Schein. Das Hausinnere war alt und verstaubt, abgenutzt und muffig. Zwischen diesen Mauern hielt sich jemand schon seit Jahrzehnten auf, es roch auch so; Leberpastete und kalter Kaffee, alte Luft und verbrannte Haare. Irgendwann war die Zeit stehen geblieben, möglicherweise vor dreißig Jahren.

»Lúlli Lenin?« Noch immer keine Antwort.

Der Komponist war in einen Mann verliebt gewesen, heiratete aber eine Frau, weil sich zwei Männer damals nicht lieben durften. Vielleicht war der Komponist gar nicht vergiftet worden, sondern war an Kummer gestorben. Aber weil die Stimme des Radiosprechers so laut war, konnte ich mir keine Gedanken darüber machen, dafür gab es einfach keinen Platz mehr in meinem Kopf. Zudem kam die Stimme von zwei Seiten: aus der Stube und aus der Küche. Es mussten also zwei Radios laufen.

Zuerst schaltete ich das Radio in der Küche aus, und als ich mich umdrehte und durch die Küchentür in die Stube guckte, sah ich das zweite Radiogerät, das auf einem kleinen Tischchen stand, das nur dazu diente, das Radiogerät zu tragen. Dann bemerkte ich die Pantoffeln des Alten. Und in den Pantoffeln steckten Füße.

Ich ging mit ganz kleinen Schritten rüber, griff dabei instinktiv an meine Hüfte, wo früher die Mauser angehängt gewesen war, griff aber ins Leere. Mein Herz pochte, und ich machte einen letzten Schritt.

Tja. Und da sah ich ihn. Er saß entspannt im Sessel, Lúlli Lenin, und schaute mich mit leerem Blick an. Die Schrotflinte lag in seinem Schoß, den Finger hatte er noch immer am Abzug, auf seinem Bart klebte diese schwarze Masse, eine Mischung aus Schnupftabak und Rotz, und mitten auf seiner Stirn klaffte ein kleines Loch, etwa so groß, dass man einen Finger hätte hineinstecken können. Das Blut, das neben seiner Nase im Dickicht des Bartes versickert war, glänzte nicht mehr, war schon fast trocken. Auch sein Pullover hatte sich vollgesogen, wie ich erst jetzt bemerkte, genau da, wo ich Lúlli Lenins Herz vermutet hätte. Kammerschuss.

Manchmal habe ich Filmriss. Darum weiß ich nicht, wie lange ich dort stehen blieb und in das Loch guckte, in Lúlli Lenins Schädel hinein, als suchte ich da nach Antworten. Eine neue Radiosprecherin riss mich aus meiner Starre, kündigte an, dass sie jetzt die Todesnachrichten verlesen werde, weshalb ich mich fragte, ob die Sprecherin sein Ableben schon erwähnen würde, aber das war natürlich Quatsch, das geht nicht so schnell, jemand hätte der Radiostation mitteilen müssen, dass Lúlli Lenin tot war. Jemand wie ich. Wahrscheinlich wusste es außer mir noch überhaupt niemand – außer mir und demjenigen, der die kleinen Löcher im Kopf und im Herz des Alten gemacht hatte. Es war nämlich ganz ausgeschlossen, dass sich Lúlli selbst umgebracht hatte, schließlich hielt er seine Schrotflinte noch immer in den Händen, und wenn er sich damit in den Kopf geschossen hätte, wäre davon nicht viel übrig geblieben.

Wer also hatte die zwei Löcher gemacht? War ich überhaupt allein im Haus?

Ich beschloss, dass ich genug gesehen hatte, sagte »bless«, drehte mich um und rannte nach draußen, ohne das Radio in der Stube auszuschalten, das jetzt die Namen der kürzlich Verstorbenen und deren Hinterbliebenen verlauten ließ.

Im Windschatten des Hanges lag der Schnee wie gewöhnlich höher. Die Sonnenstrahlen spielten mit den verdorrten Lupinen am oberen Rand der Anhöhe und verloren sich auf dem Meer. Ich sah keine Menschenseele. Die Kinder waren bestimmt in der Schule, der Laden machte heute erst am Nachmittag auf und der Hafen war ein gutes Stück von Lúlli Lenins Haus entfernt.

Eine ganze Weile blieb ich im Schnee stehen, denn nach Hause gehen und so zu tun, als sei es ein ganz normaler Tag, wäre nicht das Richtige gewesen.

Manchmal ärgere ich mich über meinen Kopf. Er funktioniert nicht immer richtig. Ich fragte mich ernsthaft, ob es am einfachsten wäre, Lúlli Lenin den Haien zu verfüttern. Dann hätte ich niemandem zu erzählen brauchen, dass ich ihn tot aufgefunden hatte. Und wenn mich Halldór nach ihm gefragt hätte, hätte ich ihm sagen können, dass Lúlli Lenin nicht da gewesen wäre, was in gewisser Weise auch gestimmt hätte; nicht ganz da *im Geiste*. Aber nur schon der Gedanke an die ganze Arbeit, das Zurechtmachen der

Köderstücke und die heimlichen Bootsfahrten war sehr ermüdend.

Sollte ich auf Einseinszwei anrufen? Sollte ich Yrsa informieren, dass sie Lúlli Lenin keine Lebensmittel mehr bringen brauchte?

Ich blickte unentschlossen auf die Haustür und fragte mich, was Großvater getan hätte. Vielleicht hätte er den Alten einfach in seinem Sessel sitzen lassen und wäre nach Hause gegangen, hätte gesengten Schafskopf aus dem Kochtopf gefischt, mit dem Messer die dünne Fleischschicht abgeschabt und sie sich in den Mund gesteckt. Vielleicht wäre ihm beim Kauen eingefallen, was zu tun gewesen wäre. Aber ganz bestimmt hätte er nicht auf Einseinszwei angerufen, denn Lúlli Lenin war mausetot, da hätte auch Halldór mit seinem Krankenwagen nicht mehr helfen können.

Manchmal, wenn man nicht mehr weiterweiß, muss man einfach etwas machen, das überhaupt nichts mit der Sache zu tun hat. Ich bemerkte meine Schneeschaufel neben dem Eingang und beschloss, den kleinen Weg bis zur Haustür frei zu schaufeln, schließlich hatte ich damit schon angefangen. Und während ich schaufelte, schoss mir plötzlich ein Gedanke durch den Kopf: Telma! Ich hielt inne. Sie gehörte doch auch zum Melrakkaslétta-KGB! War sie in Gefahr? Also doch Einseinszwei? Hätte ich Birna anrufen sollen? Aber was hätte ich denn sagen sollen? Etwa, dass es auf Langanes eine alte Frau gab, die Telma hieß und mit Großvater und Lúlli Lenin für die Russen spioniert hatte und deshalb beseitigt werden würde, in Lebensgefahr schwebte, vielleicht sogar schon tot war? Birna würde mir nicht glauben.

Ob Telma überhaupt noch lebte?

Ich stellte die Schneeschaufel an die Hauswand, zückte mein Mobiltelefon und versuchte sie anzurufen. Aber ihr Telefon war ausgeschaltet oder der Akku war leer, ich erreichte immer nur dieselbe automatische Stimme, ich konnte sie darum nicht warnen. Ich wiederholte den Vorgang etwa fünfmal, erfolglos.

Noch nie in meinem ganzen Leben hatte ich mir so viele Gedanken zugleich gemacht. Es fühlte sich an wie ein Feuerwerk. Wenn der Kopf explodiert und die Fischsuppe überläuft, ist das unangenehm. Also machte ich die Augen zu, zählte von zehn rückwärts bis null und dachte an Großvater. Ich dachte an früher, an den weiten Himmel über der Slétta, die Wolken, die mal wie Schafe, mal wie breite Streifen oder wie ein riesiger Suppendeckel aussahen, dachte ans Meer, daran, wie wir zusammen auf dem Boot waren, in das kleine Deckshaus gepfercht. Großvater, der zufrieden aufs Wasser schaute, in Gedanken versunken geradewegs auf den endlosen Horizont zufuhr, der nie näher rückte, egal, wie weit man fuhr, denn so sind Horizonte nun mal. Unerreichbar. Immer.

Plötzlich vermisste ich Großvater mit Haut und Haar, stand mit hängendem Kopf und hängenden Schultern da, vermisste den Geruch nach Benzin und nassem Holz, die Wärme und den Lärm des Motors. Ich mochte es, Großvaters Hände zu betrachten, denn sie waren so völlig anders, größer als meine oder die meiner Mutter. Hart, schwielig, unverwüstlich. Diese Hände brauchten keine Handschuhe.

»Großvater«, murmelte ich. »Was soll ich denn machen?«

Er hätte sich die Frage wahrscheinlich so lange überlegt, bis er eine Antwort gefunden hätte, was manchmal ziemlich lange dauerte. Aber dann hätte er mich angeschaut – und nun wusste ich plötzlich, was zu tun war.

⌘

23

Petra

Ich ließ Lúlli Lenin da, wo er war, tot im Sessel, und marschierte los, ging im Stechschritt durchs Dorf –

»Kalmann!«

– denn ich wollte hinunter an den Hafen –

»Kalmann, hallo?«

– wusste genau, was zu tun war.

»Kalmann, jetzt bleib doch mal stehen, beim wahrhaftigen Heimdallur!«

Ich erschrak und drehte mich um. Der Dorfdichter Bragi hatte versucht, mich aufzuhalten, war mir sogar hinterhergelaufen und darum etwas außer Atem. Er war schließlich nicht mehr der Jüngste, und das schon seit Jahren. Er trug einen Anorak und eine weiße Schiffskapitänsmütze mit schwarzem Schirm und golden schimmerndem Anker. Möglicherweise war die Mütze echt. Seine Hände steckten in Lederhandschuhen, weshalb ich nicht sehen konnte, welche Farbe seine Fingernägel heute hatten.

»Bin beschäftigt«, sagte ich.

»Warte jetzt! Hölle. Immer wenn Kalmann an mir vorbeiläuft, ohne mich zu bemerken, gibt's Grund zur Sorge.«

»Und wenn schon!«

»Wohin gehst du denn?«

»An den Hafen. Bless.«

Ich drehte mich um und ging weiter.

»Darf ich dich wenigstens begleiten?«

Ich stöhnte in den Himmel, blieb aber stehen und wartete, bis er mich eingeholt hatte. Dann legte ich einen Zahn zu, sodass Bragi nur knapp Schritt halten konnte.

»Gehst du. In deine. Halle?« Fast fehlte ihm die Luft zu dieser Frage. Zudem musste er höllisch aufpassen, auf der nassen, aber noch immer vereisten Straße nicht auszurutschen.

»No comment.«

»Fährst du. Aufs Meer?«

»Schon möglich.«

»Wie, heute? Jetzt? Allein? Hast du dir. Das Meer. Schon angeschaut?«

Ich antwortete ihm nicht, zu viel hatte ich ihm schon verraten.

»Ich sage nichts mehr!«, informierte ich Bragi, denn so konnte er sich alle Fragen sparen und sich besser aufs Atmen konzentrieren.

Hafenmeister Sæmundur muss uns bemerkt haben, denn er trat aus seinem Container und blinzelte verschlafen in die tief stehende Wintersonne. Seine Kleider waren alles andere als winterlich, denn er steckte in Jogginghosen und T-Shirt; lange würde er es hier draußen also nicht aushalten.

»Sæmundur!«, rief Bragi erleichtert. »Ich glaube, Kalmann will aufs Meer fahren. Das kann doch wohl keine gute Idee sein, oder?«

Sæmundur schaute in den Himmel, sog die Luft ein und ließ den Blick über die Hafenmündung schweifen.

»Na«, meinte er. »Wieso denn nicht? Der Wind ist schwach, beständig, bläst aus Nordost, darum ist es wieder kälter geworden, soll wohl für die nächsten Stunden so bleiben. Aber wieso willst du denn raus, Kalli minn? Du hast doch gar keine Leinen gelegt.«

Ich blieb stehen. Daran hatte ich nicht gedacht. Sæmundur würde mich nicht einfach so gehen lassen. Durfte er gar nicht. Schließlich war er der Hafenmeister. Ich brauchte eine Begleitung.

»Ich will einfach mal raus. Bragi kann mich begleiten«, sagte ich. »Ist das denn verboten?«

»Nein, technisch gesehen nicht.« Sæmundur rieb sich über seine behaarten Unterarme. Jetzt wurde ihm also kalt. Er warf Bragi einen Blick zu und zuckte mit den Schultern. »Was sagst du dazu?«

»Kein Wintersturm in den Karten?«, fragte Bragi.

»Bloß Wind und Sonne, Temperaturen um null. Siggi und Jújú sind auch draußen, oben im Sléttugrunn.«

»Ich fahr nur ein kleines Stück raus«, log ich. »Wir sind in ein oder zwei Stunden zurück.« Lügen darf man, wenn man jemanden beschützen will.

»Na, dann viel Spaß!«, wünschte uns Sæmundur. »Bleibt aber nicht zu lange, ja? Um drei setzt die Dämmerung ein.«

Ich sprang auf Petra, um den Motor warmlaufen zu lassen, rief Bragi zu, dass er die Leinen losmachen solle. Jetzt war ich froh, ihn dabeizuhaben, denn da, wo ich hinfahren wollte, war ich noch nie allein hingefahren.

Bragi warf die Leinen aufs Boot und hüpfte hinterher. Er machte alles sehr geschickt und fiel auch gar nicht hin, und darum erinnerte ich mich, dass er früher während des Heringsbooms wie fast alle hier oben zur See gefahren war. Er strahlte übers ganze Gesicht.

Ich kannte das. Aufs Meer fahren ist wie das Hotel nach langer Quarantäne zu verlassen. Man ist dann einfach nur erleichtert und glücklich. Man möchte jauchzen und singen.

Bragi gesellte sich zu mir ins Deckshäuschen, nahm mir meinen Cowboyhut ab und setzte mir seine Kapitänsmütze auf.

»Also, Kapitän. Wohin geht's?«

»In den Süden«, knirschte ich, riss die Kapitänsmütze von meinem Kopf, drückte sie Bragi an die Brust und setzte mir den Cowboyhut wieder auf.

»Na gut«, sagte Bragi und drehte seine Mütze verlegen in den Händen. »In den Süden. Wie die Zugvögel. Den Nordwind im Rücken.«

Wir tuckerten zum Hafen hinaus, das Dorf glitt steuerbord an uns vorbei, der Leuchtturm backbord. Ich richtete Petra auf Südost, die Landspitze Melrakkanes mit ihrem Leuchtturm im Visier, hatte vor, das Boot daran vorbeizusteuern, also vorerst in Küstennähe zu bleiben, um dann eine kleine Kursänderung vorzunehmen und in gerader Linie auf den Heiðarfjall zuzufahren, quer über den Þistilfjord.

»Hör mal, Kalmann. Du musst mir nicht erzählen, wieso du so dringend aufs Meer fahren willst. Aber ich bin jetzt dein Schiffspoet, und ich möchte gern wissen, wohin es uns verschlägt und was der Sinn der ganzen Aktion ist. Oder wann wir wieder zurückfahren.«

»Schiffspoet? Gibt's diesen Posten überhaupt?« Bragi nahm mich wohl auf den Arm, aber ich kannte schließlich nicht alle Dienstgrade, war immer nur auf dieser Trilla unterwegs gewesen, nie auf einem Trawler.

»*Wiege mich, sie schmiegen sich, die Kronen blasser Haut so zart. Liebe mich, so liege ich, im tiefen nassen Grab.*«

»Langanes«, murmelte ich, denn das Gedicht meines Schiffspoeten bedrückte mich.

»Was ist auf Langanes?«

Ich zögerte.

»Telma.«

»Deine Großtante?«

»Du kennst sie?«

»Natürlich. Von früher. Habe mich beim Leichenschmaus mit ihr unterhalten. Eine ungewöhnliche Frau, das muss man schon sagen. War auch nie verheiratet, obwohl es bei denen in Þórshöfn genug alte Junggesellen gäbe.«

Natürlich kannte er sie. Alle wissen mehr als ich. Weil ich so ein Dummkopf bin. Das ist einfach so. Darum würde ich von nun an meinen Mund halten, denn ich musste aufpassen, keine weiteren Details preiszugeben.

»Du willst also nach Langanes«, fuhr Bragi fort. »Nun gut. Weißt du denn, wie lange wir für die Strecke brauchen?«

»Keine Ahnung.« Es war eine gute Frage.

»Hast du eine Karte, Kapitän?«

»Natürlich!«

Bragi maß die Distanz zwischen Raufarhöfn und Langanes.

»Junge! Vierzig Kilometer! Das sind doch über zwanzig

Seemeilen, nicht wahr? Das dauert ewig! Wie schnell fährt die Kiste eigentlich?

»Petra macht acht Knoten.«

Bragi dachte eine Weile nach.

»Kalmann, das dauert zwei bis drei Stunden, bis wir da sind!«

»Korrektomundo.«

»Hast du überhaupt einen vollen Tank?«

Ich guckte erschrocken auf die Tankanzeige.

»Ist voll!«, rief ich erleichtert.

»Wir hätten doch mein Auto nehmen können. Dann wären wir viel schneller da!«

»Ist doch mir egal«, sagte ich, denn umkehren mochte ich nicht. Zudem wusste ich aus Erfahrung, dass Bragi kein guter Autofahrer war. Er fuhr immer sehr langsam und meistens weit über der Linie in der Straßenmitte.

Bragi seufzte.

»Na dann. Hat deine Petra wenigstens eine gemütliche Kajüte?«

»Ja«, sagte ich, obwohl ich es eigentlich viel gemütlicher im Deckshäuschen fand, wo man auch etwas von der Umgebung sah. »Da unten ist es dunkel und eng und man stößt sich den Kopf an der Decke oder am Türrahmen, wenn man nicht aufpasst.«

»Stell doch den Autopiloten an, dann machen wir es uns unten gemütlich, spielen Karten, wenn du welche hast.«

»Großvater sagt, dass ich das nicht darf.«

»Ach ja? Hat er den Autopiloten denn nie benutzt?«

»Doch. Aber da waren wir noch zu zweit.«

»Wir sind ja zu zweit!«

Ich dachte nach, kam aber zum Schluss, dass ich bisher immer gut daran getan hatte, Großvaters Ratschläge zu befolgen.

Einmal, da war ich noch ein kleiner Junge, ließ Großvater Petra zurück nach Raufarhöfn tuckern, zwei prächtige Graue im Schlepptau, und er sagte, er setze sich in die Kajüte, bloß eine kleine Weile, ich solle immer schön den Kurs beibehalten.

Als wir der Küste nahe kamen, warf ich einen Blick nach unten, und da lag er; Arme ausgestreckt, Oberkörper auf dem kleinen, eingebauten Tisch. Schnarchte. Ließ sich auch nicht wecken. Also ging ich wieder nach oben, setzte mich ins Deckshäuschen und betrachtete die Kormorane und Möwen auf dem Holm im Sund, schaute zu, wie Petra an den schwarzen Klippen vorbeiglitt und wenig später auf den steinigen Strand bei Bakki auflief, und zwar mit Schwung, als sei sie eins dieser alten Ruderboote, die man früher einfach auf den Strand gezogen hatte, um so die Ladung zu löschen. Ich krachte fast durchs Fenster, und Großvater kam mit einer Schramme am Kopf ans Tageslicht getorkelt, fluchend und stotternd, und das sprach sich dann rum, obwohl das alles nicht weiter schlimm war, denn Petra trug außer ein paar Kratzern kaum Schaden davon. Aber die Leute lachten über uns, und Großvater ließ sich eine Weile nicht mehr am Hafen blicken, machte lange Wanderungen über die Melrakkaslétta und führte Selbstgespräche.

Im Nachhinein war das eine gute Sache, denn seitdem hatte Großvater beim Hafenmeister Sæmundur immer in so ein Ding blasen müssen. Er durfte also keinen Brennivín mehr trinken, den wir damals noch von den Schwarzbrennern aus den Tälern bekommen hatten, die sich fortan ihren Hákarl anderswo beschaffen mussten.

»Kein Autopilot!«, sagte ich. »Vielleicht schläft man ein, und dann lässt man das Boot geradewegs auf die Klippen zusteuern. Das passiert nämlich öfter als man denkt!«

»Kalmann, hast du eigentlich auf alle Fragen eine gute Antwort?«, fragte mich Bragi.

»Nein«, sagte ich, und Bragi meinte, dass auch das eine gute Antwort sei. Nach einer kleinen Denkpause fügte er hinzu: »Aber ich verstehe nicht, wieso wir Telma so dringend besuchen sollen. Willst du mir das bitte erklären?«

Fast hätte ich den Mund aufgemacht, aber da piepste Bragis Handy. Es war Sæmundur, ich konnte das sofort hören, denn das Telefon war sehr laut eingestellt. Er wollte wissen, ob bei uns alles in Ordnung sei, wieso ich den Funk nicht eingeschaltet habe und wohin zum Teufel wir steuerten.

»Kein Grund zur Sorge!«, sagte Bragi und zwinkerte mir zu. »Wir fahren Richtung Langanes, das siehst du doch. Familienbesuch. Scheint eine dringende Angelegenheit zu sein … Ist gut. Ich geb's an den Kapitän weiter.«

Bragi steckte das Handy weg und richtete mir aus, ich solle nicht zu nah am Melrakkanes-Leuchtturm vorbeifahren, sondern einen Tick weiter östlich. Wegen des Seitenwinds hätten wir Abdrift.

Ich machte eine Kursbeschickung, danach schwiegen wir lange. Das verschneite Land zog weiß und weit an uns vorbei, der Himmel war von Schleierwolken durchzogen, das Meer tiefblau, fast schwarz eigentlich. Vor uns am Horizont zeichnete sich die flache Silhouette von Langanes ab. Bald stand die Wintersonne so tief, dass sie, je weiter östlich wir uns bewegten, hinter der Selfjöll-Erhebung verschwand und dahinter verborgen blieb. Sie warf ihr schwaches Licht von unten an eine immer größer werdende Wolkendecke, die sich über die Melrakkaslétta aufs Meer hinausschob wie ein riesiges UFO. Die kühle Farbe des Himmels wich einem warmen, fast außerirdischen Licht, das in der Luft schwebte, als könnte man es berühren. Das Meer wurde jetzt ganz schwarz, die Wellen aber hatten einen warmen Schimmer, was zwar sehr schön aussah, aber eindeutig bedeutete, dass das Wetter umschlug.

Wenn man im Winter aufs Meer fährt, möchte man am liebsten kein Wetter. Wenigstens hatten wir den Wind schräg im Rücken, und so kamen wir ganz gut voran.

»Weißt du denn, wo Telma wohnt? Sie lebt ja nicht in Þórshöfn selbst, oder?«

»Sie wohnt am Fuße des Heiðarfjalls. Da gibt es auch eine Anlegestelle.«

»Ach, wo früher der Handel war?«

»Ich glaube schon.«

»Sind wir denn eingeladen?«

Ich zuckte mit den Schultern.

»Sie nimmt nicht ab.«

»Na, dann schauen wir einfach mal vorbei«, murmelte Bragi. Er schien irgendwie verzagt. »Wir werden's schon überleben.«

Der Melrakkanes-Leuchtturm zog an uns vorbei und das Meer weitete sich, die Küste rückte in die Ferne.

»Ich muss mal an die Luft«, sagte Bragi und ging nach draußen, hielt sich mit einer Hand am Deckshäuschen fest, öffnete mit der anderen die Hose und pinkelte über die Reling, versuchte es zumindest, denn der Wind machte ihm die Sache schwer. Nachdem sich Bragi erleichtert hatte, schaute er noch eine ganze Weile dem Leuchtturm hinterher, kam aber bald wieder rein, nasse Flecken an der Hose. Er zog seine Lederhandschuhe aus und steckte sie sich in die Taschen seines Anoraks. Seine Fingernägel waren rot lackiert.

»Verfluchter Wind«, sagte er. »Riecht nach Umschwung, Schnee vielleicht. Mal ganz ehrlich, Kalmann. Sollen wir nicht besser umkehren?«

Ich schüttelte den Kopf.

»Telma ist vielleicht in Gefahr.«

»Nanu. Wieso denn?«

»Nói glaubt, dass Großvater umgebracht worden ist, und Lúlli Lenin –«

»Wer ist Nói?«

»Er ist mein bester Freund. Er hilft mir, den Mord aufzuklären.«

»Mord. Natürlich.« Bragi klang ungläubig, und ich bereute, etwas gesagt zu haben.

»Spielt keine Rolle«, murmelte ich.

»Nein, mein Lieber. Jetzt musst du mir mal erzählen, was hier eigentlich gespielt wird! Fahren wir zu Telma, bloß weil dieser Nói glaubt, dass dein Großvater umgebracht worden ist? Und Telma ist als Nächste dran, verstehe ich dich richtig?«

»Keine Ahnung.«

»Keine Ahnung? Kalmann. Sollen wir nicht besser auf Einseinszwei anrufen?«

»Ich habe Birna angerufen, sie ist eine richtige Polizeikommissarin, aber sie hat mir nicht geglaubt. Niemand glaubt mir. Du ja auch nicht.«

Bragi atmete tief durch, seufzte, dann sagte er ganz sanft: »Hör mal, Kalmann. Erinnerst du dich an die Sache mit Róbert? Ich habe niemandem davon erzählt, wie ich es versprochen habe, denn ich glaube, Róbert ist gut aufgehoben, da, wo er ist. Wir sind Komplizen, du und ich, verstehst du? Ich bin *auch* dein Freund. Darum kannst du mir alles erzählen!«

Ich schaute ihn an, hatte gar nicht gewusst, dass wir Freunde waren! Aber er meinte es wirklich ernst, und darum erzählte ich ihm, dass Großvater früher, zusammen mit Telma, für die Russen die Radarstation auf dem Heiðarfjall ausspioniert hatte. Dass er viele Fotografien vom Berg und der Radarstation zu Hause aufbewahrt hatte und dass er kurz vor seinem Tod angefangen habe, Russisch zu sprechen.

»Davon habe ich gehört«, sagte Bragi und nickte nachdenklich. »Wirklich erstaunlich, was das menschliche Hirn so kann.«

»Im Berg ist Gift«, sagte ich. »Der ganze Berg ist verseucht.«

»Auch das ist allgemein bekannt.«

»Telma hat meinen Telefonanruf nicht beantwortet, darum fahren wir hin.«

»Du denkst also wirklich, dass auch sie umgebracht werden soll?«

»Ja. Wie Lúlli Lenin.«

Bragi pfiff durch seine Zähne.

»Wie Lúlli Lenin, jetzt schau mal her! Was du nicht alles sagst!« Er schaute auf die Uhr.

Ich schluckte einen Kloß runter und war froh, dass wir der gekrümmten Halbinsel Langanes, die von oben betrachtet wie ein Schwarzvogel aussieht, stetig näher kamen. Ich konnte sogar schon Telmas Haus erkennen.

Das Tageslicht war schwächer geworden, der Himmel leuchtete matt. Das Meer war jetzt grün, aufgewühlt, die Wellen niedrig und wild. Petra machte kleine Hüpfer, so dass die Gischt manchmal an die Scheiben spritzte. Ganz eindeutig hatte sich die Windrichtung geändert, und mir wurde bewusst, dass wir unmöglich mit Petra würden zurückfahren können. Keine Chance.

Bragi versuchte schon seit einiger Zeit, Sæmundur anzurufen, aber hier draußen hatte er keinen Empfang mehr, und ich log, dass der Funk außer Betrieb sei. Ihm blieb nichts anderes übrig, als ein paar Flüche zu zerdrücken. Ich war trotzdem froh, dass er bei mir war.

⌘

24

Telma

Der Steg war ziemlich zerfallen. Ich kletterte auf die morschen Planken, befestigte Petras Bug- und Achterleinen an den rostigen Pollern und fragte mich, wann hier das letzte Mal ein Boot festgemacht worden war. Auch Bragi kletterte auf den Steg und tastete mit den Fußspitzen die Trittfestigkeit der Planken ab.

Bis zum Haus meiner Großtante waren es nur etwa zweihundert Meter, vom Steg führte ein Feldweg in gerader Linie über eine Wiese, in der die Überreste von Hausfundamenten auszumachen waren. Hier hatte mal eine kleine Siedlung gestanden, aber die Häuser waren abgerissen und wegtransportiert worden, Wind und Frost machten sich jetzt an den Fundamenten zu schaffen. Bragi hatte sich die Lederhandschuhe wieder übergestülpt, er zog sich die Kapitänsmütze tiefer ins Gesicht, knöpfte den Anorak zu und blickte sorgenvoll in den Himmel.

»Da bahnt sich was an!«, rief er. »Das Wetter schlägt um, Warmluft, hast du's gemerkt?«

»Südost.« Ich hatte es schon lange gemerkt.

Bragi gefiel die Sache überhaupt nicht. Er schlug vor, mit Petra rüber nach Þórshöfn zu fahren, um uns da eine Rückfahrgelegenheit nach Raufarhöfn zu organisieren, sollte Telma nicht zu Hause sein.

Ich hatte nichts einzuwenden, nickte bloß, denn ich war genau da, wo ich sein wollte.

Telmas Haus stand ganz allein am Hang. Es hatte nur zwei Nachbarn: den schlafenden Berg und das wogende Meer. Der Weg, der über die Wiese führte, war nur wenig zugeschneit, denn es war eine windgebeutelte Stelle, das sah man sofort, kein Baum weit und breit, die braunen Grashalme, die aus dem Schnee ragten, zitterten.

Als wir in die Nähe des Hauses kamen, bemerkte ich dahinter zwei Autos: einen gelben Lada und einen weißen Touristen-Jeep, Marke Mazda.

»Warte!«, rief ich, ließ Bragi mitten auf der Wiese stehen, rannte zurück zum Steg, kletterte ins Boot und holte meine Seenotsignalpistole hervor, vergewisserte mich, dass sie geladen war und steckte sie in den Hosenbund. Wie ich mich jetzt ärgerte, die Mauser damals ins Meer geworfen zu haben. Ich Trottel! Wie ich mir wünschte, das ganze Waffenarsenal meines amerikanischen Vaters mitgenommen zu haben, ja, meinen Vater und Onkel Bucky noch dazu! Wir wären eine bis zu den Zähnen bewaffnete Privatmiliz gewesen. Aber ich hatte nur eine simple Seenotsignalpistole – und einen Schiffspoeten.

Bragi wartete zitternd auf mich.

»Telma hat Besuch!« Er schien erleichtert. Bestimmt hoffte er auf eine Tasse Kaffee und eine Rückfahrgelegenheit auf vier Rädern.

»Komm jetzt!«, sagte ich und stapfte voran.

Hinter dem Haus erhob sich der Berg. Von hier unten konnte man die Radarstation nicht sehen, nur ein Stück der Straße, die nach oben führte. In der Ferne, ein paar wenige

Kilometer von uns entfernt, erkannte ich die kleine Kirche von Sauðanes, wo Großvater neben Großmutter auf dem Friedhof begraben lag. Hoffentlich war ihnen nicht kalt.

Ich wartete vor der Haustür, bis Bragi mich eingeholt hatte, dann zückte ich zu seinem großen Unbehagen die Signalpistole, richtete sie auf den Boden und öffnete die Tür ohne anzuklopfen.

Wärme und Stille schwappten uns entgegen. Ich war noch nie in diesem Haus gewesen, aber ich fühlte mich sofort wie daheim. Bragi warf mir einen unsicheren Blick zu und bewegte die Lippen, gab aber keinen Ton von sich. Ich bedeutete ihm, den Mund zu halten, denn ich wusste aus dem Fernsehen, wie man sich in ein Haus schleicht. Also trat ich vorsichtig in den Flur, beugte mich etwas vor, damit ich durch die Tür einen Blick in die Küche werfen konnte, und sah meine Großtante steif und aufrecht am Tisch sitzen. Sie schaute mich traurig an und wackelte ein wenig mit dem Kopf.

»Give me that!«, sagte eine Stimme, und zwar direkt neben mir, aber weil ich den Lauf einer Pistole an die Schläfe gedrückt bekam, konnte ich mich nicht danach umdrehen. Ich wusste aber trotzdem, wem die Stimme gehörte; dem amerikanischen Touristen nämlich, dem ich den Arctic Henge gezeigt hatte, der alte Mann mit den Augen eines Grönlandhais. Ich hätte ihn ansehen wollen, aber ich durfte mich jetzt nicht bewegen. Der Alte muss hinter der Tür auf mich gewartet haben, bis ich in den Flur getreten war, total professionell. Er war also gar kein Tourist. Er war ein Auftragsmörder oder ein Geheimagent, und er nahm mir die Signalpistole ab, machte zwei Schritte von mir weg und winkte mich und Bragi mit seiner Pistole in die Wohnung.

Nun konnte ich ihn mir anschauen. Er sah noch immer aus wie ein amerikanischer Tourist, er war aber längst nicht mehr so freundlich, war bitter und müde wie ein Grönlandhai, der nach vierhundertzwölf Jahren in der Schwärze der Tiefsee die Nase voll hat.

Bragi machte komische Schnauflaute, und Telma stöhnte schmerzerfüllt.

»Kommt rein!«, sagte der Alte auf Englisch. »Alle beide. Setzt euch zu Telma an den Küchentisch und macht es euch bequem.« Abgesehen davon, dass er mit einer Handschusswaffe auf uns zielte, klang es sehr einladend.

Bragi atmete gepresst aus, was sich anhörte, als ginge einem Traktorreifen die Luft aus. Er machte auch ein entsprechendes Gesicht, ich erkannte ihn fast nicht mehr. Er zitterte, und ich hatte Angst, dass er gleich umkippen würde.

»Kalmann«, presste er hervor. »Was zum Teufel –«

»Sit down and be quiet!«, befahl der Alte und winkte uns mit seiner Pistole in die Küche.

Telma musterte uns traurig.

»Es tut mir so leid«, sagte sie, und das überraschte mich, denn sie hatte doch gar nichts falsch gemacht. Wir waren nämlich gekommen, um sie zu retten! Dem alten Amerikaner hätte es leidtun sollen – oder mir, da ich wie der letzte Idiot in seine Falle getappt war, obwohl ich doch vermutet hatte, dass Telma in Gefahr schwebte.

Wir setzten uns links und rechts an den Tisch, Telma zwischen uns eingeklemmt, wie bei einer Informationsveranstaltung, als wären wir ein Komitee. Der Amerikaner hatte bestimmt einiges zu erklären. Er blieb im Türrahmen stehen und betrachtete uns, die Pistole locker auf uns gerichtet. Es war eine Glock.

»Wird er uns umbringen?«, presste Bragi zwischen den Lippen hervor.

»Ich glaube schon«, sagte ich.

»Andskotans djöfulsins helvítis helvíti«, fluchte Bragi weinerlich.

»Wieso seid ihr Pinsel überhaupt gekommen?«, flüsterte Telma.

Während wir uns unterhielten, betrachtete uns der Amerikaner spöttisch.

»Er hat Großvater und Lúlli Lenin umgebracht«, erklärte ich ihr.

»Sag das nicht!«, zischte Bragi. Endlich glaubte er mir.

»It's true!«, mischte sich der Amerikaner lautstark ein. »Ich habe Lúlli, den alten Bastard, zur Strecke gebracht. Eine Kugel zwischen die Augen, eine ins Herz.«

Hatte er uns verstanden? Konnte er Isländisch? Wir tauschten Blicke aus. Telma knirschte ein paar englische Worte zwischen den Zähnen hervor: »Du widerliches Monster!«

Ich fragte mich, ob es klug war, unhöflich zu einem Berufskiller zu sein, der mit einer Glock auf einen zielte. Aber der alte Amerikaner war überhaupt nicht beleidigt.

»Eigentlich wollte ich Lúlli gar nicht töten«, verteidigte er sich. »Ich wollte ihm nur einen Besuch abstatten, mich ein wenig mit ihm über die guten alten Zeiten unterhalten. Da sitzt er mit geladener Schrotflinte im Sessel und scheint nur auf mich gewartet zu haben, sagt, ich solle Óðinn schöne Grüße ausrichten. Aber –« Der Amerikaner hob entschuldigend seine Glock. »Ich war schneller.«

Jetzt verstand ich, dass er mir seit dem Spaziergang zum Arctic Henge auf den Fersen gewesen sein musste – oder sogar noch früher. Wie wäre er sonst auf Lúlli Lenin gestoßen? Und auf Telma! Auf Großvater! Hatte ich ihn direkt zu seinen Opfern geführt?

»Wieso hast du Großvater ermordet?«, entfuhr es mir.

Telma ergriff meine Hand unter dem Küchentisch, und das lenkte mich ein wenig ab, denn sie war warm und die Haut geschmeidig, aber ihr Griff hart.

»Ermordet?« Der Alte betrachtete mich nachdenklich. »Habe ich ihn ermordet? Eine gute Frage. Eine geradezu philosophische Frage. Óðinn war ja schon so gut wie hinüber. Er erkannte mich gar nicht, knurrte mich nur an. Aber dann sagte ich zwei Worte, und das genügte. Plötzlich wusste er genau, wer ich bin.«

»Misty Mountain«, hauchte Telma, und nun lief es mir kalt den Rücken hinunter.

»Misty Mountain, precisely!« Der Amerikaner schüttelte amüsiert den Kopf. »Wie sich die Augen deines Großvaters weiteten! Er starrte mich mit offenem Mund an, begann zu zittern, und dann griff er sich an die Brust und sackte zusammen. Bei Gott, ich schwöre es! Möglicherweise habe ich ihm mit meinem Besuch einen Gefallen getan, habe ihn erlöst, denkst du nicht auch, Kalmann?«

»Antworte nicht!«, befahl mir Telma, und darum gab ich dem Amerikaner keine Antwort, aber ich stellte ihm noch eine Frage:

»Wieso hast du ihn denn besuchen müssen?«

»Du bist gar nicht so dumm, wie alle sagen, Kalmann Óðinsson«, lobte er mich. »Ich bin davon ausgegangen, dass der Alte längst gestorben ist und unser Geheimnis mit ins Grab genommen hat. Ich ging sogar in Rente, ließ all das hinter mir, hatte sowieso andere Sorgen wegen der Diagnose. Aber dann, eines verfluchten Abends, es war einer dieser nicht enden wollenden Abende, die so verdammt einsam sind, dass man anfängt, Selbstgespräche zu führen.« Der Blick des Amerikaners verlor sich irgendwo in weiter Ferne, als blickte er in einen bodenlosen Abgrund, der ihm alles Leben aus den Augen saugte.

Ich kannte diesen Blick. Es ist derselbe, den Grönlandhaie haben, wenn sie aus dem Wasser gezogen werden. Sie freuen sich dann nicht, endlich am Licht zu sein oder die Sonne zu sehen, den blauen Himmel. Sie haben sich längst an die Dunkelheit gewöhnt, vielleicht sogar vergessen, dass es Licht gibt. Aber wenn sie aus dem Wasser gezogen werden, wissen sie, dass sie sterben.

»Einsamkeit ist der schlimmste Feind«, sagte der alte Amerikaner, als hätte er meine Gedanken gelesen. Er starrte mich an. »Die Einsamkeit hat mich –«, er stockte, »aufgefressen hat sie mich. Von innen, verstehst du?« Er schüttelte die Erinnerung ab. »Ich sitze also vor dem Fernseher und schaue die News, es muss bald zwei Jahre her sein, mein Eisen im Schoß, höre gar nicht richtig zu, denn ich habe einen Entschluss gefasst. Heute will ich die Einsamkeit besiegen, diese Krankheit, sie mir aus dem Kopf pusten. Den Lauf der Pistole zwischen den Zähnen, den Finger am Abzug, ein letzter Gedanke, und just in dem

Moment erscheinst du, Kalmann, mein lieber Kalmann, als hätte dich der Himmel entsendet! Dein Gesicht füllt den ganzen Bildschirm aus. Du schaust direkt in die Kamera und in mein Wohnzimmer, ängstlich und mürrisch, aber auch neugierig. Lange ist es her, dass mich jemand so angeschaut hat! Es ist, als hättest du mich ertappt. Und plötzlich schäme ich mich, beginne zu zittern, lasse die Pistole fallen. Kalmann, du hast mein Leben gerettet, verstehst du?« Der Amerikaner lächelte. Hatte er Tränen in den Augen? »Ich mache den Ton laut. Es wird von Island berichtet, von einem abgelegenen Fischerdorf, von Raufarhöfn und seinem behinderten Dorfsheriff, der die Einwohner heroisch vor einer Eisbärenattacke bewahrt hat. Und dann erscheint dein Name auf dem Bildschirm.« Der Amerikaner gluckste amüsiert. »Kalmann *fucking* Óðinsson. Und dieser Kalmann habe von seinem Großvater gelernt, Füchse und Haie zu jagen, aber der Großvater sei sehr alt und natürlich im Heim.« Der Amerikaner schüttelte grinsend den Kopf und wischte sich tatsächlich eine Träne aus dem Auge. Seine Stimme klang plötzlich gebrochen. »Ich war wie vom Blitz getroffen. Ein Wink des Schicksals! Der Alte lebte noch? Hielt er sich an unsere Abmachung? War unser Geheimnis sicher? Da realisierte ich, dass meine Zeit auf dieser Erde noch nicht um war. Meine Arbeit war noch nicht beendet! Ich war zu früh in Rente gegangen. Tja. Einige Zeit später reiste ich nach Island, nach all den Jahren. Verrückt, wie viel sich hier verändert hat! Die Straßen sind jetzt geteert, überall gibt es Restaurants und Hotels und Museen, sogar in den kleinen Orten, es gefällt mir richtig gut hier. Dich, Kalmann, habe ich schnell ausfindig gemacht. Bist ja eine richtige Berühmtheit! Und du hast mich zu deinem Großvater geführt. Aber ich hatte nicht vor, ihn zu konfrontieren, ich hielt mich im Hintergrund, blieb unbemerkt, wollte schon wieder gehen, als man sich plötzlich erzählte, dass der Alte begonnen habe, Russisch zu sprechen. Da blieb mir nichts anderes übrig, als ihm einen Besuch abzustatten, du verstehst doch, oder? Ich musste sichergehen, dass er nicht versehentlich alles ausplaudert. Er hat mir damals vor vielen Jahren hoch und heilig versprochen, mit der Spionage aufzuhören. Ich habe ihn nämlich vor die Wahl gestellt. Würde er weiterhin spionieren, den Mund aufmachen, bekäme das zuerst seine Frau zu spüren, dann seine Töchter. Würde er dichthalten, dann lebten alle glücklich und zufrieden. Simpel.« Der Amerikaner fuchtelte mit der Pistole. »Eine Art mündlicher Vertrag, verstehst du, Kalmann? Und du, Telma, du erinnerst dich doch auch! Ist ja nicht kompliziert, oder?«

Telma knurrte und starrte den Amerikaner böse an: »Dass ich damals auf dich hereingefallen bin! Du bist der größte Fehler meines Lebens, das gebe ich zu. Aber eins sag ich dir. Den Fehler mache ich nicht noch mal.«

»Du hast mich nicht kommen sehen!«, erinnerte der Amerikaner meine Großtante. »Schon wieder nicht.«

»Du bist ein Wolf«, gab sie zurück. »Wölfe haben hier oben nichts verloren.«

Ich musste an die Seewölfe denken, aber der Amerikaner winkte müde ab.

»Immerhin, Lúlli Lenin hat mich kommen sehen, das muss man ihm lassen.«

»Du Idiot! Lúlli hat all die Jahre auf dich gewartet!«

»Hat er das? Verrückter Wikinger!« Der Amerikaner lachte trocken. »Allesamt.« Er holte tief Luft, als müsse er eine Entscheidung treffen, die ihm nicht leichtfallen würde. Telma brach die beklemmende Stille.

»Die beiden wissen nicht, worum es geht, Kalmann und der Dorfdichter. Lass sie gehen! Wie lange willst du denn deinen verfluchten Berg noch bewachen? Die Sache ist doch längst gelaufen, der Kalte Krieg ist vorbei!«

Der Amerikaner lächelte sie wehmütig an.

»Der Kalte Krieg ist noch längst nicht vorbei«, murmelte er. »Hat eben erst angefangen. Kalmann und sein Freund hier wissen, was ich getan habe. Sag mir, Telma, was bleibt mir denn übrig?«

»Lass sie gehen, ich bitte dich!« Ihre Stimme war plötzlich weinerlich. Das erschreckte mich sehr. »Sie haben nichts mit dem Berg zu tun.«

Der Amerikaner dachte lange nach. Vielleicht war er gar nicht so intelligent, wie ich zuerst geglaubt hatte.

Bragi schluckte schwer, und der Amerikaner fasste einen Entschluss.

»Wir machen eine Spritztour«, sagte er. »Wir fahren auf den –«

⌘

25

Berg

Wir mussten uns in den Mazda setzen, was eine dumme Idee war. So ein Touristen-Jeep war im Grunde ein ganz gewöhnliches Auto, bloß größer und luxuriöser. Der alte Lada meiner Großtante hingegen war ein kleiner Traktor, der bloß wie ein Auto aussah. Damit hätten wir in gerader Linie den Berg hochfahren können. Allerdings zielte der Amerikaner mit der Glock auf uns, da fing man am besten keine Streitgespräche an.

Bragi bekam den Auftrag, sich ans Steuer zu setzen und die Straße Richtung Radarstation hochzufahren. Auch das war keine gute Idee, der Amerikaner wusste offenbar nicht, dass Bragi ein miserabler Autofahrer ist.

Verzweifelt suchte Bragi das Zündschloss, doch der Mazda hatte bloß einen Knopf, den man drücken musste, um den Motor in Gang zu setzen. Der Amerikaner setzte sich auf den Beifahrersitz, die Pistole immer auf Bragi gerichtet. Meine Signalpistole legte er auf das Armaturenbrett. Telma und ich waren hinten eingestiegen.

Zum Glück war die Straße auf den Berg in gutem Zustand und befahrbar, war seinerzeit großzügig angelegt worden. Bragi steuerte den schweren Mazda vorsichtig die schneebedeckte Fahrbahn entlang, während sich der Automatik nicht für den richtigen Gang entscheiden konnte und ständig vom dritten in den zweiten wechselte – und wieder zurück. Der Amerikaner schwieg, behielt uns aber im Auge.

Mit jedem Höhenmeter wurde Bragi bleicher. Er schwitzte und murmelte Unverständliches. Es wäre bestimmt besser gewesen, Telma fahren zu lassen. Sie suchte meinen Blick und schenkte mir ein Lächeln, aber hinter ihren Augen lauerte die Angst.

»Dein Plan ist absurd. Die Autospuren im Schnee, Kalmanns Boot, die vielen Leichen, die du hinterlässt … Alle Spuren führen zu dir! Du bist ein Textbuch-Idiot.«

Der Amerikaner seufzte gelangweilt.

»Telma, meine Liebe, ich habe damals einen Treueschwur abgelegt, habe auf meine Flagge, meine Nation und auf Gott geschworen, Amerika zu beschützen und dafür mein Leben zu geben. Das kennt ihr hier wohl nicht. Loyalität, Integrität, Ehre. Bei uns gibt es diese Werte noch.«

»Wenigstens verstehen wir etwas von Geographie«, höhnte Telma. »Amerika ist ein Kontinent, kein Land, du trauriger Esel!«

»Es wird dir nicht gelingen, mich zu provozieren«, sagte der Amerikaner und presste die Lippen zusammen.

»Wie viele Menschen hast du während deiner CIA-Jahre umgebracht? Verfolgen sie dich im Schlaf? Hat Claire dich verlassen, weil es ihr mit all den Geistern im Bett zu eng geworden war?«

Der Amerikaner schüttelte unmerklich den Kopf, seine Augen wurden schwarz. Er murmelte: »Dieser Berg ist mein Vermächtnis«, als führe er ein Selbstgespräch. »In ihm steckt mein Lebenswerk. Ich werde ihn beschützen bis zu meinem Tod. Und das ist das Ende.«

»Ganz richtig!«, höhnte Telma. »Dieser Berg ist dein Grab!«

Bragi verlangsamte die Fahrt, denn die Schneeverwehungen an den Felsen wurden mit jedem Höhenmeter tiefer. Die Straße wurde steiler, und der Mazda entschied sich für den ersten Gang. Wir waren schon fast oben und hatten einen tollen Blick über den ganzen Þistilfjord. Das Wasser war dunkel, aber immer noch mit diesem seltsamen Grünton. Über dem Fjord lag kalter Dunst, der die Melrakkaslétta am nordwestlichen Horizont verschleierte. Auch der Leuchtturm war weg. Weit draußen sah man das winzige Licht eines Trawlers. Siggi und Jújú waren bestimmt wieder zurück im Hafen.

Als wir um die nächste Kurve bogen, tauchte weit unter uns das Haus meiner Tante für einen Moment auf, das rote Wellblechdach, verschwand aber sogleich wieder hinter den Felsen. Telma schaute traurig zum Fenster hinaus.

Plötzlich wechselte der Mazda wieder in den zweiten Gang, blieb dabei fast stehen, weshalb Bragi verzweifelt aufs Gaspedal trat. Das war ein Fehler. Der Motor heulte auf, die Räder drehten durch und verloren den Halt. Der Wagen machte einen Schlenker auf den Felsen zu und Bragi riss das Steuer herum. Jetzt versuchte der Amerikaner einzugreifen, hielt mit der freien Hand das Lenkrad fest, aber schon waren wir von der Straße abgekommen, der Jeep neigte sich zur Seite und rutschte in den Graben, glücklicherweise bergseitig. Bragi rüttelte wie wild am Steuer und drückte noch fester aufs Gas, sodass die Räder Schnee aufspritzten – was die Situation nur noch verschlimmerte. Der Mazda grub sich tiefer ein, wir sackten ab und saßen fest.

»Stopp!«, rief der Amerikaner genervt, und Bragi nahm endlich den Fuß vom Gaspedal. »Du Idiot! Leg den Rückwärtsgang ein!«

Telma kicherte. Außer den Rädern des Autos bewegte sich rein gar nichts.

»God damn Japanese piece of shit!«, fluchte der Amerikaner, fiel zurück in seinen Sitz und dachte nach.

Telma unterbrach ihn dabei: »Mit dem Russen wären wir längst oben.«

»Get out!« Jetzt war der Amerikaner wütend. Vielleicht bereute er, uns mitgenommen zu haben. »Wir gehen zu Fuß weiter.« Er stieg aus, stapfte um den Jeep herum und richtete die Pistole auf uns. »Der Dichter zuerst, dann Kalmann, dann du, Telma!«

Wir schauten uns an, machten wahrscheinlich alle dasselbe Gesicht, wir hatten nämlich keine Lust auszusteigen, aber wegfahren ging auch nicht.

»Einseinszwei«, flüsterte Bragi und schaute Telma ganz intensiv an, aber die schüttelte unmerklich den Kopf.

»Kein Empfang hier oben«, murmelte sie.

»Aussteigen!«, brüllte der Amerikaner erneut. »Sofort!«

Bragi machte einen seltsamen Laut, den ich eher einem ängstlichen Polarfuchswelpen zugeordnet hätte, ließ den Kopf hängen und stieg aus.

»Jetzt der Dorftrottel!«

Meistens werde ich wütend, wenn mich jemand so nennt. Aber da oben auf dem Heiðarfjall fühlte ich mich ein wenig so, als schaue ich mir selbst dabei zu, wie ich im Auto saß, wie man mich beleidigte, wie ich ausstieg.

Ich stellte mich dicht neben Bragi, und Telma gesellte

sich zu uns, wir standen wie eine Mauer aus Fußballspielern, wären aber die schlechteste Fußballmannschaft der Welt gewesen. Telma war kleiner als wir Männer, und jetzt sah sie noch älter aus. Hoffentlich würde uns der Amerikaner nicht allzu weit durch den Schnee jagen. Wohin wollte er eigentlich mit uns?

Ein paar Steinwürfe entfernt sah ich eine große Ruine, einen braunen Klotz, bestehend aus brüchigen Betonelementen. Wir waren also fast bei der alten Radarstation angekommen. Sämtliche Scheiben des Gebäudes waren kaputt, der Wind pfiff durch alle Löcher. Ganz oben auf der abgeflachten Bergkuppe standen rostige Masten und Verstrebungen, mehr war nicht übrig von der Station. Alle anderen Gebäude waren abgerissen, dem Erdboden gleichgemacht oder wegtransportiert worden. Direkt unterhalb der Metallgerüste muss ein gutes Dutzend Baracken gewesen sein, und irgendwo weiter hinten hatten diese großen Satellitenschüsseln gestanden. Ich konnte mir fast nicht vorstellen, dass hier einst reger Betrieb geherrscht hatte und Hunderte amerikanische Soldaten stationiert gewesen waren.

»Let's go guys! Time's up!«

Wir mussten voraus, der alte Amerikaner folgte uns in ein paar Metern Abstand, die Pistole auf unsere Rücken gerichtet. Telma hängte sich bei mir ein, ich war ihr eine große Hilfe.

»All the way to the top!«

Der nördliche Horizont war so schwarz und undurchlässig wie eine Wand. Die Sonne war längst untergegangen, das letzte Tageslicht lag wie vergessen über Langanes. Möglicherweise hatte der Schnee welches gespeichert. Wir kämpften gegen den Wind, stolperten über Betonfundamente, wo einst die Baracken der Soldaten gestanden hatten, passierten vereinzelte Strommasten, die krumm und vergessen eine Verbindung zum Rest der Welt vortäuschten, wir erklommen brüchige Betontreppen, die scheinbar wahllos auf der abfallenden Brache verteilt waren. Telma wurde immer schwerer an meinem Arm, hing schon schräg und hielt sich nur mit letzter Kraft an mir fest, einmal stolperte sie über ein fieses Stück Eisen, das aus dem Boden ragte. Aber letztendlich schafften wir es doch, kamen erschöpft ganz oben beim Metallgerüst an. Eine letzte Treppe führte auf ein Betonpodest und von da ins Nichts.

»Stairway to heaven«, murmelte Bragi traurig.

Vor unseren Füßen lag der Rest der Langanes-Halbinsel, wir sahen bis zur äußersten Spitze, aber weil da seit Jahren niemand mehr wohnte außer den Geistern und dem verborgenen Volk, waren keine Lichter und kein Leben auszumachen. Dieser Ort fühlte sich tatsächlich wie das Ende der Welt an, und darum wandte ich den Blick geschwind ab.

Der Amerikaner war weit zurückgefallen und gut fünfzig Meter von uns entfernt. Ich sah gerade noch, wie er sich die Hose hochzog und die Spritze in seinem Bauchtäschchen verstaute. Bragi hatte es auch bemerkt. Er warf mir einen verzweifelten Blick zu.

»Wir Deppen!«, sagte er. »Er ist krank. Wir hätten ihn überwältigen können!«

»Schön möglich«, sagte ich und ärgerte mich ein wenig, das mit der Spritze vergessen zu haben.

Telma packte mich am Arm und schaute mich eindringlich an. »Kalmann«, zischte sie. »Lauf, hol Hilfe, geh!«

»Lauf, Kalmann, lauf!«, sagte auch Bragi.

Ich schüttelte den Kopf.

»Keine Chance«, sagte ich. »Ich lass euch nicht allein.«

Wo hätte ich denn hinlaufen sollen? Runter zu Telmas Haus, um von da Hilfe zu rufen, oder mit dem Lada nach Þórshöfn fahren? Ich konnte das Dorf von hier aus gut sehen, es brannten Lichter. Aber bis ich jemanden verständigt hätte, wären Telma und Bragi längst tot gewesen. Damit hätte ich dann leben müssen.

Der Amerikaner kam langsam auf uns zu, die Glock in seiner Hand schien schwerer geworden zu sein.

»Lauf schon, Kalmann!«, brüllte Bragi und versuchte mich wegzustoßen, aber ich bewegte mich nicht von der Stelle. Stand wie ein Baum.

»Hör auf!«, knurrte ich. »Ich bleibe bei euch.«

Jetzt hörten wir den Amerikaner rufen: »Kommt bloß nicht auf dumme Ideen!« Er richtete die Pistole auf uns, weshalb wir stehen blieben, bis er uns eingeholt hatte. Die Glock zitterte in seiner Hand. »Bloß keine dummen Ideen«, wiederholte er und rang nach Atem. Auf seiner Stirn perlte der Schweiß.

Mir wurde kalt. Das Plateau des Berges war fast schneefrei, die Betonfundamente lagen bis auf ein paar Schneeverwehungen brach. Der Wind hatte das weiße Pulver ständig weggeblasen. Er pfiff um die Metallgerüste und frei stehenden Armierungseisen, die wie Fingerknochen aus dem Boden ragten, als wäre im Berg ein Riese einbetoniert worden. Das Pfeifen des Windes klang wie ein Warnsignal, eine Sirene, ein Gruselorchester. Kein Lebewesen weit und breit, keine Spuren. Keine Schneehühner, keine Polarfüchse, keine

Raben. Die Tiere mochten den vergifteten Berg wohl nicht. Und der mochte die Menschen nicht, deshalb war seine Kälte deutlich zu spüren. Er wollte in Ruhe gelassen werden, wollte schlafen, denn es ist das Einzige, was Berge mögen.

Der Amerikaner riss mich aus meinen Gedanken: »Stellt euch da hin, und macht keine Dummheiten!«

Wir gehorchten, standen so nah beisammen wie Pinguine am Südpol, die sich längst damit abgefunden hatten, in einer kalten Welt zu leben. Der Amerikaner schaute sich nach allen Seiten um und schien zu finden, wonach er gesucht hatte, nämlich ein rostiges Fass, das in der Hälfte geteilt und mit faustgroßen Steinen gefüllt worden war. Bragi und ich bekamen den Auftrag, die Steine aus dem Fass zu nehmen, damit wir es wegschieben konnten.

Wieder gehorchten wir. Wieso eigentlich? In meinem Kopf jagten sich die Gedanken. Sollte ich versuchen, dem Amerikaner mit einem dieser Steine den Kopf einzuschlagen? Wieso fiel es mir so schwer, den Mut aufzubringen, um mich zu wehren?

Unter dem Fass kam ein grauer Schachtdeckel zum Vorschein, eingelassen in der Betonplatte, fast nicht als solcher zu erkennen. Der Amerikaner schien erleichtert, lobte uns sogar. Er zauberte einen Eisenhaken aus seiner Daunenjacke und überreichte ihn mir.

»Open it!«, sagte er.

Das Stück Eisen erinnerte mich an einen Fischerhaken für Haie, war aber dicker und abgerundet, für den Haifang also völlig unbrauchbar. Ich hängte ihn in den schweren Schachtdeckel ein, hob ihn etwas hoch und zog ihn weg, ließ ihn neben der Öffnung zu Boden fallen und starrte in das schwarze Loch. Hier draußen war es längst nicht so dunkel wie da drinnen. Im Inneren des Berges lauerte eine Schwärze, wie sie wahrscheinlich nur auf dem Meeresboden zu finden ist. Ein unangenehmer Geruch entwich dem Loch, unbeschreiblich. Fast wurde mir übel. Telma hielt sich die Hand vor die Nase und Bragi begann am ganzen Körper zu zittern.

»Give it back!« Der Amerikaner wollte seinen Haken zurück, hielt mir die Hand entgegen, während die andere mit der Glock auf mich zielte.

Ich gehorchte.

Schon wieder.

Der Alte winkte uns mit seiner Pistole zur Schachtöffnung.

»Einer nach dem anderen. Bitteschön!«

»Nein!« Telma schlang ihren Arm um mich. »Es reicht!«

Der Amerikaner seufzte.

»Entweder erschieße ich euch an Ort und Stelle und werfe euch in den Schacht, oder ihr könnt lebendig in den Berg klettern, ihr habt die Wahl. Mir ist es völlig egal.«

»Dann mach doch!«, sagte Telma kalt.

Bragis Mund entwich ein Wimmern.

Ich dachte an Großvater, sah ihn vor mir. Er machte ein wütendes Gesicht.

»Really?«, fragte der Amerikaner. »Niemand? Du vielleicht?« Er zeigte mit der Pistole auf Bragi. Der duckte sich und kniff die Augen zusammen, rührte sich aber nicht vom Fleck. »Alright, so be it.« Der Amerikaner richtete die Glock auf mich. »Ich fange mit dem behinderten Sheriff an.«

Behindert.

Ich kenne diese Wörter. Es gibt viele davon, und zwar in allen Sprachen. Retard, Idiot, Trottel, Downser, Spasti, Mongo, Krüppel, Depp, Tölpel, Dummkopf. Und ich kann die Leute, die mich so nennen, meistens nicht leiden.

Ich senkte den Kopf, ließ die Arme hängen und machte einen Schritt zur Seite, weg von Telma und Bragi. In meinen Oberarmen spürte ich plötzlich ein Ziehen und Zerren, ein unangenehmes Gefühl. Wie Hitze. Sie breitete sich in meinem ganzen Körper aus, rauschte laut in meinem Kopf. Ich schaute zu, wie der Amerikaner die Lippen bewegte und auf mich zutrat, hörte aber nicht, was er sagte, schaute ihn nur an. Er hob die Pistole und richtete sie auf meinen Kopf, und ich schaute in den Lauf der Glock – auch so ein schrecklich schwarzes Loch, wenn auch viel kleiner als der Schacht.

Man sagt, das Leben ziehe an einem vorbei, kurz bevor man stirbt. Das stimmt nicht ganz. Man sieht vor allem Gesichter, denn das Leben ist eine Ansammlung von Begegnungen. Man sieht sie alle vor sich, aber es sind nicht nur die Menschen, die man am liebsten mag, nein, man sieht alle möglichen Gesichter. Neben Großvater und meiner Mutter sah ich nämlich auch Róbert McKenzie und diesen berühmten TV-Moderator, Villi Þór, dem ich in der Shoppingmall begegnet war. Seltsam. Wieso ausgerechnet er? Ich sah Birna, ich sah die FBI-Agentin Dakota Leen und meine Schwestern Allison und Piper. Ich sah Óttars Frau Lin und Yrsa und viele weitere Gesichter. Ich vermisste sie alle, egal, ob ich sie mochte oder nicht, sogar Sharon und meinen Vater sah ich, der mich einfach so im Getümmel hatte stehen lassen. Sie alle waren mein Leben.

Dann sah ich Onkel Bucky, und es war, als würde etwas bei mir einrasten, wie bei einem Getriebe, als wären die Zahnräder in meinem Kopf, die seit Jahr und Tag rückwärtsliefen, mit einem letzten Klick in die richtige Position gekommen. Ohne zu überlegen riss ich meinen Kopf nach links und schlug gleichzeitig den Lauf der Glock-Pistole mit meiner linken Hand nach rechts, packte den Griff der Pistole mit meiner Rechten und drückte sie mit der Linken nach hinten wie einen Pouletknochen. Es war eine einzige, blitzschnelle Bewegung, wie sie mir Onkel Bucky beigebracht hatte. Mit dem Unterschied: Seine Pistole war nie geladen gewesen, und er war auch kein erfahrener CIA-Killer. Aber so war das nun mal, man kann sich seine Feinde nicht immer aussuchen.

Es löste sich ein Schuss, peng, doch ich hatte andere Sorgen, musste handeln. Zur großen Überraschung des Amerikaners war seine Pistole jetzt plötzlich in meiner Hand, und darum machte er ein komisches Gesicht, dessen Ausdruck gar nicht so einfach zu beschreiben ist. Ganz bestimmt hatte er nicht damit gerechnet, dass ich ihm die Pistole abnehmen würde.

»Kalmann!«, bellte Bragi aus weiter, weiter Ferne, und darum dauerte es einen Moment, bis sein Ruf in meinem Hirn angekommen war. Fast hätte ich dem alten Amerikaner eine Kugel ins Herz gejagt. Kammerschuss. Denn ein Kopfschuss ist nicht immer tödlich. Aber dann hätte ich einen Menschen getötet gehabt, und das wäre gar nicht gut gewesen, weil er mich dann in meinen Träumen besucht und möglicherweise erschreckt hätte.

Ich machte einen Schritt rückwärts, denn dem Amerikaner war anzusehen, dass er eine Chance witterte und vielleicht versuchen würde, mich zu überwältigen. Ich senkte die Glock, zielte auf sein linkes Knie, der Amerikaner hob die Hände und sagte »no!«, und ich drückte ab.

Peng.

Seine Hose bekam ein Loch, etwas seitlich, und weil sich der Alte noch immer alle möglichen Gedanken zu machen schien, anstatt sich um seine Verletzung zu kümmern, drückte ich noch einmal ab.

Peng.

Und noch einmal.

Peng.

Sein Hosenbein war jetzt zerfetzt, und der Amerikaner fiel hin, ich hatte ihn gefällt wie einen Baum. Die alte Sägemaschine in Mill Creek blitzte vor mir auf.

»Kalmann, genug!«

Wenn Bragi nicht gewesen wäre, hätte ich das ganze Magazin in den alten Amerikaner geballert, denn mit jedem Mal Abdrücken wich ein wenig von der Wut aus meinen Gliedern; die Wut darüber, dass mein Großvater gestorben war, dass mich mein Vater einfach so im Getümmel hatte stehen lassen, dass mich der Amerikaner im giftigen Berg hatte einschließen und ersticken lassen wollen. Dass ich so war, wie ich war. Aber ich war schließlich der Sheriff. Also drückte ich noch ein letztes Mal ab.

⌘

26

Peng

Telma hätte mich bestimmt machen lassen. Denn als ich innehielt, den Finger vom Abzug nahm und die Glock auf den Boden richtete, sagte sie wie aus weiter Ferne: »Kalmann, gib mir die Pistole!« Wollte sie den Amerikaner erschießen?

Bragi mischte sich ein. Auch seine Stimme war dumpf, ich konnte ihn fast nicht verstehen.

»Wir sind keine Mörder!«

Er hatte natürlich recht, und darum war ich wirklich froh über seine Begleitung. Außerdem war die Gefahr gebannt, der Amerikaner blieb nämlich am Boden liegen. Mit dem kaputten Bein würde er uns nicht mehr herumjagen können wie Schafe. Wir brauchten nur den Berg hinunterlaufen, um mit Telmas Festnetztelefon oder Petras Funk die Polizei zu verständigen. Birna würde staunen!

»Kalmann, gib mir die Pistole!« Die Kälte in Telmas Stimme war deutlich spürbar.

Bragi stellte sich mit hochrotem Kopf zwischen uns.

»Kalmann kann offensichtlich am besten mit einer Pistole umgehen.« Und an mich gerichtet, noch immer so leise, als habe ich Watte in den Ohren: »Gib sie nicht her! Kalmann, du bist der Sheriff!«

Also gab ich die Glock nicht her, war sogar ein wenig

stolz, Sheriff genannt worden zu sein. Aber Telma ließ nicht locker.

»Wir können die Sache beenden, hier und jetzt!«, rief sie. »Ich will nicht für den Rest meines Lebens über die Schulter gucken und darauf warten, dass er wieder auftaucht.«

»Tot bringt uns der Amerikaner überhaupt nichts«, warf Bragi ein, und ich fragte mich, was er damit meinte. Denn lebend brachte er uns auch nichts. Aber ich mischte mich nicht ein. Es war schließlich mein Job, über die Glock zu verfügen und für Ordnung zu sorgen. Den Amerikaner im Auge zu behalten.

Telma fauchte wütend. So kannte ich sie gar nicht. Und sie war überhaupt nicht so erschöpft, wie sie uns glauben gemacht hatte. Sie starrte den Amerikaner böse an, schaute ihm mit Genugtuung dabei zu, wie er sich krampfhaft die Hände aufs Knie drückte und Schmerzlaute hinter zusammengepressten Lippen gefangen hielt. Er starrte auf den Boden, hatte das Interesse an uns verloren. Wahrscheinlich versuchte er, sich mit seiner neuen Situation abzufinden.

Telma verwarf die Hände, drehte sich um und marschierte über die Betonfundamente und Treppen zurück auf die Straße, stapfte Richtung Auto, als sei sie plötzlich zehn Jahre jünger. Bragi schaute zuerst den Amerikaner an, dann mich, die Augen weit aufgerissen.

»Dein Ohr!«, sagte er dumpf. »Wir müssen sofort zurück.«

Nun spürte ich das warme Blut, es lief mir in den Nacken. Hatte mich der Amerikaner doch erwischt? Ich tastete mein lädiertes Ohr mit den Fingerspitzen ab und berührte lose Fetzen, wo meine Ohrmuschel hätte sein sollen.

»Okay!«, rief ich.

Schweigend gingen wir in einigem Abstand hinter Telma her, den Amerikaner ließen wir einfach am Boden liegen. Ich steckte seine Pistole in meinen Hosenbund und drückte meine Handfläche an das kaputte Ohr, damit es nicht ganz abfiel. Einmal noch blickte ich zurück, aber der Amerikaner war verschwunden, war nirgends zu sehen, und darum blieb ich verwundert stehen.

»Wo ist er denn hin?«

Auch Bragi schaute sich um. Fluchte.

»Er ist wohl in den Schacht hinuntergeklettert. Komm!« Er packte mich am Arm und zog mich weiter, als gäbe es Grund zur Sorge.

Beim Mietauto machten wir eine kurze Rast, mir war nämlich schwindlig geworden. Wir überlegten, ob wir den Mazda aus dem Straßengraben zurück auf die Straße schieben könnten, aber ich vermutete, dass die Karre zu schwer für uns war. Zwei Tonnen schiebt man nicht einfach so durch den Schnee, und eine Schaufel hatten wir auch nicht dabei. Telma hatte zum Glück eine bessere Idee: Bragi solle sich mit mir ins Auto setzen, da könnten wir den Motor starten, um uns warm zu halten, aber wir dürften die Radarstation nicht aus den Augen lassen. Währenddessen laufe sie hinunter zum Haus, um Hilfe zu rufen, dann komme sie uns mit dem Lada holen.

Es war eine ausgezeichnete Idee, unsere einstimmige Zustimmung wäre ihr sicher gewesen, aber just in dem Moment bekam die Frontscheibe des Mazdas ein Loch, und zwar ein ganz kleines rundes. Das war natürlich nicht gut. Kurz darauf hörten wir den Knall des Schusses. Peng. Ich drehte mich um und schaute hoch zu den Überbleibseln des Metallgerüsts, aber der Amerikaner war noch immer nicht zu sehen. Erst, als ich am Boden etwas aufblitzen sah, konnte ich davon ausgehen, dass er da oben auf der Betonplatte lag, ein paar Hundert Meter von uns entfernt. Die zweite Kugel schlug hinter dem Auto in den Felsen und machte einen schrecklichen Schwirrlaut.

»Kalmann!«

Erstaunlich. Der Amerikaner musste trotz der Schussverletzungen in den Schacht geklettert sein und da ein altes Gewehr gefunden haben, anders war es gar nicht zu erklären. Für eine Pistole war die Distanz zu groß, und ich war schließlich im Besitz seiner Glock.

»Kalmann, aufwachen!«

Dicht neben meinem rechten Bein zersprang der Scheinwerfer des Mazdas. Die von der Vermietung würden sich erstaunt am Kopf kratzen, wenn sie das Auto zurückbekamen.

»Kalli!«

Telma und Bragi hatten sich hinter den Mazda geworfen und winkten mich energisch zu sich. Etwas stieß mich in den linken Oberarm, und Stofffetzen flogen durch die Luft. Dann hörte ich den Schuss, denn eine Kugel ist immer schneller als ihr Schall. Ich setzte mich zu den beiden in den Schnee und fühlte mich dabei ganz wattig. Mein linker Arm war taub.

»Wir hätten ihn umbringen sollen, diesen Teufel!«, fluchte Telma.

»Das hilft uns jetzt auch nicht weiter!«, rief Bragi. Mit besorgter Miene wandte er sich mir zu: »Hat er dich erwischt?«

»Nur gestreift«, vermutete ich. »Tut nicht weh. Ich spüre nichts. Kein Grund –«

Wieder schwirrte eine Kugel dicht an uns vorbei.

»Hinterm Auto sind wir wenigstens in Sicherheit«, sagte Telma.

»Aber für wie lange!«, warf Bragi ein. »Wir müssen Hilfe holen!«

»Dann knallt er uns ab wie die Schneehühner.«

»Kalmann, kannst du ihn mit der Pistole treffen?«

»Keine Chance«, sagte ich. Bragi kannte sich mit Schusswaffen nicht gut aus. Aber ich hatte sowieso eine bessere Idee, wusste plötzlich, was zu tun war. Es blieb auch keine Zeit abzuwarten, denn inzwischen fühlte ich mich richtig schlapp, vielleicht klappte ich bald zusammen. Ich hätte mich ein wenig ins Auto legen wollen, hinten auf die Sitze, um ein Nickerchen zu machen. Vielleicht war es der Blutverlust, vielleicht war ich einfach nur müde wegen der ganzen Aufregung. Zudem hatte ich seit Stunden nichts gegessen. Darum musste ich handeln, jetzt, sofort. Ich wartete, bis die nächste Kugel ein Loch in den Mazda machte, dann kroch ich ums Auto, öffnete die Beifahrertür und kletterte hinein. Bragi und Telma schrien mir hinterher, wollten, dass ich mich wieder zu ihnen kauerte, total peinlich. Die Frontscheibe bekam ein zweites Loch, und das Sitzpolster neben mir auch, aber ich griff nach der Signalpistole auf dem Armaturenbrett, stieg aus dem Auto, stellte mich breitbeinig in den Schnee und zielte mit ausgestrecktem Arm in den

Himmel, sah wohl aus wie dieser Sänger von Queen, nur hatte ich anstelle des Mikrofons eine Pistole.

Ich zögerte keine Sekunde.

Und drückte ab.

Peng.

⌘

27

Feuerwerk

Das Geschoss der Signalpistole flog schräg in die Luft.
Ob es jemand in Þórshöfn oder Sauðanes sehen
würde, der Trawler vielleicht, den ich draußen auf dem Meer
ausgemacht hatte? Es war unsere einzige Hoffnung, möglicherweise unsere letzte. Wir brauchten nämlich Hilfe, und
zwar dringend. Jemand musste uns hier oben bemerken,
denn wir wollten keine Zielscheibe mehr sein, niemand
möchte das.

Rot und intensiv glühte das Geschoss zwischen vereinzelten Schneeflocken im düsteren Abendhimmel, sprühte
und fauchte. Ich schaute ihm hinterher, wie man einer
Silvesterrakete hinterherschaut; staunend, voller freudiger
Erwartung auf den abschließenden Knall.

Ein Windstoß zerzauste mein Haar, als ich dem glühenden Punkt hinterherschaute, der jetzt etwa einhundert
Meter über dem Berg schwebte und dann gemächlich he-
runterfiel. Dem Windstoß folgte ein entferntes Peng. Die
Gewehrkugel musste haarscharf an meinem Kopf vorbei-
geflogen sein. Und ich Idiot stand neben dem Auto und
guckte in den Himmel. Aber so bin ich manchmal. Auch
dass unmittelbar neben mir die Autoscheibe zerbarst, weil
sie ein drittes Loch nicht mehr vertrug, nahm ich nur ne-
benbei wahr. Feuerwerk hypnotisiert mich.

Das Geschoss der Signalpistole steuerte nun direkt auf das Metallgerüst der Radarstation zu – obwohl ich es doch Richtung Þórshöfn hatte schießen wollen, damit es auch jemand bemerken würde. Der Mazda sackte ein wenig in sich zusammen, die Kugel hatte einen Reifen getroffen. Kurz darauf flogen Fetzen meiner Jacke durch die Luft und vermischten sich mit den Schneeflocken. Dass mich Bragi und Telma lauthals darum baten, ja, mich sogar anflehten, in Deckung zu gehen, bekam ich nur am Rande mit. Ich war jetzt in Feuerwerks-Stimmung, wollte nichts verpassen, sah gebannt zu, wie das glühende Geschoss hinter dem alten Amerikaner auf den Beton fiel, da aber nicht liegen blieb, sondern wie durch Zauberei verschwand.

»Ha!« Ich lachte erstaunt. »So ein Zufall!«

Das Geschoss musste in den offenen Schacht gefallen sein, versprühte nun sein rotes Licht im Berginnern, was bestimmt gespenstisch aussah.

Der Amerikaner hatte es auch bemerkt. Er rappelte sich mithilfe des Gewehrs mühselig auf, stützte sich darauf ab, verharrte gekrümmt, das zerschossene Bein schmerzte ihn bestimmt. Wahrscheinlich versuchte er, Kraft zu sammeln, was ihm zu gelingen schien, denn er humpelte ein wenig an Ort und Stelle, suchte das Gleichgewicht, stand schließlich still und aufrecht. Schaute in meine Richtung. Schulterte das Gewehr. Ich sah es trotz der Dunkelheit. Was machte er da? Steif und langsam hob er seinen rechten Arm und führte seine Fingerspitzen an die Schläfe, salutierte militärisch in die Nacht hinein und wurde zur Soldatenstatue – eine kleine schwarze Silhouette am Horizont. Galt der Salut mir? Zollte er mir seinen Respekt?

Manchmal brauche ich lange, länger als andere, bis ich eins und eins zusammengezählt habe. Aber nun, als ich das Geschoss der Signalpistole im Schacht hatte verschwinden sehen, als habe der Berg es verschluckt, nun, als mir der Amerikaner mit militärischem Salut den Respekt zollte, knipste jemand in den dunkelsten Tiefen meiner Birne ein Licht an, kippte einen Schalter um, und das Getriebe kam endlich wieder in Gang: Die Verschmutzung, die Chemikalien!, schoss es mir durch den Kopf. Der seltsame Geruch, das Geheimnis um den Berg, die Spionage, die Drohungen, die breite Straße auf den Berg, die Schwertransporte, die vielen Fotografien meines Großvaters … Großvater!

»Der Berg fliegt«, murmelte ich. »Er fliegt in die Luft.«

Dann erwachte er.

Rums.

Der Berg erhob sich vor meinen Augen, richtete sich wie in Zeitlupe auf – oder war es der Riese, der seinerzeit in den Berg einbetoniert worden war, ein Drache vielleicht, der einen Goldschatz bewachte?

Der ganze obere Teil des Berges hob ab und flog in die Luft, vom Rumpf losgelöst, ein blendend heller Feuerball, der den Amerikaner in null Komma nichts in sich aufnahm. Rauch schnellte in die Höhe, türmte sich zu allen Seiten auf, quoll und vermehrte sich, Steine wirbelten wie mittelalterliche Geschosse in die Höhe. Der alte Amerikaner war vom Drachen gefressen worden, vom Riesen zertrampelt, war weggeschleudert worden und stellte keine Gefahr mehr dar. Auch ich hob nun ab, erfasst von der Druckwelle der Explosion. Ich sah an meinen Armen und Beinen entlang, wurde rückwärts durch die Luft geschleudert, flog am

Mazda vorbei, der trotz allem noch immer im Straßengraben festsaß. Bragi und Telma schauten mir hinterher, und wenn nicht alles so schnell passiert wäre, hätte ich ihnen zugewinkt.

Noch während ich durch die Luft flog, wurde mir klar, dass es weder ein Riese oder ein Drache war noch der Berg selbst, der sich erhoben hatte, sondern ein Munitionslager, das in die Luft flog. Nói würde lachen! Er würde die ganzen Chemikalien aufzählen, von denen er im Bericht der Universität gelesen hatte, und er würde sagen:

»Ein geiler Cocktail, baby!«

Ich freute mich schon darauf, ihm von der krassen Explosion zu erzählen, dabei stand mir noch immer die Landung bevor, die ich dann aber nicht mehr mitbekam, denn es wurde schwarz, klick, Licht aus.

Ich wachte nur Sekunden später wieder auf, es war also noch nicht überstanden, auch wenn ich mich ziemlich tot fühlte, wie ein lebloses Stück Fleisch, ein Fisch im Eimer, ein nasser Teebeutel in der leeren Tasse.

Der Lärm der anhaltenden Explosionen glich nunmehr einem Brüllen, einem Kreischen und Keifen, Stöhnen und Ächzen. Der Berg wehklagte, tobte, bäumte sich mit einem letzten Kampfesschrei auf und warf in der Verzweiflung mit riesigen Gesteinsbrocken um sich, die jetzt neben mir auf dem Boden aufschlugen. Ich richtete mich etwas auf, stützte mich auf den Ellbogen ab, blickte meinen Körper entlang – und wunderte mich. Hier lag nicht ich, sondern jemand, der durch einen Fleischwolf gedreht worden war. Die Hosen waren zerfetzt und schmutzig, die Füße steckten in blutigen Socken, die Schuhe waren weg. Die Erde unter mir zitterte und bebte, als stampfte dort oben auf dem Berg wütend der Riese, keifte der Drache, aber allmählich nahm die Intensität ab. Der Berg wurde müde.

Er hatte jetzt einen Krater, fast wie ein Vulkan, und aus diesem Krater quoll schwarzer Rauch, schossen hohe Stichflammen, Gesteinsbrocken und Raketen. Es war laut, lauter als zu Silvester in Mill Creek, denn die Raketen waren natürlich keine Feuerwerkskörper, auch keine selbstgemachten, sondern Bomben und großkalibrige Geschosse, und wenn die explodieren, macht es eben Rums. Die Luft vibrierte und brannte.

Bragi winkte mir aus dem Schutz des Mazda-Mietautos zu, schien erleichtert, als ich zurückwinkte. Er begann, mit bloßen Händen Schnee unter dem Auto hervorzuschaufeln, um eine geschützte Höhle zu schaffen. Telma hielt den Kopf gesenkt und presste sich beide Hände auf die Ohren, versuchte dabei, unter das Auto zu kriechen. Das ist meistens so: Alte Menschen wissen ein gutes Feuerwerk nicht zu schätzen. Auch Großvater hatte in seinen letzten Jahren die Freude daran verloren und war meistens schon vor Mitternacht eingeschlafen. Er überließ es jeweils mir, die alten Patronen der Signalpistole zu verballern. Aber jetzt bekam ich die Show meines Lebens dargeboten!

Dass wir viel zu nahe am Munitionslager waren, war uns natürlich bewusst, denn die Raketen explodierten manchmal ganz in der Nähe, sodass immer wieder kleine Steine auf uns herunterprasselten. Die von der Autovermietung würden einen Herzinfarkt bekommen, wenn sie den Mazda zu sehen bekämen! Der weiße Lack war abgeblättert, die

278

Karosserie war von kleinen Löchern übersät, alle Scheiben waren kaputt.

Ich schaute zu, wie die Reste der amerikanischen Radarstation, der braune Klotz aus vorgefertigten Betonelementen, von mehreren Raketen getroffen wurden und in einer gewaltigen Feuerkugel auseinanderbarsten. Der düstere Himmel über uns wurde schwarz, ein Stück Fels löste sich aus dem Kraterrand und rollte wie in Zeitlupe den Hang hinunter. Jetzt hieß es Daumendrücken, denn irgendwo da unten stand Telmas Haus.

Plötzlich beugte sich Bragi über mich. Er hatte eine Schramme am Kopf und ein völlig verdrecktes Gesicht.

»Unters Auto!«, brüllte er, aber ich konnte mich nicht bewegen, dazu war ich viel zu erschöpft.

Es wurde hell, Erde regnete herab, und Bragi fiel auf den Hintern, hielt sich schützend den Arm übers Gesicht und schrie. Er rappelte sich wieder auf, packte mich unter den Achseln und zog mich rückwärts durch den dreckigen Schnee. Ich hinterließ eine Blutspur, blickte auf meine Beine, die ich kaum spürte, und war froh und erleichtert, dass sie an mir dranblieben. Bragi fiel ein paarmal hin, aber schließlich gelang es ihm, mich bis zum Mazda zu schleppen, wo er mich unter das Auto schob, während Telma an meinen Kleidern zog. Der Mazda wackelte und der Boden vibrierte wie einer dieser Massagestühle, die es in der Shoppingmall in Akureyri gibt. Das Zittern des Berges war so angenehm, dass ich meine Augen verdrehte und in einen tiefen Schlaf fiel.

Großvater blieb stehen. Er drehte sich ganz erschrocken um und gab einen Fluch von sich: »Andskotans!«

Wir befanden uns irgendwo auf der Melrakkaslétta, etwa eine knappe Stunde von Raufarhöfn entfernt, waren auf Fuchsjagd. Ich trug die Plastiktüte mit den Köderstücken, Restfleisch von Lamm, Beinknochen, die wir irgendwo an einem geeigneten Luderplatz aufs Moos legen würden, um diesen Platz aus guter Distanz anzusitzen, bis sich ein Polarfuchs an den Leckerbissen zu schaffen machen würde. Die Hufe des Lammes guckten oben aus der Tüte. Großvater trug die Büchse am Gewehrriemen, es war ein herrlich sonniger Tag, ein warmer Wind wehte uns ins Gesicht, die Bedingungen waren perfekt.

»Ist was?«, fragte ich Großvater. Er wirkte erschöpft, war in den letzten Monaten alt und langsam geworden. Wir waren nicht zum ersten Mal auf der Jagd, waren ein nach all den Jahren eingespieltes Team, verbrachten manchmal mehrere Stunden miteinander auf der Slétta, ohne auch nur ein einziges Wort zu wechseln – was sich übrigens empfiehlt, denn Polarfüchse haben große Ohren. Aber Großvater war verwirrt.

»Der Fotoapparat. Teufel noch mal! Ich habe ihn vergessen.«

»Den Fotoapparat?«

Großvater schaute mich mürrisch an.

»Ich muss ihn holen gehen!«

»Wozu brauchst du denn einen?«

Er suchte nach einer Erklärung, wurde dabei immer ungeduldiger, starrte mich auf eine Weise an, als bereue er, mich auf die Jagd mitgenommen zu haben, ja, als sei er sich gar nicht so sicher, wieso ich ihn begleitet hatte. Es spiele keine Rolle, sagte er schließlich, und seine Augen bekamen einen ängstlichen Schimmer. Er schaute sich nur um und musterte mich verstohlen, sein Bart zitterte im Wind, er kaute auf seinen Lippen. Setzte sich hin, plumpste ins Moos und legte die Büchse achtlos neben sich.

»Bist du schon müde?«, fragte ich, und er nickte. Ich war noch nicht müde, also schaute ich mich ein wenig um, ließ Großvater sitzen. Plötzlich flatterte wenige Meter von mir entfernt ein Regenbrachvogel aus einer Mulde, flog laut pfeifend in die Luft und drehte Runden über mir. Keine Frage: Da verbarg sich sein Nest. Tatsächlich fand ich es auf Anhieb. Vier grüne, braun gesprenkelte Eier. Wunderschön. Jedes Ei wie handgemalt.

»Nicht anfassen!«, rief Großvater aus einiger Entfernung. Er war noch immer mürrisch. »Lass das Nest in Ruhe, sonst kommt der Vogel nicht wieder! Wie oft muss ich dir das noch sagen!« Ich latschte beleidigt zurück zu ihm. »Setz dich neben mich, Kalmann.« Wir blickten gen Norden, hatten die Sonne im Rücken, die weite Ebene lag vor uns. »Hör mal –«, er suchte nach Worten. »Ich werde nicht für immer mit dir auf die Jagd gehen können. Das weißt du doch, oder?«

»Ja.« Ich nahm den Cowboyhut vom Kopf, drehte ihn in den Händen und murmelte: »Nichts auf dieser Welt ist für die Ewigkeit.« Die Sonne wärmte mein Haar, der Wind kühlte meine Stirn.

»Richtig.« Großvater war zufrieden mit meiner Antwort, schwieg aber lange, so lange, bis ich einen feuchten Hintern bekam.

»Kalmann, wir machen das jetzt so. Du gehst allein weiter, und ich geh zurück.«

»Um den Fotoapparat zu holen?«

»Nein, Kalmann. Vergiss den Apparat. Überhaupt, sag deiner Mutter nichts davon. Verstanden?«

»Yes Sir.«

»Und komm mir bloß nicht mit deinem ›Yes Sir‹!«

»Yes Sir!«, wiederholte ich, und Großvater schüttelte den Kopf, war aber nicht mehr so schlecht gelaunt wie eben.

»Ich geh jetzt zurück und lege mich ein wenig hin, ich bin so müde.« Ich nickte. Großvater hängte mir die Büchse an die Schulter. »Du gehst weiter, Füchse jagen, immer geradeaus. Bleib aber nicht zu lange. Und wenn du keinen erwischst – egal. Man kommt nicht immer mit einer Beute zurück.«

Ich muss verdutzt geguckt haben, denn er klopfte mir aufmunternd auf die Schulter, bat mich dann, ihm auf die Füße zu helfen, drehte sich gen Osten und machte sich davon, ließ mich einfach mitten auf der Melrakkaslétta zurück. Zum ersten Mal in meinem Leben.

Ich schaute ihm lange hinterher, wie er mit kleinen, vorsichtigen Schritten über die unebene Ebene wanderte, so, wie man über einen zugefrorenen See geht, nicht sicher, ob die Eisschicht hält.

Kurz bevor er hinter einer kleinen Anhöhe verschwand, drehte er sich noch einmal um und schaute zurück, hob die Hand, wie in einem Western, wenn sich der einsame Held verabschiedet. Ich winkte zurück, fuchtelte mit meinem Cowboyhut, winkte und winkte, bis Großvater hinter der Anhöhe verschwunden war. Dann setzte ich mir den Hut

auf den Kopf, drehte mich dem Wind zu und schritt mutig
voran. Es war das erste Mal, dass ich alleine auf Fuchsjagd
ging, bewaffnet bis an die Zähne, die Büchse hing an meiner
Schulter, die Mauser steckte im Holster, ein Messer hatte
ich auch dabei. Ich war stolz und zugleich hatte ich die
Hosen voll.

Ich ging weit, schließlich konnte ich jetzt schneller
laufen als zuvor, und dann legte ich das Luder aufs weiche
Moos und versteckte mich etwa hundert Meter davon entfernt hinter einem ziemlich großen Stein, der mit weißen
und gelben und orangenen Flechten übersät war, passte
dabei auf, dass mir der Wind immer schön ins Gesicht
blies, denn obwohl Füchse ganz kleine Nasenlöcher haben,
ist ihr Geruchssinn viel besser als der von uns Menschen.
Immerzu musste ich an Großvater denken, der in letzter
Zeit so alt und ängstlich geworden war, mürrisch, schlecht
gelaunt, und weil ich mir so viele Gedanken machte, schlief
ich hinter dem Stein ein und wachte erst wieder auf, als die
Sonne tief im Westen stand.

Das Luder war weg.

Unter einem Mazda kann man sehr gut schlafen, selbst im
Winter, das weiß ich jetzt. Diese Autos sind also doch für
etwas zu gebrauchen. Ich schlief so tief, dass man sich schon
fragte, ob ich aus diesen Tiefen wieder auftauchen würde.
Wenige Minuten kamen mir wie Wochen vor. Aber letztendlich wachte ich doch auf, nicht unter dem Mazda zwar,
sondern in einem Krankenwagen, der so schräg stand, dass
ich glaubte, ich sei an den Füßen aufgehängt worden. Wir
standen also noch immer am Berg, ich lag auf einer Bahre,

und von draußen hörte man das Wummern der Explosionen. Gelegentlich prasselten kleine Steine aufs Dach.

»Halldór, du kannst losfahren!«, hörte ich Bragi rufen, und jetzt setzte sich der Wagen tatsächlich in Bewegung, begann dabei heftig zu schaukeln, denn die Straße war mit Trümmern übersäht, sodass ich gleich wieder in den Schlaf gewiegt wurde, ich konnte überhaupt nichts dagegen tun.

»Kalmann, du gehst weiter, Füchse jagen, immer geradeaus!«

Halldór fuhr in halsbrecherischem Tempo den Berg runter, während sich Bragi über mich beugte, um mich besser auf der Bahre festzuzurren.

»Mach dir mal keine Sorgen!«, schnauzte er mich an und dass ich aufhören solle, den dünnen Schlauch aus meinem Arm zu ziehen.

Ich schaute an mir runter und bemerkte, dass ich nur noch meine Unterhosen anhatte, aber an Armen und Beinen Verbände trug, die sich mit rotem Blut vollgesogen hatten. Auch mein Kopf war dick eingewoben, ich muss wie eine Mumie ausgesehen haben. Mein Brustkorb fühlte sich schwer an. Jeder Atemzug klang, als würde jemand mit einer halbvollen Schachtel Nägel rasseln.

»Wo ist Telma?«, fragte ich Bragi im Flüsterton.

»Sitzt vorne!«, rief Bragi und dass wir uns noch immer auf Langanes befänden, etwa auf der Höhe von Sauðanes.

Ich musste natürlich wieder an Großvater denken, denn wenn ich jetzt gestorben wäre, hätten sie gleich anhalten und mich zu ihm legen können. Aber Bragi versicherte mir erneut, dass es keinen Grund zur Sorge gäbe, wenn ich bitte die Verbände und die Infusion sein lassen und mich verdammt noch mal entspannen würde!

Weil ich aus den Filmen weiß, dass man auf dem Operationstisch rückwärts zählen muss, um einzuschlafen, zählte ich von zehn rückwärts, aber ich glaube, ich schaffte es nur knapp bis acht.

»Und wenn du keine Füchse jagst – egal. Verstanden?«

Wieder wachte ich auf. Bragi diskutierte lauthals mit Halldór, der wiederum in ein Funkgerät brüllte, und da erst realisierte ich, dass es Grund zur Sorge gab. Ich hatte Blut kotzen müssen, und mein Puls war offenbar ziemlich schwach. Wir fuhren jetzt auf einer geteerten Straße, machten also keine Sprünge mehr, und Halldór konnte aufs Gaspedal drücken, so fest er wollte. Er erkundigte sich nach dem Verbleib des Hubschraubers, und die Stimme aus dem Funkgerät sagte, dass der noch immer in den Westfjorden damit beschäftigt sei, eine vierköpfige Bootsmannschaft zu bergen, die an der steinigen Küste aufgelaufen war.

»Autopilot«, murmelte ich.

»Was sagst du?«, fragte mich Bragi, aber ich machte nun auch den Autopiloten an und die Augen zu, und sogar Großvater sagte, das sei in Ordnung, das alles, in bester Ordnung.

Plötzlich wurde es sehr laut. Ein Sturm brach los. Und dann sah ich den Krankenwagen weit unter mir, wenn auch nur einen kurzen Moment, Halldór, Bragi und Telma, die danebenstanden und mit erhobenen Armen und zusammengekniffenen Augen zu mir hochblickten. Jetzt war ich also tot, bewegte mich schon Richtung Himmel. Dachte ich. Das war natürlich Quatsch. Die Bahre, auf der ich lag, wurde an einer Seilwinde in den Hubschrauber der Küstenwache hochgekurbelt. Wahrscheinlich hatte der Pilot auf die Schnelle keinen guten Landeplatz gefunden. Es schneite nun heftig, die Schneeflocken wirbelten in alle Richtungen. Die Bahre kam ins Schlingern, und darum drehte sich der Krankenwagen unter mir. Alles drehte sich, und ich machte wieder die Augen zu.

In einem Hubschrauber ist es viel lauter, als man denkt. Vor allem dann, wenn sich der Pilot beeilen muss. Der Hubschrauber neigte sich zur Seite, bog ab, und so konnte ich noch die Lichter des Krankenwagens unten erkennen, drei Gestalten, die danebenstanden, und schon wurde es vor dem Fenster dunkel, nur die Blinklichter des Hubschraubers ließen das Schneetreiben draußen aufleuchten.

Ein behelmter Mann betrachtete mich flüchtig und machte das Daumen-hoch-Zeichen. Ich hätte die Geste gern erwidern wollen, Daumen hoch, kein Grund zur Sorge, aber das ging aus verschiedenen Gründen nicht.

⌘

28

Spital

Es war ein langsames Aufwachen, ein Kämpfen vielmehr, ein Ringen, ein verzweifeltes Wiederauftauchen und Luftholen.

Meine Mutter beugte sich über mich und bewegte die Lippen. Das beruhigte mich augenblicklich, und ich gab den Kampf auf, sank erneut in die Tiefe, erleichtert diesmal. Als ich einen Tag später erneut aufwachte, war meine Mutter noch immer da.

Bis ich wieder ganz bei Sinnen war, Realität von Traum unterscheiden konnte und mitkriegte, was eigentlich los war, dauerte es lange. Ich hatte mir nämlich einige üble Wunden zugezogen, war zusammengeflickt und zugenäht worden, trug etwa fünfzig Verbände und war an Schläuche angeschlossen. Die Gewehrkugel in meinem linken Arm war entfernt und ein übler Streifschuss mithilfe von Fischhaut aus den Westfjorden verarztet worden. Ich war halb Fisch, halb Mensch. Das zerfetzte Ohr hatte man einigermaßen zusammennähen können, es fehlte bloß ein Stück, aber das Ohr war noch immer dick verbunden, weshalb ich nur mit dem anderen zuhörte, wenn sich der Arzt mit meiner Mutter über die Verletzungen unterhielt. Ein paar Knochen waren gebrochen, auch Rippen, denn wenn man durch die Luft geschleudert wird, endet das meist in einer Bruchlandung. Die zerrissene Lunge, der Blutverlust und weitere innere Verletzungen, verursacht durch die Druckwelle der Explosion, waren mir fast zum Verhängnis geworden. Gemäß dem Arzt hatte ich an einer Kreuzung gestanden. Der eine Weg führte hierher zurück, und der andere führte, nun ja, ins Jenseits eben, nach Walhall wahrscheinlich.

Großvater. Er hatte mir aus der Ferne zugewinkt! Ich hatte von ihm geträumt, als ich unter dem Mazda ein Nickerchen machte. Es war unsere letzte gemeinsame Jagd gewesen. Ich hatte mich für die Melrakkaslétta entschieden, für das Leben. Füchse jagen. Großvater hatte das so gewollt. Hatte mich nicht mit ihm mitgehen lassen.

Ich musste sehr lange im Krankenhausbett liegen bleiben und sogar ein zweites Mal operiert werden.

Telma und Bragi hatten nur oberflächliche Wunden und Schrammen davongetragen. Sie waren schon wieder aus dem Spital entlassen worden, hatten mich noch besucht, aber ich hatte geschlafen. Die Schmerzmittel benebelten mich.

Zum Glück war ich wach, als die Polizei kam: zwei uniformierte Männer und Birna. Wie ich mich freute! Birna freute sich auch, sie nahm sogar ihre Maske ab, damit ich sie strahlen sehen konnte, und sie legte die Hand auf meine Wange, als wäre sie in mich verliebt oder sowas. Ihre Kollegen tauschten Blicke aus, denn natürlich hätten wir uns wegen der blöden Pandemie gar nicht berühren dürfen, aber wenn eine Polizistin das Gesetz bricht, drückt man gewöhnlich ein Auge zu.

Ich musste ihr alles erzählen, denn es gab so eine Sache,

die wirklich dumm war, der Mord an Lúlli Lenin nämlich. Der alte Amerikaner, der ein pensionierter CIA-Geheimagent gewesen war, war unauffindbar, seine wahre Identität, ja sogar seine Existenz konnte nicht mit hundertprozentiger Sicherheit bewiesen werden. Wenn man nämlich mit einem Munitionslager in die Luft fliegt, bleibt nicht viel von einem übrig. Seine Glock, die ich ihm abgenommen hatte, stimmte mit der Tatwaffe überein, mit der Lúlli Lenin erschossen worden war. Und darum stand ich jetzt blöd da, denn auf der Waffe waren außer meinen Fingerabdrücken keine weiteren zu finden. Zudem hatte ich Lúlli Lenin kurz vor seinem Tod besucht, hatte vor seinem Haus Schnee geschaufelt und meine Schaufel da stehenlassen, war also ganz offiziell der letzte Mensch auf Erden gewesen, der ihn besucht hatte, und darum musste mich Birna befragen, das ist so vorgeschrieben. Mir blieb nichts anderes übrig, als ihr zu erklären, dass mein Großvater zu Tode erschreckt worden war. Ich empfahl ihr, sich mit Lárus, dem tätowierten Hausmeister des Pflegeheims in Húsavík, in Verbindung zu setzen, der würde ihr dann helfen können, den Amerikaner auf den Aufnahmen der Überwachungskameras zu finden, bestimmt stehe dann auch ein weißer Mazda vor dem Gebäude.

Birna wandte sich an ihre Kollegen und sagte: »Habe ich es euch nicht gesagt? Kalmann ist ein echter Sheriff!« Sie lachte erfreut, und ihre zwei Kollegen grinsten, nickten anerkennend.

Wir unterhielten uns noch eine Weile über mein US-Abenteuer, es war einfach ein ganz lockeres Gespräch unter Freunden. Birna erzählte mir, dass Sæmundur eine böse

Vorahnung gehabt hatte und Halldór darum bat, mit dem Krankenwagen nach Langanes zu fahren, noch bevor der Berg in die Luft geflogen war. Und kaum war Halldór auf Langanes angekommen, bemerkte er das Seenotsignal am Abendhimmel hoch über dem Heiðarfjall – und fuhr geradewegs auf den Berg zu, der vor seinen Augen auseinanderbarst, zögerte keine Sekunde, jagte den Krankenwagen über die schneebedeckte Straße und durch den Steinhagel den Berg hoch, bis er den Mazda im Straßengraben bemerkte.

Ich solle mich bei Gelegenheit bei meinen Lebensrettern Halldór und Sæmundur bedanken, schlug Birna vor, was ich mir fest vornahm.

Dann gab sie mir einen gut gemeinten Rat: Ich solle während der nächsten Tage und Wochen öfter nein sagen. Und diesen Rat befolgte ich artig. Ich sagte nein zu allen Interviewanfragen und beantwortete auch keine Telefonanrufe. Vor der Tür stand ein Polizist, der aufpasste, dass niemand ungebeten ins Zimmer platzte. So hatte ich meine Ruhe. Ich durfte so viel schlafen und fernsehen, wie ich wollte. Es wurde viel über die alte Radarstation H-2 berichtet, die sich als Munitionslager entpuppt hatte. Die Sache wurde zur internationalen Staatsangelegenheit, schließlich hatten die Amerikaner auf der ganzen Welt Radarstationen errichtet, waren aber nicht gewillt, genaue Auskunft darüber zu geben. Weil man dank mir wusste, dass solche Stationen auch Munitionslager sein können, wurde mein Name fast immer erwähnt, mit Foto und allem. Dabei hatte ich den Berg nur versehentlich in die Luft gejagt. Ein Experte im Fernsehen bezweifelte zwar, dass die Patrone aus meiner Signalpistole ein ganzes Munitionslager in die Luft sprengen könne, vielleicht habe eine chemische Reaktion dazu geführt, oder der Amerikaner habe die Explosion selbst verursacht, aber man würde es nie mit Bestimmtheit sagen können. In diesem Zusammenhang wurden andere Beispiele genannt, man stellte Vergleiche mit weiteren Munitionslagern an, die ebenfalls explodiert waren: in den Vereinigten Staaten, in Russland, Polen, Deutschland, der Schweiz, Tschechien … Island war jetzt Teil einer langen Liste.

Somit drehten sich die Gespräche um alte Kriegsmunition, wie und wo sie gelagert wurde und die Gefahr, die von ihr ausging. Es ging um Natur- und Gewässerschutz, denn der Schaden war auch hier enorm, der ganze Berg musste abgeriegelt werden, weil da überall Munition rumlag, die nicht explodiert war. Und darum waren die Leute ziemlich sauer auf die Amerikaner, obwohl sie sich schließlich bereit erklärten, den Schaden zu bezahlen. Aber was kostet denn ein kaputter Berg? Und wie flickt man ihn? Es waren gute Fragen, die bis heute noch niemand beantwortet hat.

Bald geriet der alte Amerikaner in den Fokus, der bis jetzt ein Mysterium geblieben war, aber schließlich konnte man doch einiges über ihn in Erfahrung bringen. Birna hatte seine Existenz beweisen können. Er war tatsächlich ein CIA-Geheimagent gewesen, Abteilung Spionage, während des Kalten Krieges in Island stationiert, aber seit Jahren pensioniert und in Eigeninitiative unterwegs. Er hatte allein gelebt, war geschieden, hatte erwachsene Kinder, die den Kontakt zu ihm schon vor Jahren abgebrochen hatten und von der ganzen Sache nichts wissen wollten. Trotz der Aufräumarbeiten wurden seine sterblichen Überreste nie gefunden. Meine Vermutung war demnach am naheliegendsten: Die Wucht der Explosion hatte ihn bis ins Meer hinausgeschleudert, wo sich nun die Grönlandhaie und Seewölfe um ihn kümmerten.

Weil er unauffindbar blieb, mussten die Journalisten ihre Aufmerksamkeit neu ausrichten, sie bekamen Wind von Großvaters Tätigkeit als Spion, es nahm einfach kein Ende! Meine Mutter hatte der Polizei alle Fotos und Unterlagen übergeben müssen, damit man das Ausmaß des Munitionslagers abschätzen konnte. Dank dieser Fotos wusste man nun, wie viel Geröll die Amerikaner abtransportiert hatten und wie viele Lastwagenladungen Kriegsmaterial auf den Berg hochgeführt worden waren. Großvaters Fotos erfüllten nach all den Jahren doch noch ihren Zweck.

Da ich sein getreuester Gefährte gewesen war, führte das Interesse der Journalisten zurück zu mir. Der Ruf nach einem Interview wurde immer lauter, die Anrufe häuften sich, und darum handelte meine Mutter ein exklusives Fernsehinterview mit dem zweiten Sender aus.

Bevor der berühmte Talkshow-Master Villi Þór seine erste Frage stellen konnte – wir machten das Interview im Krankenhauszimmer –, fragte ich ihn, ob er jetzt wisse, wie der Berg auf Langanes heiße.

»Natürlich!«, sagte er und grinste verlegen. »Heiðarfjall. Dank dir weiß das jetzt die ganze Welt!«

Meine Mutter, die hinter der Kamera stand und das Gespräch von da mitverfolgte, glühte vor Stolz. Hatte sie sich geschminkt?

Kaum war das Interview im Fernsehen ausgestrahlt worden, rief mich Nói auf Messenger an.

»Sheriff, wieso hast du mich nicht erwähnt? Ich habe doch auch geholfen, den Fall zu lösen!«

Es stimmte. Ich schlug mir die flache Hand an die Stirn.

»Tut mir leid!«

Nói winkte ab.

»Auf den ganzen Medienrummel kann ich gern verzichten, thank you very much. Jemand muss doch die Fäden im Hintergrund ziehen.«

»Ach so.«

»I'm the puppet master!«

»Wer?«

Nói öffnete eine Dose Red Bull, sagte, dass er auf mich anstoße, und trank auf ex.

»Jetzt mach nicht so'n Gesicht! Wir haben's geschafft. Wir haben etwas Großartiges geleistet.« Er rülpste. »The world is a better place! Dank uns gibt es einen Mörder weniger. Und du hast deinen Großvater gerächt.«

»Denkst du?« Ein komisches Gefühl schlich sich in meine Brust. Verengte sie, was wehtat.

»Bro!« Nói lachte. Er lehnte sich in seinem Stuhl zurück, sodass ich zum ersten Mal in meinem Leben seinen Mund sehen konnte. »Du hast den Bösewicht pulverisiert. Geil. Das hätte ich sooo gern gesehen!« Nóis Mund war klein und schmal, die Lippen farblos.

»Der Berg ist richtig abgehoben«, bestätigte ich. »Die Steine sind mir nur so um die Ohren geflogen.«

»Der Berg fliegt!«, lachte Nói. »Gora letit, nicht wahr?«

»Gora letit«, echote ich und wiederholte es gleich noch einmal, denn irgendwie taten mir die Worte gut. »Gora letit, gora letit!« Ich sah Großvater, wie er sein Gesicht in meiner Brust vergrub und »Gora letit!« rief, hatte das Gefühl, gleich zu explodieren, und irgendwie musste ich mit meinen Armen gefuchtelt haben, denn ich fegte versehentlich den Laptop vom Krankenhausbett, sodass er auf den Boden fiel und augenblicklich den Geist aufgab, peng, tot. Der Bildschirm war schwarz und hatte einen Sprung, Nói war weg, und jetzt war ich froh, für das Interview mit Villi Þór viel Geld bekommen zu haben, denn damit konnte ich mir einen neuen Laptop kaufen.

⌘

29

Kein Grund zur Sorge

Bis ich mich ganz erholt hatte, körperlich zumindest, und mich auch wieder in die Nähe des Berges wagte, den ich in die Luft gesprengt hatte, wurde es Frühsommer. Endlich war ich bereit, mit meiner Mutter einen Ausflug auf die Halbinsel Langanes zu unternehmen, in Sauðanes Blumen auf die Gräber meiner Großeltern zu legen, um danach Tante Telma in ihrem einsamen Haus zu besuchen, das die Explosion des Munitionslagers glücklicherweise unbeschadet überstanden hatte.

Als wir im Renault meiner Mutter über die Melrakkaslétta düsten, Wildgänse und Singschwäne zählten, fühlte ich mich sehr glücklich – bis zu dem Moment, als wir über die Hálsar fuhren und der Berg Heiðarfjall in weiter Ferne auftauchte, dessen Krater selbst von hier aus deutlich zu erkennen war; eine schwarze, klaffende Wunde im grauen Rücken. Ich biss in meine Hand, sodass es wehtat.

»Alles in Ordnung?«, fragte meine Mutter und berührte mich an der Schulter. »Sollen wir umkehren?«

»Nein«, sagte ich und betrachtete den Abdruck auf meiner Hand. Zuerst war er weiß, dann wurde er grün und rot, die ursprüngliche Farbe der Haut kam nur langsam zurück. Die Abdrücke blieben auch dann noch. »Kein Grund zur Sorge.«

»Das ist gut«, sagte meine Mutter und seufzte zufrieden. Vielleicht stimmte es wirklich. Vielleicht gab es tatsächlich keinen Grund zur Sorge. Klar, ich hatte versehentlich einen Amerikaner ins Jenseits befördert und ein Loch in den Berg Heiðarfjall gesprengt, aber er war nicht der schönste Berg der Welt gewesen, eine flache, abgerundete Erhöhung bloß, die aus der Ferne an ein Ruderboot erinnert, das umgekehrt am Strand liegt, einfach viel größer. Der Heiðarfjall war nicht mal sehr hoch – zumindest nicht, was von ihm zu sehen war.

In Hawaii gibt es eine Vulkaninsel, die nur ein paar wenige Tausend Meter in den Himmel ragt, aber unter der Wasseroberfläche viel weiter in die Tiefe abfällt, und darum ist diese Vulkaninsel insgesamt größer als der höchste Berg der Welt. Das muss man sich einmal vorstellen! Ein Vulkanberg, zehntausend Meter hoch, und die meisten Leute kennen nicht mal seinen Namen. Am Fuße dieses Vulkanes, in schwärzester Tiefe, leben die unglaublichsten Kreaturen, Drachen- und Vampirtintenfische, riesige Spinnen und traurige Blobfische, Seewölfe möglicherweise, aber bestimmt keine Grönlandhaie, denn die mögen es lieber kalt.

Vielleicht war der Heiðarfjall auch so ein Berg, und was wir von ihm sahen, war nur die Spitze, ein kleiner Bruchteil des Großen und Ganzen also, wie bei Eisbergen. Und nun musste ich an den Amerikaner denken, dessen Überreste da unten auf dem Meeresboden lagen, die zerfetzten Gliedmaßen und Kleidungsstücke, sein Bauchtäschchen, alles schön verteilt. Bestimmt hatten die Haie den Braten gerochen und bissen genüßlich ins Fleisch, und die Seewölfe zermalmten seine Knochen, bis vom Amerikaner nichts weiter übrig blieb als weißer Knochensand, der von der Strömung weggetragen und am Strand von Langanes zu liegen kam, da einfach dazugehörte, Teil der Natur wurde, und darum gab es keinen Grund zur Sorge.

»Alles voller Packeis«, sagte meine Mutter. »Die ganze Bucht bis weit hinaus!«

»Mama!«, rief ich. »Nicht schon wieder das Packeis!«

Sie lächelte mich mit einem Augenzwinkern an und erzählte mir von einer weißen, unförmigen Welt, die sich über Nacht gebildet habe, als seien zwei Universen miteinander kollidiert.

In Þórshöfn aßen wir auf meinen Wunsch einen Tankstellen-Hotdog. Drei ziemlich schmutzige Straßenarbeiter waren uns zuvorgekommen, standen Schlange, denn es war Mittag, und weil man sich beim Schlangestehen langweilt, drehten sich alle zu uns um und starrten mich an, musterten mein komisches Ohr, begutachteten meinen Cowboyhut und meinen Sheriffsstern. Daran hatte ich mich längst gewöhnt. Ans Berühmtsein, meine ich. Die Frau an der Theke quietschte sogar, als sie mich erkannte.

»Na, wenn das nicht der Sheriff von Raufarhöfn ist!«

Jetzt fiel auch bei den Straßenarbeitern der Groschen, sie grinsten und nickten mir zu, aber den Vortritt ließen sie mir trotzdem nicht.

»Sprengmeister Kalmann!«, sagte einer, worauf alle lachten.

Die Frau an der Theke wollte wissen, ob wir Telma besuchen gingen, denn dann könnten wir gleich ein Ersatzteil für den Lada mitnehmen, das sie bestellt hatte.

Ein Straßenarbeiter, der seinen Hotdog schon bekommen hatte, sagte mit vollem Mund: »Musste die nicht wegen den Aufräumarbeiten wegziehen?«

»Vergiss es!«, sagte sein Arbeitskollege. »Die Kommunisten-Tante bringst du da nicht weg.«

»Ich verstehe sie gut«, sagte die Frau an der Theke. »Ich finde, jeder soll da leben, wo er sich am wohlsten fühlt. Katastrophen gibt es schließlich überall. In den Westfjorden donnern die Schneelawinen von den Bergen, im Südland sind die Vulkane und hier im Osten fliegen uns gelegentlich die Berge um die Ohren. Ist halt so!«

»Und Reykjavík wird von Touristen überrannt!«, sagte ich, was Gelächter hervorrief, obwohl ich gar keinen Witz gemacht hatte.

Bei den Gräbern meiner Großeltern in Sauðanes angekommen, legten wir die Blumen hin, setzten uns eine Weile auf die Wiese und sagten nichts. Wenn man an einem Grab sitzt, sind Worte überflüssig. Die Erde verbindet fast wie ein Telefon. Man denkt dann einfach. Am besten an die Zeit, als Großvater noch lebte.

Einmal, ich besuchte ihn wie jeden Samstag im Pflegeheim, fragte er mich verärgert, was ich bei ihm zu suchen habe. Ich hatte mich neben ihn auf einen Stuhl gesetzt und mampfte einen Schokoriegel.

»Ich bin Kalmann«, sagte ich gelangweilt, mehr nicht, denn ich hatte es aufgegeben ihm zu erklären, dass ich sein Enkel war und ihn wie jede Woche besuchen kam. Er glaubte mir sowieso nicht.

»Kalmann?« Großvater kratzte sich im Bart. »Hm.« Er lehnte sich zurück und dachte nach. »Kalmann!« Plötzlich hellte sich sein Gesicht auf. »Mein Enkel heißt auch so! Wie du. Kalmann. Ein seltener Name. Bedeutet Taube. Kalmann Óðinsson heißt er mit vollem Namen. Er ist nach mir benannt, obwohl ich … ach.« Großvater winkte ab, als gehe mich das alles gar nichts an. Aber er murmelte noch, dass sein Enkel ein guter Junge sei, ein anständiger junger Mann. Sein Blick wurde wässrig, so als schaue er in sich hinein, wo er mich fand, denn da war ich, tief drinnen, irgendwo.

Jetzt lag er unter mir in der Erde, und ich zupfte Gras, und meine Mutter hielt ihr Gesicht in die Sonne. Über den umliegenden Weiden kreischten die Küstenseeschwalben, und die Austernfischer rannten am Strand umher. Weiter hinten, da, wo ein altes Flugzeugwrack in der Wiese lag, wahrscheinlich war es ein Überbleibsel der Amerikaner, lungerten ein paar Schafe und Pferde herum. Meine Mutter strich mir mit der Hand über den Rücken und schaute mich an. Ihr Lächeln war zufrieden und traurig zugleich, und darum erinnerte ich mich plötzlich daran, dass sie etwas für mich aufbewahrte, und zwar schon die ganze Zeit! Also beugte ich mich zu ihr, streckte meine Hand nach ihr aus und berührte ihren Pullover, ganz vorsichtig, da, wo sich ihr Herz befand.

Meine Mutter wich zurück, schaute mich verdutzt an und begann, übers ganze Gesicht zu strahlen, denn ich hatte sie ihr abgenommen, hatte sie von ihr befreit und hielt sie in meiner geschlossenen Hand umfangen, *meine* Trauer, die Mutter für mich aufbewahrt hatte, seit ich aus der Psychiatrie entlassen worden war. Denn jetzt war ich bereit für sie, bereit für meine Trauer, und ich tat sie dahin, wo sie hingehörte, nämlich in mein Herz, denn ich wollte sie in mir tragen, weil sie mich an meinen Großvater erinnern würde. Bis an mein Lebensende.

Meine Mutter lachte und drückte mich an sich, aber nur kurz, denn sie wusste, dass ich das eigentlich nicht mochte. Es gibt viele Menschen, die ganz gut damit leben können, wenn sie nicht ständig gedrückt und umarmt und gequetscht werden. Wir sind schließlich keine Plüschtiere. Großvater gehörte auch dazu. Er hatte nie irgendwen umarmt, und er hatte nicht umarmt werden wollen.

Ich musste an den Tag denken, als er aus seinem Rollstuhl gefallen und auf mir zu liegen gekommen war, in meinen Armen, obwohl er das möglicherweise gar nicht gewollt hatte, aber die Erdanziehungskraft war nun mal stärker gewesen, dagegen konnte er sich nicht wehren, denn sie ist ein Gesetz der Natur, das uns auf dem Boden hält, damit wir nicht davonschweben wie Schirmflieger im Wind.

»Willst du noch lange sitzen bleiben?« Mutter stand schon und klopfte sich Grashalme von den Jeans.

»Nein«, sagte ich und sprang auf die Füße. »Tante Telma wartet bestimmt auf uns.« Ich warf den Gräbern meiner Großeltern einen letzten Blick zu, holte einmal tief Luft und sagte: »Bless.«

ENDE

Danksagung

Ich bedanke mich bei allen, die mir immer wieder helfen, meine Bücher besser zu machen und letztendlich zu verwirklichen – ohne sie alle namentlich zu erwähnen, sie wissen nämlich, dass ich ihre Hilfe, den Austausch und die Freundschaften sehr schätze.

Namentlich erwähnen möchte ich meine Helfer:innen in Þórshöfn: Guðlaug Jónasdóttir, Heiðrún Óladóttir, Líney Sigurðardóttir, Páll Jónasson und sein Sohn Jónas Helgi Pálsson. Danke, dass ihr eure Türen für mich geöffnet habt.

Die Bewohner von Raufarhöfn müssen aber auch erwähnt werden, das geht gar nicht anders. Sie sind und bleiben meine Stars. Jeder Besuch ist ein Fest, die Begegnungen sind herzlich und erbauend. Sie haben Kalmann kurzerhand in ihre Reihen aufgenommen. Es freut sie darum ganz besonders, wenn sie von Touristen zu Kalmann befragt werden! Auch ihnen gilt mein herzlichster Dank: Svava, Nanna und Birna, die meinen Raufarhöfn-Besuch möglich gemacht und mich mit Kaffee und Geschichten haben volllaufen lassen, Rögnvaldur und Magga, die mich chauffiert haben, Hafenmeister Gunnar und Hoteldirektor Hólmsteinn, denen ich während eines Poolbillard-Spiels ein paar Geschichten habe entlocken können – dabei aber abserviert wurde: Takk samt!

In tiefer Dankbarkeit möchte ich mich von Jónas Friðrik Guðnason verabschieden, der mir einmal mehr seine Gedichtzeilen für den Einstieg dieses Romans entlehnt hat. Danke für alles und gute Reise, lieber Jónas.

Des Weiteren bedanke ich mich bei Einar Björn Jóhannesson und Natasha S.

Und ich danke meiner Frau Kristín Elva und meinen Kindern Heiðdís und Rögnvald, die Teil dieser Geschichte sind. Ohne sie gäbe es Kalmann nicht.